Müller und die Tote in der Limmat

Raphael Zehnder, geboren 1963 in Baden (Schweiz), Dr. phil., Romanist und Latinist, 26 Jahre Stadt Zürich, 25 Jahre Musikjournalismus (Rock!), Gesellschafts- und Multimedia-Redakteur beim Schweizer Radio und Fernsehen SRF.
Folgen Sie Bucher Manfred, Kriminalpolizist, auf Twitter: @BucherManfred

Alles in diesem Buch ist erstunken und erlogen, ausser der Stadt Zürich. Sie existiert und ist schön. Für sachdienliche Hinweise, Lagebesprechungen und situativ angemessene Einsatzdoktrin dankt der Autor wärmstens seinen zahlreichen Informanten verschiedener Polizeien in Zürich, die er hier aus ermittlungstechnischen und polizeitaktischen Gründen nicht nennen darf. Und auch die Namen der Polizisten nicht.

RAPHAEL ZEHNDER

Müller und die Tote in der Limmat

Müller eins

KRIMINALROMAN

emons:

Bibliografische Information der Deutschen Nationalbibliothek
Die Deutsche Nationalbibliothek verzeichnet diese Publikation in der Deutschen Nationalbibliografie; detaillierte bibliografische Daten sind im Internet über http://dnb.d-nb.de abrufbar.

FSC
www.fsc.org
MIX
Papier aus verantwortungsvollen Quellen
FSC® C083411

Umschlagmotiv: fotolia.com/DWP
Umschlaggestaltung: Tobias Doetsch
Druck und Bindung: CPI – Clausen & Bosse, Leck
Printed in Germany 2012
ISBN 978-3-95451-046-7
Kriminalroman
Originalausgabe

Für Annette

«Der Zufall ist keiner.»
(Diodoros)

«Frauen und Kinder zuerst!»
(Nautischer Grundsatz)

«Schwebe wie ein Schmetterling, stich wie eine Biene.»
(Muhammad Ali)

Arma virumque cano Turicis crimen superantem:

Müller Benedikt (45), Abteilung Gewaltverbrechen, Polizei Zürich

Et alios homines hanc historiam incolentes:

Bucher Manfred (45), Abteilung Gewaltverbrechen, Polizei Zürich

Catanzaro Rocco (29), Abteilung Gewaltverbrechen, Polizei Zürich

Die lärmempfindliche Nachbarin vom unteren Stock

Fuhrer Sebastian (33), ehemals Kellner im Bahnhöfli Wiedikon

G. Ronja* (30), Investment-Bankerin

Gabathuler René (32), Bassist *Spitfire*

Gajic Jasmina (29), Einwohnerin Kreis 4

Hauser Michael (30), Musikjournalist

Heeb Roger (weiss ich nicht), Labelinhaber «HeHo-Records»

Holderegger Severin (40), Labelinhaber «HeHo-Records»

Hubacher Tobias F. (51), Musikchef der Boulevardzeitung

Huber Mark (28), Sänger *Spitfire*

Jason-Lars (5) und Kylie-Shawn (8), Kinder von Johnny; Angelica (32), deren Mutter

Krstic Goran (38), Schlagzeuger *Spitfire*

Marquardt Brenda, Dr. (circa 35), Pathologin

Maurer Hansueli alias Johnny (34), Rockmanager

Meier Stefan (26), Keyboarder *Spitfire*

Molinari Sandra (34), Sängerin, Ex-*Hellhound*, Ex-*Spitfire*, Ex-*Wiedikon*

Schubert Franz (45), CEO «Internationale Clearingzentrale» Zürich

Sollberger Hanspeter (32), Gitarrist *Spitfire*

* Name aus rechtlichen Gründen geändert

Weiermann Gustav, (57), Abteilung Gewaltverbrechen, Polizei Zürich

Weiss Christoph (36), Deutscher, CEO von «Bretzeli.ch»

Wunderli Peter (53), Hauptmann, Chef Abteilung Gewaltverbrechen, Polizei Zürich

Und weitere Einwohnerinnen und Einwohner der Stadt Zürich sowie zahlreiche vereidigte Beamte der Polizeikorps dieser Stadt

Schade, dass der Mensch mordet. Wirklich. Aber zuerst alles der Reihe nach. Nämlich:

Sonntag

Sehr, sehr früh. Um ein Uhr morgens ist es im Weltall schon sehr dunkel und sehr gross. Wären da nicht all die Sonnen und Sterne, wäre es da draussen stockdunkel. In all diesem Dunkel fliegen Meteoriten, Planeten, giftige Gasnebel, Supernovas und Satellitenschrott wild durchs All, dass es einem schwindlig würde. Doch da ist ja niemand dort draussen, den das konfus machen könnte. Irgendwo zwischen diesen Himmelskörpern schwebt eine herzig kleine blaue Kugel mit Meeren, Bergen und Kontinenten umher. Sie ahnen es, ich spreche von der Erde. Die kennen Sie. Und wenn wir an sie heranzoomen aus dem finsteren All, wird aus dem unsichtbar kleinen Punkt die gerade beschriebene blaue Kugel. Und wenn wir näher an die Nordhalbkugel heranschauen, sehen wir Italien. Einfach zu merken, ist ein Schaftstiefel, fast etwas kess in der Form.

Für uns wichtiger: Etwas nördlich vom Stiefel kommt mitten zwischen Uetliberg und dem Pfannenstilrücken die schöne Stadt Zürich. Steht idyllisch am unteren Ende des Sees, der passenderweise Zürichsee heisst. Der See steht im Osten, die Stadt zwischen Hügeln, wo Villen hinaufklettern. Nach Nordwesten steht das Limmattal, heisst so, weil Fluss. Da arbeitet sich das fleissige Industriegebiet viele Kilometer weit in diese Richtung hinein. Zürich = Stadt von Tüchtigkeit und emsigem Treiben. Stadt von Kultur. Aber auch Stadt von Verbrechen. Ist schon schön, aber auch ein Kriminalitäts-Hotspot. Muss man eingestehen. Hat alles zwei Seiten. Yin und Yang. Siehst du sogar aus dem Weltall sofort, du meinst, es signalisiert's dir ein Blaulicht mit Sirene, die durch die zwölf Stadtkreise rast. Sind zwölf, wie die Apostel, die Monate und das Dutzend. Runde Sache, und so fügt sich alles und hat es in sich. Und die schöne Stadt Zürich ist der Wohnsitz vom Müller, um den geht es hier, ein vorzüglicher Polizeimann.

Und wer ihn fragt: «Wie heisst dein Name?»

Dem sagt der Müller einfach: «Müller.»

«Wie der Fussballer?»

«Ja.»

Und da hast du wirklich Auswahl: Gerd, Kudi, Thomas, René, Patrick und viele mehr. Darum ist das ein guter Name. Aber der vorzügliche Polizeimann Müller = Benedikt.

Zentrale Frage: Müller: «War Polizeimann?» Oder «ist Polizeimann»? Was jetzt? «War», nicht «ist»? Oder «ist er noch»? Gute Frage, aber das wissen wir nicht so genau, doch mehr darüber später. Und dieser Müller, ein Bild von einem Mann, aber nicht besonders mit Muskeln behängt und schon Mitte vierzig, also nicht mehr jungjungjung. Der Müller grundsätzlich Polizeimann seit neunzehn Jahren. Zugezogen vom Land, wie alle Zürcher. Der Müller aus einem Kuhdorf. In seinem Kerngehäuse fühlt er noch immer katholisch. Aus (damals) einfachem Landleben in die Stadt. Er wohnt nicht am See oder am Hügel mit Glamour vollgepackt, wo Banker und Werber und andere Luxusdienstleister, sondern im populären Wiedikon am Fusse des Uetlibergs, wo die Sonne früher untergeht, also weniger Sonnenstrahlen, weil früher Schatten, und es inzwischen auch immer teurer wird. Sauteuer, müssen wir sagen. Realistisch. Sauteuer, vor allem für einen Lohn von Polizei Zürich. Soziale Realitäten.

Aber, ehrlich gesagt, flieht auch Wiedikon aus dem Geruch des arbeitsamen Proletariats langsam hin zur Postmoderne, obwohl die schon vorbei. Gleich hinter der Post an der Ecke Birmensdorfer-/Seebahnstrasse fängt es schon an. Da pirschen sich jetzt auch Galerien und Designgeschäfte und Eigentumswohnungen im Stockwerkeigentum an die nichtsahnenden Bewohner heran, in denen die Wirklichkeit wirblig herumrationalisiert. Sprich: Alles kommt her, was das Leben schöner macht, man aber eigentlich gar nicht wirklich braucht. Schwuppdiwupp bist du ein Alteingesessener, derjenige, welcher nicht die richtigen Markennamen trägt und schätzt, also quasi ein Fossil aus früheren Zivilisationsschichten und reif fürs Heimatmuseum. Dann stopfen die dich aus und dort, wo man dich anschauen könnte, womöglich in einer Vitrine, damit staubfrei, stehst du nun. Aber niemand kommt besichtigen. Warum? Weil die Neuwiediker alle arbeiten müssen, ganze Zeit lang, um genug Batzeli zu haben, damit sie in den neuen Galerien und Designgeschäften einkaufen können. Haben sie kein Geld, geht es ihnen wie dir: Du wirst ein Fossil, stirbst aus und ab in den Orkus.

Trotzdem: Ist noch Heimat vom Müller. Weil er trägt «Zürich» und «Wiedikon» ganz tief ins Herz hineintätowiert. Bildlich, weil Polizei, da macht sich Tätowierung eher zweifelhaft.

Doch wie gesagt: Manchmal stinkt es immer noch in Wiedikon. Aber nicht so dramatisch im Vergleich mit Baltimore. Siehe «Homicide». Oder sonst Dritte Welt. Gestank aus der Kanalisation im Sommer und aus den Köpfen unabhängig von Jahreszeiten. Weil da drin brauen sich manchmal Sachen zusammen, das glaubst du nicht, denn sie sind nicht schön, sondern verbrecherisch. Und darum geht es hier: Wie bekämpfen wir von der Polizei das Verbrechen, und was könnt ihr Bürger tun, dass es nicht mehr vorkommt? Weil wir wollen es nicht. Es ist böse. Polizei und Verbrechen bilden den uralten Kampf zwischen Höhlenbär und Säbelzahntiger, der hier unter veränderten Vorzeichen seine blutige Fortsetzung findet, findet der Müller. Auch sein Freund, schon seit der Polizeischule, der 110 Kilogramm stark beleibte Bucher Manfred, teilt diese Einsicht, weil auch er ist von der Polizei und hocherfahren im Grenzbereich. Und dem Müller sein anderer Freund Franz Schubert würde dem zupflichten, wenn er, aber das hat er nicht, übers diesbezügliche Know-how verfügen würde, weil er in einem ganz anderen Business tätig ist. Mehr so finanziell. Darüber erfahren Sie später.

Wie gesagt: Es ist Sommer. Nacht. Die von Samstag auf Sonntag. Fast zu heiss, weil keine Abkühlung. Hitze steht. Luft zähflüssig.

Ort: Jugendkulturzentrum «Dynamo», mitten in der Stadt, zwischen dem in Fliessrichtung rechts steil aufragenden Hang, worauf das «Dynamo» gepfropft ist (kein schöner Bau), und dem Flussufer der Limmat, die Zürich teilweise durchfliesst. Fliesst sanft Richtung Nordwesten. Gurgelt sanft. Aber sanft passiert's nun nicht.

Uhrzeit: spätnachts und mondlos. Ein Uhr nullnull plusminus.

Handlung: Zwei dunkle Gestalten, schemenhaft ihre schwarzen Schatten. Glas? Flaschen? Was halten sie in den Händen?

Und da: Ein Wortgefecht! Wir verstehen nichts, nur Fetzen an unser Ohr. Männerstimme? Frauenstimme? Was sagen sie? Ruft jemand? Um Hilfe? Oder röhrt am Neumühlequai ein Auspuff? Wirklich, wir verstehen nichts.

Aber: ein Frauenlachen. Unzweifelhaft. Bricht jetzt ab.

Da! Plötzlich stösst Person A Person B übers kniehohe Mäuerchen in den Fluss. Schwups.

Ergebnis: Person B verschwindet im Strudel. Schwarzes Wasser. Dunkles schwarzes Wasser. Undurchsichtig wie Hölle. Gurgelt düster, fliesst unbeteiligt vorbei, kümmert sich nicht, schwemmt nur weg. Gegenüber der Park, er vermutet nichts. Die Bäume wie tot. Würden schwitzen, wenn sie könnten. Die Hitze staut. Wie das Wehr im Fluss gleich vorne dran am Schauplatz.

Doch: Kein Schrei und rein gar nichts, weil vermutlich böse Überraschung, das alles.

Und: die andere Person, also Person A, hastig weg.

Fazit: Ja, so kann es gehen. Manchmal geht es so. Schon brutal, eigentlich. Ja, das ist Zürich. Darum ermittelt der Müller. Ihm stellen sich schlagartig alle Fragen der modernen Kriminalistik: Wer? Wann? Wie? Und zum Abrunden: Motiv?

Der Müller schläft aber zur selben Stunde in der frühesten Frühe des Sonntags zwischen seinen Laken, genauer: in seinem Bett. Ahnt nichts. Nackt, weil heiss, die Luft. Er weiss nicht, wie ihm geschieht und was. Es träumt ihm etwas, aber nichts Schönes.

Trotz Sommer. Es träumt ihm viel wenig Schönes, ja noch schlimmer. Denn sein Trauma ist allgegenwärtig. Schusswaffentrauma. Weil manchmal läuft etwas schief, sogar bei unserer Polizei. Und das ist der Fall von Müller. Er träumt Nacht für Nacht nachts dasselbe, und die psychosoziale Beratung und der Psychiater sind seine Rettungsringe tagsüber, sofern ihm das Herz, der Mut und der Tagesablauf danach stehen, aber jetzt gerade keine Zeit für den psychologischen Rettungsring. Daran klammert er sich, die Fangarme der kühlen Vernunft. Nachts ohne Wirkung, bisher. Aber er ist zäh und ethisch und ein guter Mensch. Ich schwöre es. Das können wir schon verraten, so viel riskiere ich. Aber nützen tut das noch nicht, sein Gutsein, vielleicht später, weil der Müller hat ein Trauma. Das ist griechisch, und das Trauma ist hartnäckig und tönt so:

FLASHBACK sieht Müller Szene mit Ernstfalleinsatz, ist keine Übung, und Holster und Faustfeuerwaffe ziehen und Müllerstrasse – ja, Ironie des Schicksals – und Müllerstrasse und Dunkelheit und rennende Gestalt und wirre Stimmen und Schritte auf dem Asphalt und Blaulicht und eine Sirene und zwei und drei Sirenen und rennende Gestalten jetzt und Müller hinterher und Waffe in der Hand und hebt den Arm und ruft und zielt und ruft und zielt und ruft und zielt und halt! Aber Druckpunkt und Knall und Schuss und Peng und BLANKE STELLE IN DER ERINNERUNG und Blut, rotes Blut, flüssig und überall rotes Blut und blutende Gestalt liegt da wie zerknüllt und weggeworfen mit unwirklich verdrehten Gliedmassen und jetzt *bitte nicht* heranzoomen, sonst ist dieses Buch zu Recht nicht für U-18-Jährige freigegeben, weil nicht sollen sie sich am Busen der Grausamkeit stählen, sondern Blumenwiesen atmen und Schmetterlinge pflücken und an Zimmet und Muskat und Myrrhe sich laben und einschnaufen und sich berauschen am Schönen. Ja! Und die Sanität und noch eine Sirene und die Kollegen sind da in ihren beruhigenden blauen Uniformen und der Müller in Zivil wie andere Spezialkräfte, aber sie kennen ihn natürlich, und er lässt die Waffe sinken und wirkt abwesend, ist abwesend. Wenn du auf einen Menschen geschossen hast, egal, wer es war und was er vielleicht mutmasslich verbrochen hat, das wird das Verhör festzustellen versuchen und das Gericht dingfest machen und Rechtsstaat und Staatsanwalt und Verteidiger und Urteil. Das ist nicht deine Sache, Herr Polizist. Du bist das Werkzeug des Gesetzes, musst es kennen und lieben und befolgen, und zwar streng, weil, wenn du es nicht machst, wer dann. Und du willst nicht auf Menschen schiessen, weil du ein Polizeimann bist und weisst, tagtäglich fast, und siehst, was der Schusswaffeneffekt: Chaos und Verderben, Not und Mord, Nötigung und Verstümmelung, und Waffe = schlecht = miserabel, aber ist halt Teil vom Polizeiberuf, steckt im Schulterhalfter oder am Gürtel, wenn Einsatz akut, aber wir von der Polizei sind keine Pistoleros, was immer die tendenziöse Presse sagt, wir handeln korrekt. Meistens! Oh nein, träumt es dem Müller, ja der Müller sieht all das jede Nacht für Nacht. Und ruft im Schlaf, wenn es für ihn träumt: Ich will nicht auf Menschen schiessen, nein, will nicht, und deshalb der Müller Psychiater und Psychologe und interner Sozialberatungsdienst und Aggressionskurs, ausgerechnet der Müller, wo gerne friedlich wie Feuersalamander auf dem Balkon sitzt und Bücher liest, aber Trauma, Trauma, bitte schön, heisst Verwundung, heisst Verletzung. Ich drehe durch, träumt er. Das ist nicht schön. Und spricht, nein: schreit im Schlaf, dass die Nachbarin von unten wegen Lärm reklamiert, sogar schriftlich, und sich Gott erbarm, und darauf hofft der Müller nun wirklich. Alte Prägung. Einmal katholisch, immer katholisch, aber nur privat, weil der Polizeidienst ist überkonfessionell und sogar transreligiös. Es sollen, Gemunkel, sogar atheistische Polizisten existieren, schon ein bisschen gespenstisch, da schreckliche Bilder und Ereignisse und Bewältigungsdringlichkeit, träumt es dem Müller Benedikt, Abteilung Gewaltverbrechen. Das sind die, wo die strubsten Jobs fassen und am meisten kotzen müssen. Und man wundert sich nicht, wenn das die Nächte vom Müller sind, dass er schlecht schläft und am Morgen wie ein nasser Sack aufsteht und sich das Grausen zuerst einmal aus den Haarwurzeln duschen muss. Seit vielen Wochen geht das so, denn die Sache mit der Müllerstrasse war im Frühling, im Monat Mai.

Und besonders bitter: Der Müller hat mit seiner Schussabgabe selbst die Verbrechensstatistik in die Höhe getrieben. Gut, auch die Aufklärungsquote. Aber diese Sichtweise ist zynisch. Das dürfen Sie nicht so sehen. Denn zuvorderst steht für das Gesetz und seinen Arm immer der Respekt vor dem Menschen und seiner Person. Bitte.

Und den Rest des Sonntags verbringt der Müller irgendwie privat. Mit Lesen und so und eine DVD mit Film. Denn er hat sich nach der Müllerstrassen-Schusswaffengeschichte suspendieren lassen. Bis Klärung Schuldzerfressenheit und Traumaüberwindung. Weil der Müller ist ethisch. Aber das kann dauern, bis Normalitätscomeback. Das weiss man aus der Fachliteratur: Der Topf geht schnell kaputt, aber bis er wieder zusammengeklebt ist, fliesst viel Sand die Uhr herunter. Und so ist es beim Menschen auch. Er ist organisch. Das macht alles kompliziert.

Aber Person B, wo, Sie erinnern sich, vorher gegen ein Uhr morgens ins Wasser gestossen (?), gefallen (?), sicher darin verschwunden beim Jugendkulturhaus Dynamo, strudelt wohl den ganzen Sonntag im Wasser der grünen Limmat herum. Schon seltsam, dass niemand die Leiche, ja, wir müssen hier so ungeschminkt und brutal nicht um den Brei herumreden, gesichtet hat den lieben Sonntag lang. Denn der dauert vierundzwanzig Stunden, wovon es jetzt circa siebzehn lang hell ist, weil die Jahreszeit es so von ihm verlangt.

Auch Sonntag, aber Abend. Etwa 8.00 p.m. ist die Uhrzeit. Industriezone Altstetten: Bernerstrasse = Autobahn, wo in Stadt hineindrängt. Gewerbehaus. Menschenleer. Untergeschoss. Da auch heisse, abgestandene Luft ohne Zirkulation. Wie ein dreckiger heisser Umschlag. Treppe → Untergeschoss: An unser Ohr dringt Rockmusik. Von weit her. Wie eine Dampframme auf einer Baustelle, die Pfähle im Boden verankert. So verankert diese Musik ihre Erzeuger in der Welt. Ich gehe näher. Kommen Sie mit? Nicht dass ich allein Angst hätte, nein, nein, passiert hier wahrscheinlich nichts. Ist Zürich. Da habe ich keine

Angst. Sondern weil ich Ihnen etwas zeigen will: den Proberaum der Zürcher Band *Spitfire*, seit achtzehn Jahren etwas vom Besten, was, sogar gelegentlich international. Machen Rock. Nicht dieses langweilige Erwachsenenzeug fürs Mainstreamradio, nicht dieses bunte Ding für die Videogeneration. Nicht das Wehleidig-Nachdenkliche für die Pickelträger. Nicht diese Crossovermasche für unentschlossene Kompromissler und lahme Fast-Modernisten. Sondern harten, ehrlichen Rock. Ungefähr *Sex Pistols* trifft *Metallica*, und dann und wann erhebt sich *Johnny Cash* aus seiner Gruft. Können Sie sich ungefähr so vorstellen. Laut und kräftig, manchmal sehr laut, sagen wir's so: gut männlich.

Das als Hintergrund, damit Sie vorbereitet sind, was jetzt kommt. Türe aus unerfindlichen Gründen in Türkis. Klinke runterdrücken. Aufschieben. Musik plötzlich ganz laut. Und Rauchwolke quillt heraus.

Darin vernebelt *Spitfire*, das heisst folgende Protagonisten des Zürcher Rocklebens. Von links nach rechts: Sänger Mark Huber (28), Typ blonder Schönling; Keyboarder Stefan Meier (26), Typ Nerd, der sich von Computern ernährt; Schlagzeuger Goran Krstic (38), Typ Oberarmmonster; Gitarrist Hanspeter «Hausi» Sollberger (32), Typ Trujillo *Metallica*, was bedeutet: elastisches Gesicht und lange dunkle Haare und sein Instrument elektrisch und auf Schienbeinhöhe trägt er's, weil Mann formt mit dem Körper fast ein S, wenn am Instrument, Latino; Bassist René Gabathuler (32), kein Typ, aber macht seine Sache recht. Und seltsamerweise ist da auch Sebastian Fuhrer (33), der hier was weiss ich was zu suchen hat. Vielleicht ein Bier gratis? Sie alle ausser Sebastian rocken, was das Zeug hält. «When Death Cometh To Zurich-Leimbach», heisst der Song, den sie gerade in die Instrumente hauen, quasi ihr Evergreen, der, ich spielte darauf an, sogar in Skandinavien eifrig rezipiert wurde und heute noch wird und an Konzerten stets ein Abräumer. Die Lautsprechermembranen im Proberaum pulsieren heftig. Reisst mit, dieses «Epos über Vergänglichkeit und Wahnsinn, die in der scheinbaren Normalität verborgen sind», wie einst ein Journalist geschrieben hatte. «Epos», weil ziemlich viel länger als vier Minuten. Restliche Aussage, weil wirklich bedrohlich. Da wachsen dir die Haare sofort. Und sogar bekannt bis Skandinavien. *Spitfire* aber keine Hardrockband, nein, nein. Name ist britisches Flugzeug aus Grossem Krieg. Also vielleicht Hinweis auf «British Wave of Heavy Metal»? Ha! Das ist eben die Ironie. Weil, klingen eher kalifornisch. Mit Prise London, darum die *Sex Pistols* vorher erwähnt, capisci? Und dieser Song wirklich schnell und laut und präzis und dunkel und fast wie Dampfwalze auf Rädern. Aber nicht alle sind glücklich. Denn zu hören ist:

«Beleidigendes Schimpfwort!» (Hier nicht wiederzugeben, weil sonst → Sittenverrohung und Index.)

War wirklich rüde. Die Stimme ruft es monstermässig laut in den Krach hinein. Angesprochen ist Sänger Mark Huber. Verdreht die Augen, verwirft die Hände wie ein Fussballversager vor dem leeren Tor, stampft auf den Boden und wendet sich von der Wand, die er beim Singen innig betrachtet hat, zu seinen Rockkameraden um.

«Wer zum Teufel ...?», brüllt er. Jetzt besser zu hören, weil alle fertig, nur René auf Bass noch einige Arpeggi und Läufe und Riffs und solche Sachen. Einer muss ja immer querschlagen.

«Wer zum Teufel ...?», brüllt Sänger Mark Huber, «... hat mir ‹beleidigendes Schimpfwort› zugerufen?»

War schon nicht freundlich.

«Wer zum Teufel ... versaut immer den Einsatz nach dem ersten Refrain? Wer zum Teufel erinnert sich nie richtig an den Text, obwohl das Lied schon unzählige Jahre alt ist?», sagt Oberarmspezialist Goran Krstic, und Hausi Sollberger (git) und René Gabathuler (b) nicken heftig, und sogar Stefan Meier (keys) blickt von seinen Reglern, Tasten und Displays auf. Nur Sebastian Fuhrer sitzt wie gefroren da und nuckelt an seinem Bier.

Jetzt besser nur schweigen. Denn es ist ein Gewitter im Anzug. Es ist nicht alles Minne im Reiche Rock 'n' Roll. Sondern manchmal Donner und Blitz.

«Unsere kleine Tournee beginnt genau ...», sagt Oberarmmonster Goran teuflisch und von weit, weit oben herab zu Mark, «... morgen Abend. Wenn du dann nicht einmal unseren grössten Hit drauf hast, vergesse ich mich.»

Und Hausi und René sagen: «Wir uns auch.»

Und sogar Stefan hinter seinen Reglern, Tasten und Displays räuspert sich in zustimmendem Sinne, und zwar halblaut. Von ihm das Maximum an Emotion.

«Und jetzt das Ganze noch einmal von vorn», Kommando vom Oberarmmonster, «bitte auch die Neulinge mit voller Konzentration.»

Und Mark Hubers Blicke möchten Goran durchzucken und verbrutzeln und gegen die Wand flach zerschmettern, weil Mark mittlerweile auch fünf Jahre bei *Spitfire*, längst nicht mehr Neuling, sondern Tourneen und Studiosessions mitgemacht. Aber Goran halt achtzehn Jahre dabei, einziges Urmitglied. Deshalb Methusalem, Rockfossil. Hast du das schon einmal gesehen: Schlagzeuger als Bandleader? Nein, das kriegst du beim besten Willen im Hirn nicht geradegebogen.

Montag

Ja, das Stichwort «Jahreszeit». Das müssen wir jetzt bringen, weil es ist wichtig, weil je nach Jahreszeit alles ganz anders aussieht. Jetzt erzähle ich darüber gerne Näheres. Spitzen Sie die Ohren, denn es könnte etwas Interessantes folgen: Der Sommer stand ortsüblich wie ein Husar vor der Tür. Das Leben kippte zack vom Winter- in den Sommermodus und hatte schon gerufen:

«Ausziehen!»

Und die Stadt Zürich hörte diesen Ruf und gehorchte, und plötzlich rannten alle mit viel blosser Haut herum. Da gab es Schönes zu sehen, Sie wissen schon, was ich meine, und weniger Schönes, sag nichts. Und wenn die Hitze plötzlich so heiss ist, fast mediterran, also sozusagen Mittelmeer, rennen plötzlich alle mit nichts an herum, also fast nichts oder, wie bereits gesagt, mit viel blosser Haut, nackt beinahe. Auch die Leiche, die in der Badeanstalt Oberer Letten lag. Nur rannte sie nicht mehr und lag eigentlich auch nicht, sondern schwamm oder besser gesagt drehte sich im Strudel unter dem Holzsonnendeck, das einmal einer in den Fluss hinaus gebaut hatte. Schon schön. Da, wo die Leute auf dem Holzrost über dem Wasser liegen, um sich den Hautkrebs zu holen. Das ist nicht so gesund, wenn der Hautkrebs plötzlich schlagartig vor der Tür steht und ruft: «Hallo, ich bin der Hautkrebs.»

Und es war unter dem Holzsonnendeck im Oberen Letten präzis gesagt eine weibliche Leiche, also das Gegenteil von einem lebendigen Mann. Die Leiche von der Sandra nämlich, und weiblich war die ohne Zweifel. Das sieht man deutlich. Aber das wusste der Müller erst ein wenig später, ich meine: dass die Leiche Sandra heisst. Oder brauche ich hier richtiger das Imperfekt? Und wenn ich sage, der Sommer klopfte schlagartig an die Tür, dass in der schönen Stadt Zürich, am Zürichsee, wo schon Goethe den See zum Bade lockte, aber der Reformator Zwingli eher nicht, dass es hier, denn die Geschichte spielt hier, im Sommer angenehm warm ist. Im Klartext heiss wie in einem

Ofenrohr. Aber in diesem Jahr, obwohl es immer schlimmer wird, Klimawandel, 2003, 2006, 2011, 2012, Ozon, so heiss wie seit mindestens fünfhundert Jahren nicht mehr, «Jahrhundertsommer», schreiben die Zeitungen mittlerweile jedes Jahr, studieren Sie bitte einmal die Diagramme, da schmilzt du selbst weg, wie die in den Himmel schiessen, alles voll im roten Bereich, das bestreiten nur die fanatischsten Erdölfreunde, und die Gletscherschmelze, die Bröselberge, der Eiger und das Matterhorn lösen sich auf, Treibhaus und so weiter, ja, sogar der Uetliberg mit seinen malerischen achthundertneunundsechzig Metern über Meer und schön bewaldet sich über unserer Stadt Zürich wölbend, Naherholungsgebiet mit Bähnlein hinauf, stöhnt unter dem Joch der Bedrohung durch das real existierende Klima. In diesem Jahr also, da winkst du ab, wenn dir noch irgendjemand von der «schönen» Jahreszeit erzählen will. Weil, schön ist das seit zwei Dutzend Celsius Graden nicht mehr.

Ach, eine Sauhitze, dass man gar keine Kleider mehr tragen müsste. Fast. Und das war schön. Auch zum Schauen, da der Mensch sich dann grossenteils seines Pelzes entledigt.

Aber das nützte der toten Sandra nichts mehr, deren lebloser Leichnam sich noch immer in der Limmat herumtrieb.

Wie kommt nun der Müller zu diesem Fall? Wo er doch zwar vom Gericht voll und ganz freigesprochen und unschuldig wurde, aber seit einigen Wochen krankgeschrieben und arbeitet nicht. Denn der Müller ist halbfreiwillig, wie soll ich sagen, er geht also zum Chef und sagt: «Bitte suspendieren Sie mich», bis psychosozialdienstliche Begleitung und Verarbeitung abgeschlossen, weil, wenn du einmal geschossen hast, hast du Angst, dass der Damm bricht und du immer, immer wieder feuerst und die Waffe auf Serienfeuer einstellst und alles wegputzen willst, voll psychisch fehlgesteuert, was der Ethik und Humanität natürlich krass entgegensteht. Ist unmenschlich und falsch. Also der Müller krankgeschrieben. Aber Tatsache ist auch: Müller Benedikt hat die Polizei im Blut. Wenn er etwas sieht oder riecht oder merkt, kann er gar nicht anders. Er muss Polizist sein. Obwohl er sich selber versprochen hat: aussteigen, durchatmen, Kopf auslüften, zu Kräften kommen, die Bilder von der Müllerstrasse und Schussabgabe mit Todesfolge überwältigen und verarbeiten. Der Müller hat nämlich Ethik und Humanität, und die können einem übel zusetzen, denn sie begleiten einen, wenn man so veranlagt ist, die ganze Biografie lang.

Darum liegt er mit seinen 182 Zentimetern und den dunkelbraunen Haaren im Flussbad Oberer Letten auf einem Badetuch auf dem Sonnendeck und versucht, seine Gedanken überallhin zu lenken, nur nicht auf seinen beruflichen Knick mit Todesfolge. Er liegt also in der Sonne, widmet sich seiner Hautfarbe, wohlweislich ohne Adjektiv, denn das hiesse «bleich». Er gibt sich intensiv der psychischen Rehabilitation hin, liest in Heftli mit vielen Bildern und wenig Text, weil einen die Sonne, sie macht doch wirklich plemplem. Und wirklich: Der Müller war von der brutalen Sonne geistig schon ziemlich fest plemplem, wie das so ist, eigentlich ganz wunderbar, und jedoch!

Ein Schrei!

Er zerreisst die Luft.

Gleich neben des Müllers Ohr wurde er wach, also war er eingeschlafen, das hätte ich sagen müssen, aber kein Wunder, weil siedend heisse Bruthitze, und der Müller hat es selber gar nicht so richtig gemerkt, dass er eingeschlafen. Aber seine Illustrierte war ihm aus den Händen gefallen und plumps ins Wasser. Sein Nachbar auf dem Holzsonnendeck, den er nicht kannte, denken Sie jetzt nicht, versuchte reflexartig die Illustrierte zu greifen, weil Torhüter gewesen, untere Liga zwar, FC Würenlos, aber immerhin und flink und sogar Stammspieler. Und greift mit der Hand in die Luft hinter der fallenden Illustrierten, pflügt mit der Greifhand im Windschatten der hinuntersegelnden Illustrierten hinterher, will sie packen. Sie fällt ins Wasser, die Zeitschrift, die Hand des Holzsonnendecknachbarn hinterher, ein Mü zu spät. Aber die lebende Hand ergreift trotzdem etwas und kann der zarten Hand, der zarten toten Hand, der zarten toten kalten Hand von Sandra Grüezi sagen.

Das ist der Moment des Schreis:

«Aaaaarghhh!», brüllt es da aus Müllers Holzsonnendecknachbarn hervor, als er unfreiwillig die eiskalte und gut gewässerte tote

Hand von Sandra schüttelt. Der Müller Beni wacht wie der Blitz auf. Beides ist begreiflich, weil der Schrei laut und der Schlaf nicht so tief wie ein finsteres Gewässer, auf dessen Grund in vielen Filmen und Romanen in beschwerten Säcken Leichenteile modern, zum Beispiel bei Chandler. Aber das ist jetzt vielleicht nicht der richtige Vergleich, weil hier läuft kein Film, sondern die Wahrheit, und Sandra war weder zerlegt noch beschwert und noch gar nicht modrig, weil recht frisch getötet.

Von jetzt gerade während des leichenfundbedingten Schreis, Montag, fünfzehn Uhr, zurückgerechnet bis Sonntagfrüh circa ein Uhr a.m. sind es … lassen Sie mich mal rechnen … sind es … achtunddreissig Stunden.

Aber das weiss dann erst die Autopsie. Und achtunddreissig Stunden im warmen Sommerwasser der Limmat, weshalb ist die tote Hand dann so kalt? Das Gefühl sagt es uns: weil der Tod ist immer kalt. Nur die Hölle ist heiss. Die Autopsie weiss das dann später, die flotte Pathologin Dr. Brenda Marquardt, von der das ganze Polizeigeschwader schwärmt, aber natürlich ist der Graben unüberwindlich: hier die Akademikerin, dort die Haudegen aus dem Strassengraben. Und keine Verletzung durch stumpfen Gegenstand, keins drübergezogen, keins reingestochen, keins durchgeschossen, einfach nur im Wasser gelegen, Lungen voll. Sagt die Pathologin Dr. Brenda Marquardt. Vielleicht später, ob etwas im Blut oder Magen. Weil die Pathologie nämlich weit hineinschaut.

Nun zurück zu Sandra: Müller wusste noch gar nicht, dass der gerade herangeschwommene tote Leichnam diesen Namen trägt beziehungsweise getragen hat. Aber bald wird er es wissen, denn auf den lauten Schrei des Schreckens und Entsetzens hin wälzt sich der Müller dem, der neben ihm liegt, zu Hilfe, weil man das so macht in Zürich. Die Stadt ist noch nicht so gross gewuchert, dass man sagen müsste: voll anonym, voll grausam, scheissegal, kümmertmichnicht, und die Leute werden in aller Öffentlichkeit erschossen, aufgeschlitzt oder stranguliert, auf jeden Fall irgendwie getötet. Nein, bei uns in der Stadt Zürich geschieht diese Art von Verbrechen, denn darum handelt es sich in Tat und Wahrheit, immer noch heimlich und im Stillen. Das ist besser, wenn solche Sachen heimlich und im Stillen geschehen. Damit es nicht einreisst. Sonst wird es zu häufig. Das wollen wir aber wirklich nicht bei uns.

«Das ist doch Sandra», sagt da einer auf dem Holzsonnendeck, der die Leiche sieht und offenbar sofort erkennt. Der Müller hört es, erfasst den Sinn der Worte und legt das Wort im Kopf ab. Das kann er, das ist eine besondere Spezialität der Polizei: Diese mnemotechnische Hochleistungsfähigkeit. Einmal gehört, nie mehr vergessen. Einmal gesehen, schon fast verhaftet. Ein kleiner Widerspruch, sofort entlarvt. Aber wer sagt «Sandra», weiss er nicht, hat keine Augen hinten, aber den Namen hat er deutlich verstanden, kann man ja leicht behalten, weil es ein bekannter Name ist.

Und das Mobiltelefon raus und sofort 117 wählen und Polizei und Sirene, plötzlich wimmelt es. Das ganze Dispositiv wird aufgezogen: Spurensicherung, Fotos, Ausmessen, Abtransport, Absperren, Personalien aufnehmen, Befragungen. Hier kommt keiner einfach so ungesehen mehr raus. Die Polizei hat schnurstracks einen lückenlosen Cordon aufgezogen, in die Tiefe gestaffelt, und das nach allen Regeln der Kunst, obwohl fast alle Polizisten zurzeit mit der Familie in Mallorca, so was von Unterbelegung, alles klar. Ausser wer's war.

Vorausgesetzt, das weiss man nie, dass es kein Unfall war. Und Unfälle sind manchmal, und ich sage mit Bedacht *manchmal*, erst recht verdächtig, das wissen wir aus der Kriminalliteratur, das haben schon Gescheitere als ich festgestellt, dass mancher Unfall etwas anderes war, nämlich, und jetzt muss ich das grausame Wort brauchen, Kinder, haltet euch die Ohren zu, ich flüstere es nur: Mord! Wir werden es noch erfahren. Aufklärung ist ortsüblich. Durchaus gute Quote. Das Verbrechen macht uns nichts vor. Wir machen es unschädlich, das kannst du mir glauben, liebe Leserin, lieber Leser. Denn das Gesetz ist da und schützt uns vor dem Bösen wie das Vaterunser, und das tägliche Brot der Polizei ist dieses Gesetz, damit die, die der Versuchung erliegen, hinter Schloss und Riegel die volle Wucht der Vergebung am eigenen Leib zu spüren bekommen.

Müller hat ja die Polizei gerufen und gibt sich mit einem Augenzwinkern zu erkennen, aber nicht deutlicher, weil er inkognito unter den Badegästen eine Informationsquelle hinter den Linien bilden kann, militärisch gesprochen. Vielleicht hört er ein Raunen oder Flüstern mit, wie zum Beispiel gerade den Namen. Und darum ist die Polizei ganz schweigsam zu ihm, schaut ihn nur vielsagend an, und haben schon die Namen aller Leute auf dem Holzsonnendeck aufgeschrieben und gefragt, dies und das und ganz raffiniert, das lernst du in der Polizeischule und pflegst es während deiner Dienstjahre in ständigen Fortbildungskursen, damit du immer auf dem Laufenden bist, was zeitgenössische Ermittlungstechniken sind.

Aber vorerst alles noch nutzlos. Niemand wusste etwas, und keine konspirativen Blicke auf dem Holzsonnendeck über dem Fluss. Aber so auf dem Präsentierteller würde sich nur der dümmste Täter präsentieren. Und obwohl noch keine Lösung am Horizont, sind die Polizisten ganz zufrieden. Zufrieden fühlen sie sich, denn sie sehen schöne Bikinis und viel nichts am Leib und schon schön braun, aber sind natürlich leider uniformenfeindlich wie heute oft.

Sogar ein Freund von Müller dabei bei dem Polizeieinsatz, er heisst, wie angetönt, Bucher Manfred, genannt «Mampfi» oder der «Koloss vom Sihlfeld», weil er gerne isst und darum 110 Kilogramm misst, und mündlich teilt Manfred dem Müller mit: «Sali, Beni», denn er hat ihn gesehen, und der Müller: «Sali, Mampfi». Es ist schon komisch, sich so wieder zu begegnen. Weil jetzt wieder erstes Zusammentreffen wie jahrelang dienstlich. Der Müller steht in Badehosen der Polizei gegenüber als Zivilist. Da gerät deine Identität ins Wackeln. Aber kein Problem mit Bucher Manfred, weil die beiden seit der Polizeischule auch privat oft miteinander. Essen und Kino und die Zeitung durchdiskutieren und die Arbeit und die Politik und Fussball und was man so spricht. Sogar privat weiss der eine, was der andere. Sorgen und Nöte und auch Freude und Interessen. Nicht nur Arbeitskollege, sondern Freund. Und Bucher Manfred und der Müller jetzt während Krankschreibung oft in Kontakt, wenn es der Dienstplan zulässt. Mal essen, mal telefonieren, sogar einmal Kino. Und der Umgang mit dem Müller beschädigt nicht dem

Manfred seinen Ruf. Weil der Müller, er ist voll unschuldig (Gerichtsurteil). Und ist nicht im Streit vorübergehend (?) aus der Polizei ausgeschieden, sondern wegen des Traumas. Weil Müller Benedikt ist da ganz empfindlich, weil flagrante Diskrepanz von Anspruch seiner Ethik und der Leistung im Praxisleben. Und da brauchst du die Unterstützung und die Freunde, die dich kennen und mögen, weil sie dich anders sehen als nur als Fall. So ein Freund ist Bucher Manfred.

Und der Müller hat von allem gar nichts gesehen, das er berichten könnte: Wie die Leiche heranschwamm, weil er hat ja geschlafen. Und wirklich: seine Augen = ganz kleine, schmale Schlitze. Gesicht verquollen. Gesichtsfarbe rot, folglich Sonnenbrand. Der Müller zieht sein Hemd über, «aua! Das scheuert!» und sagt es Bucher Manfred, dass er erst seit dem Schrei wieder bei Sinnen ist, und Manfred glaubt ihm, weil, warum sollte er ihm nicht glauben. Nie hatten sie Probleme miteinander, und Müller war immer gut, seriös, problemlos, pflichtbewusst, und alles lief immer glatt. Aber mit einem Problem, wie es der Müller hat, mobilisiert sogar der härteste Polizist das Mitgefühl zu seinem Kollegen, dem so etwas passiert ist. Und zum Klarstellen: Der Müller ist im Fall «Sandra» ja keineswegs verdächtig, weil er ist ja die Hauptperson, der sogenannte «Protagonist». Keine Beunruhigung.

Ein bisschen weiter kommt der Müller am Montagabend. Da schrammt er an der Kulturszene entlang, die wichtig ist in der Stadt Zürich, sogar in diesem Todesfall. Denn Kultur ist schön, macht viel Freude, kostet wenig, bringt nichts ein, und manchmal findet man durch Kultur Freunde, und auch bringt sie einem zum Nachdenken. Zum Beispiel wenn sie brisante Fragen stellt, zum Beispiel über das Leben. Darum interessiert sich auch der Müller für sie, weil er sich auch gerne Fragen stellt, zum Beispiel über das Leben, und jetzt fragt er sich gerade: «Wer ist Sandra?» Eigentlich geht es ihn gar nichts an, weil also Achtung, nur dass es klar ist: Er hat ja gar keine Befugnis, sich da hineinzumischen.

Aber trotzdem merkt er etwas am Montagabend. Er sitzt gerade zu Freizeitzwecken beim ausrangierten Berliner S-Bahn-

Wagen am Fluss, der zu einer Wirtschaft umgebaut ist. Steht vielleicht zweihundert Meter flussabwärts vom Flussbad Oberer Letten, aber gerade neben der Limmat. Er trinkt ein kühles Blondes mit Schaumkrone und schaut und freut sich an der Hälfte der Leute, die mit viel blosser Haut am Leib dasitzen, vorbeispazieren und manche auf dem Velo, was die Beine verlängert und das Muskelspiel sichtbar macht. Aber viele Frauen, das muss ich wirklich sagen, treten immer viel zu grosse Übersetzung und murksen darum, statt sich schnell und geschmeidig zu bewegen. Zum Zuschauen nicht so schlimm, einfach nur ein bisschen schade.

Und der Müller also auf dem Sofa vor dem S-Bahn-Wagen, das kühle Blonde mit Schaumkrone aus Altstetten und die brennende Zigarette und Christoph Weiss (36) angetroffen. Ist rein zufällig Deutscher und seit der Personenfreizügigkeit zugewandert und dafür mitverantwortlich, dass Zürich die grösste deutsche Stadt in der Schweiz geworden ist. Nicht so schlimm. Aber kein Preusse, sondern nett und aus einer Stadt dort, wie heisst das dort, wo sie früher so viel Stahl und Kohle, also ich weiss es gerade nicht. Jedenfalls ist er CEO von «Bretzeli.ch», woran dem Müller sein Jugendfreund und immer noch Freund Franz Schubert (45) zur Hälfte beteiligt ist, weil er an die Zukunft denkt. Haben sich auch befreundet. «Bretzeli.ch» heisst so, weil Christoph Weiss dort mit Belegschaft, wahnsinnig junge und kreative Belegschaft im zweiten Stock an der Bäckerstrasse 40 eingepfercht, Lösungen im IT-Bereich erarbeitet. Christoph Weiss hat Hobby Musik, was dem Müller nicht fremd, aber eher so Cello, und auch Krimis, was der Müller aus der Praxis vom Berufsalltag her kennt. Aber der Müller verrät natürlich nichts Dienstliches, weil Geheimnis, Paragraf und Reglement. Da kannst du dir rein gar nichts erlauben.

Und kommt jetzt Sebastian Fuhrer hinzu, den wir gestern im Proberaum von *Spitfire* an der Bierflasche als Beobachter gesehen haben. Und sie plaudern als Trio jetzt gerade über einen Film, von dem ich die Überschrift momentan vergessen habe, was nicht so wichtig ist, aber kommt mir schon wieder in den Sinn.

Und jetzt wird es kurz still in der Runde, weil Sebastian plötzlich die Hand in die Luft und zischt «psst!» und schnellt aus dem Sofa, fällt fast vornüber, stürzt zu Menschen mit Bierflasche in der Hand, die dastehen und diskutieren, drei Typen in T-Shirt und Stoppelbart und Wuschelfrisur, so Indie-Publikum.

«Was habt ihr gerade gesagt?», platzt Sebastian in dieses Grüppchen hinein.

Und die Kerle irritiert.

«Pardon, ich habe unfreiwillig mitgehört.»

Und schon etwas Entspannung.

«Von Sandra hat einer von euch gesprochen.»

Und der eine sagt: «Ja, sie wurde heute Nachmittag tot aus der Limmat gefischt.»

Sebastian nickt ein Dankeschön und zurück zum Müller und zu Christoph Weiss und sinkt aufs Sofa und ist still und murmelt nur: «Nein!» Und ist schon ziemlich berührt, dünkt's mich. Wird bleich, obwohl gebräunt, und sein Gefühl ist sicher schlecht. Aber wir wissen natürlich nichts Näheres. Wir kennen ihn ja fast nicht. Er verstummt völlig. Sagt nur zu den anderen: «Sandra ist tot, heute Nachmittag aus der Limmat gefischt.»

Und der Müller Benedikt in der indirekten Rede, jaja, er sei dabei gewesen als, und tragisch und so jung und ein Unfall?

Und Sebastian: «Weiss nicht.»

Und Christoph Weiss zu Sebastian: «Hast du sie gekannt?»

Sebastian: «Ja.»

Der Müller: «Nein. Sandra wie noch?»

Sebastian: «Molinari. Die Musikerin.»

Und Müller → Sebastian: «Gut gekannt?»

Und Sebastian: «Schon lange.» Und schweigt.

Und Christoph Weiss: «Scheisse.»

Und der Müller gibt Christoph Weiss zwar recht, aber schweigt jetzt, denn er würde nicht dieses Wort einsetzen, um das zu sagen. Sondern, wir sind in der Schweiz, auf Schulter klopfen, höchstens, bedeutungsbeladen seufzen, beredt schweigen, in den Himmel hinaufschauen oder auf die schönen nackten Beine von jemandem, die gerade in der Nähe herumsitzt.

Aber vorher dieses Trio und sonst beim S-Bahn-Wagen alle

anderen sehr gesprächig also. Wie das so geht in grosser Stadt, in welcher viele Menschen auf engstem Raum zusammenleben. Da musst du manchmal eben sprechen, sonst halten sie dich für ein Wort, das ich hier nicht schreiben will.

Und Müller denkt: Also Musikerin und im Internet und im Pressearchiv suchen, weil ich kann ja jetzt nicht zu viel Interesse zeigen, weil sonst Verdacht, ich bin morbid oder Ausscheiden aus Polizeidienst nur Trick, um jetzt Undercover-V-Mann. Aber übertriebene Vorsicht, weil dem Sebastian ist unbekannt, dass der Müller der Goldzahn von Polizei Zürich ist. Weiss nur, dass der Müller sehr psychisch, weil war Kellner im Restaurant Bahnhöfli Wiedikon, wo ab und zu Müller und Bucher Manfred viel essen und da über Schnitzel und Pommes frites ins Gespräch gekommen, wie das halt so geht. Gemeinsames Interesse: Musik. Aber was macht Sebastian jetzt, wo nicht mehr Kellner? Weiss ich nicht genau, weiss der Müller nicht, vielleicht Sebastian selber nicht, aber für ein Bier reicht es ja. Dass der Müller nicht nur «Müller», sondern auch «Benedikt» heisst, ist im Grunde fast ein Staatsgeheimnis. Weil alle immer «Müller da» und «Müller dort» und «Müller sowieso». Das googelt keiner. Ist ein guter Deckmantel: Der Name vom Müller fällt nicht auf. Das ist die halbe Kunst der Polizei, verrate ich jetzt als Geheimnis.

Und Sebastian geht jetzt.

Und die anderen, Müller und Christoph Weiss, plaudern doch noch etwas weiter, weil «Des andern Leid ist mir zu weit» (La Rochefoucauld). Und der Müller will vor allem *hören*, weil hören immer interessanter ist als sprechen, und schauen ist auch schön, weil eben ein beschaulicher, lauer Abend, Sommer und Sonne gehen unter, aber von hier aus völlig unsichtbar, weil verdeckt und leichte Flussbiegung, hinter der Coop-Mühle, die jetzt modern «Swissmill» heisst. Schon dynamischer, wirklich angenehm. Und der Müller zwar Mitte vierzig, aber noch immer recht ansehnlich, vor allem Humor hat er, was ja bei Frauen immer gut ankommt.

Aber heute keine Lust auf Bei-Frauen-gut-Ankommen. Nämlich wenn unter deinem Platz auf dem hölzernen Sonnendeck über dem, Achtung neu: «smaragdgrün» schimmernden Wasser der Limmat dir plötzlich eine Frauenleiche hervorstrudelt, das klemmt dir doch die Libido vollkommen ab. Kannst du mir glauben. Und Sex ist ohnehin masslos überschätzt, denkt der Müller. Darum driftet er fraglos allein in die Wohnung nach Wiedikon. Zuerst sofort Filzpantoffeln an wegen Nachbarin von unten. Reklamierte wegen «Trittschall» vom Müller. Dabei machen die Kinder vom Schulhaus gegenüber viel mehr Krach (aber nicht jetzt, weil mitten in der Nacht und sowieso Schulferien, weil immer Sommer). Er wirft den Computer an, schaut die Elektropost. Ist nichts Wichtiges, daher gleich die schlaue Suchmaschine reingeworfen und «Sandra Molinari» hineingegeben. Jetzt wird es nämlich konkret, und deshalb muss der Müller beim Ermitteln immer aufpassen. Man merkt jetzt, dass Kultur sogar in der Welt des Verbrechens wichtig ist. Da musst du zuerst nachdenken und kannst nicht einfach wild drauflosholzen wie Harry Callahan von «Dirty Harry». Nämlich in der wirklichen Polizeiarbeit geht es folgendermassen: Jeder Mensch hat neben dem Vornamen, mit dem ihn seine Eltern, Schwestern und Freunde rufen, auch noch einen Familiennamen, mit dem zitiert ihn der Chef ins Büro, das Steueramt vor Gericht und die Polizei auf den Posten. Oder eben der Müller in der Suchmaschine.

Die schlaue Suchmaschine ist nicht auf den Kopf gefallen, findet etwas, und zwar das, was folgt. Achtung wichtig, Kostprobe aus dem vollelektronischen Internet auf der Welt. Es weiss viel, zum Beispiel:

«Sandra Molinari, geboren 1978 …», also erst 34, rechnet der Müller und denkt sogleich: Gab einmal eine Zeit, wo ich das alt fand. Aber er hält sich nicht weiter mit Wehmut und Denken und so auf, weil grosser Schmerz, wenn das alles emporbricht wie Ätna aus U-Bewusstsein, also liest er weiter:

«… in Zürich, Sängerin und Gitarristin in den frühen neunziger Jahren bei *Hellhound* und *Spitfire*, von 1994 bis 1999 ausschliesslich bei *Spitfire*. Nachfolgeprojekt *Wiedikon* scheitert nach einem Album (2000). Solo mit den Platten ‹Good Night› (1999), ‹Andersch› (2003), ‹Meh!› (2006), ‹No meh!› (2010) auf ‹HeHo›-

Tonträger recht erfolgreich. Hitparadenplätze soundso, Auszeichnungen die und jene, finanziell Werkbeiträge soundso. Management: Johnny Maurer».

Scheint dem Müller recht fruchtbare Laufbahn mit Wechsel Englisch → Dialekt. Was ziemlich typisch. Und er sucht noch ein bisschen weiter im Netz und kommt zum Schluss:

Hellhound = Underground. *Spitfire* mehrmals und solo Sandra Molinari immer sogar etwas Hitparade. Gehört zu den bekanntesten Musikerinnen aus Zürich. Das alles aufgrund Internet: Du weisst nichts, und klickklickklick bist du schon fast Experte. Auch die Polizei, sie kennt sich aus. Sie hat auch Internet. Da tippt und sucht und fahndet sie, genau wie im Leben ausserhalb der Digitalelektronik. Da bist du nicht sicher, wenn du etwas Böses im Schilde führst. Das Internet ist zwar gross, und aber auch die Intelligenz der Polizei, zum Beispiel von Müller.

Und der Müller weiter auf nächtlicher Recherche, sieht Symbol: «MP3» zum Herunterladen und Anhören. Tut der Müller. Mit Kopfhörern wegen der Nachbarin von unten. «Information ist Gold» (Polizeigrundregel). Musik: gar nicht schlecht, denkt er. Und findet ein Foto, nicht schlecht, denkt Müller. Sah vorhin im Wasser trotz achtunddreissig Stunden im Wasser (aber das weiss er ja noch nicht, sondern erst nach Autopsie-Bericht von Dr. Brenda Marquardt), also richtig: sah vorhin im Wasser trotz wie vielen Stunden wohl im Wasser genau so aus, gut getroffen: so Augen, Nase, Mund, das Gesicht ist rund.

Weiter weiss das Internet in dem Müller seiner Wohnung noch eine Menge Buchstaben und Sinneinheiten mehr, aber die Plattenfirmeninfos … (beachten Sie diese vielsagenden drei Punkte, die sind schärfste Branchenkritik) … die Plattenfirmeninfos … meist unlesbar und warmes Stürmchen: alles toll, toll, toll und Erfolg hoch zwei und spielte früher bei (folgt Liste völlig unbekannter Bands) und mit (folgt Liste völlig unbekannter Musiker) und in (folgt Liste von Kulturzentren und Konzertlokalen, Löwenanteil existiert nicht mehr, weil Konkurs oder Nervenzusammenbruch wegen Piesacken und Kujonieren seitens der Nachbarn, die ruhig schlafen, immer nur ruhig schlafen wollen und keine Bohne Verständnis für laute Kultur, aber stell dir mal vor, im Nachbarhaus deathmetallen sie jeden Di/Mi/Do/Fr/Sa und am So noch als Matinee. Da wird aus jedem Chaos-Punk ein Spiessbürger).

Aber genug jetzt. Zurück zum Fall Sandra Molinari, von Müllers Kopf in die Realität, er urteilt: Das Plattenfirmeninfo kann man nicht lesen und Informationsgehalt = null, deshalb hier, das heisst gerade vorher oben von dem Müller nüchtern zusammengefasst. Summa summarum schon ein berufliches Bild der Toten.

***

Wer im Universitätsspital im Flügel C im Erdgeschoss an der Tür zum Zimmer 104 vorbeispaziert, entdeckt dort eine Treppe, die nach unten führt, ins Untergeschoss, das hier unter Bodenniveau angesiedelt ist. Gewissermassen unterirdisch. Alles weiss gestrichen, bis in Schulterhöhe mit Ölfarbe, abwaschbar. Dort unten ist das Reich von Dr. Brenda Marquardt, der Pathologin. Hier schneidet sie die toten Menschen auf, um ihren Körpern die letzten und fatalen Erkenntnisse zu entlocken:

1. Warum ist dieser Leichnam tot?
2. Wie ist der Leichnam tot geworden?
3. Wann ist er tot geworden?
4. Allenfalls, und das ist sehr schwierig: Durch wen ist der Leichnam ganz tot geworden?

Diese Fragen versucht Dr. Brenda Marquardt zu beantworten, indem sie die Menschen aufschneidet und ihre Körperteile entweder der Grösse oder der Farbe oder dem Gewicht nach sortiert. Manchmal sogar alphabetisch.

Sie werden vielleicht einwenden: «Das stimmt nicht. In Wirklichkeit gehen Pathologen ganz anders vor. Das weiss ich vom Fernsehen.»

Ihre Einwände in Ehren, aber sie sind Quatsch. Dr. Brenda Marquardt ist eine sehr gute Pathologin mit einem internationalen Erstklasseruf, obwohl sie noch gar nicht alt ist (ungefähr 35), aber mit Erfahrung bis zum Abwinken, eine Publikationsliste kleingedruckt so lang wie ein Mammutoberschenkel, und die Zahl der gerichtsmedizinischen Vorgänge, die sie abgeschlossen hat, erhöht sich laufend, fast explosionsartig. Nicht, weil die schöne Stadt Zürich so saukriminell wäre, ist sie schon ein bisschen, aber nicht so stark. Grund für die explosionsartige Vermehrung der gerichtsmedizinischen Vorgänge auf dem Aktivkonto von Frau Dr. Brenda Marquardt ist ihre internationale Reputation. Sie schneidet manchmal in London auf, manchmal in Paris, sogar in Bordeaux, und in vielen Städten Deutschlands und in der Schweiz sowieso. Sie schneidet in Wuppertal auf und in Köln, in Neuruppin und in Weimar, in Oberstdorf und in Garmisch-Partenkirchen, in Düsseldorf und nicht zuletzt an der Charité in Berlin. Ich sage dir, was die schon aufgeschnitten hat, geht auf keine Kuhhaut.

Dr. Brenda Marquardt ist eine überaus tüchtige Frau. Sie arbeitet viel und exzellent, ist intelligent und humorvoll und gross gewachsen und schön, also ungefähr das Wunschbild von fünfzehn Prozent der männlichen Bevölkerung. Die anderen haben lieber Dumme, die zu Hause fernsehen oder durch die Boutiquen und Solarien streifen. Aber für die Polizisten ist es immer eine grosse Freude, in Dr. Brenda Marquardts Katakomben, wo die menschlichen Trümmer, welche wo verursacht werden durch das Böse im Menschen oder einfach durch tragische Unfälle, als Strandgut des Lebens ihre körperlichen Geheimnisse aushauchen. Nicht immer ist es das Böse, das die Menschen dahinrafft, nicht immer das Verbrechen, was böse Taten begeht, manchmal ist es ein Auto, ein Tram, eine Kältewelle, die Droge, das Herz oder der Krebs. Nicht einmal die seltenen Krankheiten wie Takayasu-Krankheit, HSAN1 oder Septische Granulomatose sind gegen Dr. Brenda Marquardts Scharfsinn gefeit. Sie findet sie alle. Sie verfügt über ein fotografisches Gedächtnis, und wenn sie in der Fachliteratur ein Krankheitsbild geistig fotografiert hat, entlarvt sie es fast sofort, auch wenn nur einer von hundert Millionen Zürchern daran stürbe. Kann man sagen: So viele gibt es nicht, bloss circa dreihundertneunzigtausend auf vierhundertacht Metern über Meer. Natürlich, so ist es. Die hohe Zahl ist statistisch gemeint. Capisci? Und viel menschliches Leid haben die sauberen weissen Wände von Dr. Brenda Marquardt schon gesehen, die blitzenden Chromstahlwannen, die scharfen Instrumente, die hermeneutisch schliessenden Kühlschubladen, die Kanülen zum Körpersaft-Absaugen. Und wer es sich nicht gewohnt ist, buchstäblich auf Du und Du zu sein mit dem Reich der Finsternis, den mag nur beim Gedanken an dieses Destillat des Unheils, Unglücks und – ja, das dürfen wir nie ausser Acht lassen – des Verbrechens das nackte Grausen packen.

Das Adjektiv «nackt» mag manchem Polizisten beim Gedanken an Dr. Brenda Marquardt schon als Wunschbild durch den Kopf geistern, aber die Haudegen vom Dienst, ich sagte es, und die tatkräftige Akademikerin, das sind zwei grundverschiedene Planeten, deren Bahnen sich nur selten und immer nur beruflich kreuzen. Aber es ist für alle Polizisten, wie gesagt, immer eine grosse Freude, bei Dr. Brenda Marquardt persönlich den Autopsie-Bericht abzuholen. Obwohl das per E-Mail schneller ginge und Arbeitsstunden sparen würde, aber man macht das noch immer so, weil man so noch nachfragen kann und die Pathologin selbst sehen darf. Doch der Müller wird sich in diesem Fall dieses Vergnügen versagen müssen, weil keine Kompetenz und Legitimation, weil vorübergehend (?) aus dem Dienst krankgeschrieben. Also muss es der Bucher Manfred tun, sobald es so weit ist, aber Lust hätte der Müller schon. Und für Bucher Manfred wird es sicher auch kein Müssen sein. Doch vorher muss Dr. Brenda Marquardt noch die Tote aufschneiden und analysieren. Das braucht ein bisschen Zeit.

***

Die Band *Spitfire* spielt am Montagabend in der Dampfzentrale in Bern vor sechshundertdreissig Zuschauern ein gutes Konzert. Mark Huber bekommt unter den vorbeugend bösen Blicken von Oberarmmonster Goran Krstic, Nerd Stefan Meier, «Trujillo» Hanspeter «Hausi» Sollberger und Bassist René Gabathuler die Einsätze einigermassen hin, sogar beim selbst in Skandinavien bekannten Zivilisations-Shredder-Song «When Death Cometh

To Zurich-Leimbach». Publikum zufrieden. Band trotzdem nicht so glücklich. Band ins Hotel. Zuerst herunterkommen. Dann schlafen.

Das «Berner Volksblatt» (Auflage 75.613 Exemplare, beglaubigt) schreibt tags darauf. Also eigentlich in der Nacht und dann elektronisch abgeliefert:

Helvetia's Finest: SPITFIRE – ohrenbetäubend gut!

«Der Rock von Spitfire *galoppiert ohne Kuschel-Intermezzi vom Start ins Ziel. Zweimal im letzten November und am Montagabend wieder in der Dampfzentrale, alle Male ausverkauft: Immer dasselbe. Weil man das weiss, geht man hin. Und wird nicht enttäuscht.*

RFM. Der Schreibende wäre fast versucht, die Konzertbesprechung vom November zu zücken, denn das Programm, die Spezialeffekte, die Bewegungen der Musiker sind an diesem heissen Sommerabend mit Ausnahme kleiner Umstellungen der Lied-Reihenfolge praktisch identisch. Spitfire *sind Meister in der Disziplin der Bestätigung des Publikums durch das Vorhersehbare: Alles verändert sich, nur der Rock 'n' Roll-Zirkus von* Spitfire *bleibt.*

‹When Death Cometh To Zurich-Leimbach› machte diesmal den Anfang, gefolgt von dem etwas anbiedernd fürs hiesige Publikum als ‹Wankdorf City Rock› umgetexteten ‹Lake of Zurich Rock›. Es folgten ‹Problem Children› und das apokalyptische ‹Struck by Lightning›. Zwanzig Lieder in hundertzwanzig Minuten Konzertdauer, das ergibt eine Durchschnittslänge von sechs Minuten je Stück. Mit anderen Worten: Diese Zürcher pflegen nicht das verbreitete Dreiminutenformat, sie dehnen vielmehr ihre Lieder aus, nicht durch kreischende Gitarrensoli und Refrain-Mitsingspielchen wie manche stilistisch verwandten Rockgruppen, sondern durch die Wiederholung der Riffs, dieser mehrtaktigen, kernigen und kräftigen Gitarrenläufe, des Skeletts des Rock. Spitfire *haben viel* AC/DC *gehört. Zur soliden Grundlage der drei Rhythmusarbeiter Goran Krstic (Schlagzeug),*

René Gabathuler (Bass) und Hausi Sollberger (Gitarre) fügt Stefan Meier (Keyboard) seine Klangfitzelchen und Lärmeinsprengsel, und Sänger Mark Huber jagt wie ein kleiner Teufel über die Bühne. Spitfire *rocken hart, schnell und streuen gelegentlich einen rasenden Blues ein. Kuschelrock ist nicht ihre Sache, und das macht ihre Schau gut geniessbar. Nach achtzehn Jahren im Geschäft wissen sie, was das Publikum von ihnen erwartet, und sie befriedigen diese Erwartungen, indem sie ihre Erfolge anliefern.»*

Hier der Artikel noch nicht zu Ende, nein, ist pro Zeile bezahlt. Aber Sie haben verstanden, nicht? Vielleicht noch dieses visuelle Detail, das man am Konzert sieht, zur Abwürzung:

«Wir sehen eine Videoprojektion von kopulierenden Rhinozerossen, von männlichen Comicfiguren, in deren Körpermitte ein ganz besonders wehrhaftes Organ dräut, von einem Obelisken, der sich langsam aufrichtet, bis schliesslich der Schnellzug in den Tunnel einfährt.»

Nicht der Fehler vom Journalisten.

Und später am Montag, was heute ist, im Müller drin sehr viel unruhiger Schlaf, aber er träumt schlecht. So sieht es in ihm aus: Kalte Hand streckt sich bleich aus Wasser, Haare über fahles Gesicht gespült, Fischchen knabbern an Ohrmuschel. So richtig Ophelia und Horror und heimtückische Cellomusik daruntergelegt. Und Schüsse, aus stählern blauschwarz fletschender Dienstpistole vom Müller, und treffen Statuen von strengem Reformator Huldrych Zwingli und gerechtem Pädagogen Johann Heinrich Pestalozzi und enthauptetem Renaissance-Bürgermeister Hans Waldmann mit Kopf dort beim Stadthaus und grosse Frage im U-Bewussten von uns allen und vom 182-Zentimeter-Polizeimann: Schiesst der Müller u-bewusst die Stadt Zürich tot? Welches Kaliber? Und das Geräusch im Ohr, hässlich! Wie Heugabel fährt in vollgestopften Kornsack, aber Korn feucht und quietscht ein wenig, als Gabel hineinstösst. Und der

Müller reisst alle Augen auf im Schlaf und will rufen: «Weg! Weg!» Aber nur ein Stöhnlaut kommt aus den Stimmbändern heraus, weiss er selber allerdings nicht, hört sich ja nicht zu, sondern nur wir, weil wir das beobachten und belauschen, und der Müller schwitzt, aber fraglich: Angstschweiss, Hitzeschweiss?

Können wir jetzt nicht entscheiden, nur vermuten.

Und der feuchte Müllerkörper, 83 Kilogramm auf 182 Zentimeter, fällt ermattet wieder auf die feucht geschwitzte Matratze. Sein Geist sieht schon wieder blanken schwarzen Stahl bläulich schimmern. Geriffelter Griff, Hand darum, Müllerhand darum, kräftige Müllerhand darum, Finger am Abzug, krümmt, Druckpunkt, Knall. Und so geht es jede Nacht seit Schussabgabe mit Todesfolge, nicht beabsichtigt, Freispruch. Trotzdem Trauma und manchmal Konzentrationsschwierigkeiten wie Flackern vom Hirn und FLASHBACK und Müllerstrasse und rennende Gestalt und Rufe und Stimmen und der Müller hinterher und «Halt! Stop! Stehenbleiben! Polizei!» Und Sirene und zweite Sirene und dritte und Autos und Hund bellt und ab und der Müller: «Halt!»

Aber das schleckt dir keine Geiss weg, wenn du einen erschossen hast, ich sag es dir, da kommst du nicht drüber hinweg, ausser du bist, und Müller ist nicht, Recht-und-Gesetz schon, aber nicht Kommissar Kirby und nicht Harry Callahan von «Dirty Harry» und nicht Judge Dredd, weil das gibt's nur im Film und im Zuchthaus.

Aber Achtung: Das Verbrechen passiert, und deshalb ist Jubel nicht angebracht. Und hässliche Bilder vor allen Augen des Müllers und darum Jubel noch weniger angebracht. Aber jetzt fertig, weil der Montag ist definitiv vorbei. Doch in Chicago ist es fünf und in Vancouver neun Stunden weniger als bei uns, doch das spielt in dieser Geschichte keine Rolle. Bloss: Wenn der Montag vorbei ist, ist er es nur bei uns. Bei anderen noch nicht, bei wieder anderen schon länger, zum Beispiel bei den Koreanern.

Das macht einen schon fast philosophisch. Doch jetzt:

Dienstag früh

Der Dienstag ist bei uns in Zürich im Dialekt der «Ziischtig», also etymologisch der Tag des germanischen Kriegsgottes «Ziu» und in der französischen Schweiz der Tag «mardi», abgeleitet vom römischen Kriegsgott Mars. Ganz schön viel Krieg, nicht wahr? Da kann man ins Grübeln kommen. Schwer. Ob Omen oder Vorzeichen. Aber jetzt wohl eine andere Frage dringender: Sie werden sich jetzt sicher fragen: Warum tut der Müller das? Ich meine, sich interessieren und mit einer Ermittlung beginnen, obwohl, wie man weiss. Tatsache nämlich: Er kann's nicht lassen mit der Toten in der Limmat, ja mit dem Verbrechen überhaupt. Seine innere Neigung und Begabung, vielleicht sogar seine Berufung, zwingt ihn zum Polizeimannsein. Das ist tief drinnen quasi festestens verankert. Und warum gerade in diesem Moment so heftig? Ganz klar: Der Müller hat sonst nicht viel zu tun. Bisschen Bier trinken, bisschen mit Freunden sprechen, bisschen baden, mal Bekanntschaft schliessen, bisschen Stunden in Franz Schuberts «Internationaler Clearingzentrale» an der Bäckerstrasse 40 clearen helfen, mit Bucher Manfred plaudern und mit dem Deutschen Christoph Weiss und Zeitung lesen, Bücher lesen, bisschen zu Hause sitzen, Filzpantoffelfüsse wegen Nachbarin, bisschen Ärger, weil Kinder Schulhaus vis-à-vis viel Lärm und Fussball und Geschrei und Pausenglocke laut, wenn nicht Ferien, und Müllecke: Montag Abfuhr Müllauto und schon Montagabend neue Müllsäcke und zerlegte Schränklein und Verpackungen und klebriges Zeug und Wespen und zweifelhafte Rinnsale aus Sack und vor allem im Sommer Geruch. Geruch: «Uäääk!» Das ist alles, aber sonst nichts. Was der Müller tut. Und der Mensch muss etwas tun. Anthropologisch wichtig. Weil suspendiert = angeschmiert. Mensch muss etwas mit Sinn tun: Kaffeerahmdeckeli sammeln, Geld verdienen, Wandern, Schlauchboot fahren, sich aus Flugzeug oder von Brücke mit Gummiseil stürzen, Gummibärchen designen, Diätfasten oder ein Hobby. Schon früher erkannte Tatsache: «Homo ad agendum natus» (Cicero).

Deshalb sass der Müller in der Nacht am elektrischen Computer, schrieb Notizen über Sandra Molinari solo und mit *Spitfire* und *Hellhound*, aber war müde und ging bald schlafen. Fenster offen, weil Sauhitze legte sich etwas, weil Mitternacht vorbei, und er schlief. Und wie es halt so ist, träumt es ihm nochmals böse, erinnert sich am Morgen nicht mehr, aber zum Glück sind wir da, schauen in seinen Kopf hinein und sehen die Bilder, die sich da abspielen, kleine Details am Rande des tagsüber Erlebten, scheinbar absurd, aber doch aufschlussreich, und zwar: Neonrote, neonblaue, neongrüne, neongelbe Leuchtspiralen, erstaunlicherweise nur zweidimensional, drehen sich vor pechschwarzem Hintergrund über dem Holzsonnendeck am grünen Fluss Limmat, und typografisch korrekt schweben die Devisen- und Notenkurse aus der «Neuen Zürcher Zeitung» durchs Bild, kannst ja nachschauen, wie dort es aussieht, nicht eigentlich zum Sehen attraktiv, das erspart uns die Beschreibung: ein Euro soundsoviel Franken, ein britisches Pfund soundsoviel Franken, eine schwedische Krone soundsoviel Franken, ein US-Dollar soundsoviel Franken und so weiter, und viele Kurven und Grafiken und Zickzacklinien, und das meiste zeigt ständig ein bisschen oder schnell abwärts, obwohl die Wirtschaftswissenschaften behaupten, sie seien eine Wissenschaft. Das ist ganz interessant. Und aus dem gesagten dunklen, finsteren Nichts hallt schon ein bisschen unheimlich eine grausliche Flüsterstimme, die aus dem Weltraum herbeiflüstert: «Die Fpur führt inf Mufikgeschäft.» Wahrscheinlich sagt die Stimme in Wahrheit: «Die Spur führt ins Musikgeschäft», aber die Übertragungsqualität lahmt sehr, weil komprimiert und aus dem U-Bewussten, denn manchmal hat man so eine Eingebung, und man weiss nicht, woher sie kommt, aber oft wird sie wahr, und man kommt wie die Jungfrau zum Kind beziehungsweise die Polizei zur Lösung → Fahndung → Festnahme → Verhaftung → Prozess → trotz psychiatrischem Gutachten Verurteilung → Berufung → abgewiesen → Strafe bestätigt, verschärft oder etwas milder → jedenfalls Haft. Und das ist weiss Gott nicht lustig. Man hätte halt nichts Böses tun sollen. Jetzt ist es zu spät, und man ist aus dem Verkehr gezogen. Das Gesetz will es so.

Aber der Müller Benedikt, Polizeimann a. D., schläft weiter und erinnert sich am Dienstagmorgen an nichts, nur in seinem Hinterkopf hat sich wie ein Samenkorn die Erkenntnis festgesetzt, die keimen, reifen und wachsen wird im Laufe der Zeit, wenn Rat kommt. Auf den Kopf gefallen ist er nicht. Lassen wir ihn noch schlafen, aber es wird jetzt schon hell und noch wärmer, und in diesem Sommer wacht man automatisch auf, wenn es heller wird, weil hell = noch wärmer, nein: heiss = Schweiss, und da kann kein Mensch mehr weiterschlafen. Also hopp unter die Dusche, wir schauen weg, weil auch Müller hat Anrecht auf Privatheit, wir müssen gar nicht alles wissen, was er für sich persönlich so tut und wo ihn Pickel plagen. Jedenfalls kommt er sauber aus der Dusche, brüht Kaffee, holt die Zeitung und liest zuerst den Wetterbericht, weil es keine Fussballresultate gibt, weil Meisterschaftspause. Das ist der Nachteil vom Sommer.

Die Zeitung ist interessant, deshalb muss sie jeden Morgen da sein. Obwohl zurzeit da drin bloss das Monster von Loch Ness und Gurken und Sommerserien. Da fällt sein Auge, also eigentlich nicht, das bleibt zum Glück in der Höhle drin, da fällt sein Blick im Lokalteil auf eine Nachricht, die den gestrigen grausigen weiblichen Leichenfund betrifft. Aber der Müller hat im Dienst viel Schlimmeres gesehen, nur kongruent im Ergebnis: Leiche tot. Im Artikel nichts Neues, weil die Polizei ja auch Zeit braucht für die Ermittlungen und der Redaktionsschluss sagen wir um zweiundzwanzig Uhr für die abonnierte Ausgabe. Aber der Müller erinnert sich jetzt natürlich sofort und weiss, womit er den Tag verbringt, denn schönes Wetter → ideal für Ermittlungen unter freiem Himmel. Und genau das hat Müller vor: in der Stadt herumgehen und ein paar Besuche abstatten, der Welt die Temperatur nehmen, in einschlägigen Kreisen umherstöbern, einen ganzen Korb voller Informationen zusammentragen und dann … Analyse, Analyse, Analyse. Gewichtung der harten Fakten, sobald sie versammelt sind. Denn der Satz «Die Spur führt ins Musikgeschäft» hat sich in seinem Unbewussten und Unterbewussten festgesetzt, da, wo man nicht weiss, was man warum tut, aber man tut es trotzdem, und manchmal ist es problematisch, und manchmal – wie in diesem Fall – ist es saugut, weil instinktiv das Richtige, obwohl am Anfang ganz und gar nicht klar und alle sagen: «He, bist du eigentlich völlig hinüber …?» Und fast Rauferei oder so oder mindestens Schimpfen, aber hier natürlich nicht, weil die Geschichte jetzt sofort weitergeht.

Und jetzt Auftritt vom Müller seinem Freund seit dem Sandkasten einst daheim im Aargau und immer noch auf dem Podest der Freundschaft. Sein Name lautet Franz Schubert. Nicht lachen, heisst wirklich so. Das kann ich nicht ändern. Franz Schubert, Grösse: 193 Zentimeter, Schuhe: 46, Haare: immer weniger, aber blond, hatte viel Leidenszeit wegen des Vornamensgeschmacks von Mami und Papi, weil dieser grosse Franz Schubert voll unmusikalisch und Klavierlieder gar nicht gern hat. Und Mami und Papi auch eher keine Musikfreunde und nicht einmal Religion, sonst hätten sie die Lieder und die «Schubertmesse» gekannt, aber taten sie nicht. Und auch nicht Angler, sonst sicher Forellenquintett im Verein «Petri Heil» Neuenhof, Aargau, wo sein Ursprung fusst. Heisst nämlich nicht nach Opa Schubert, sondern nach Papi von Mami, hiess Franz Schibli. Dann Neukombination «Franz + Schubert», und das Verhängnis galoppierte. Aber nicht mehr so schlimm heute, weil Musiker Franz Schubert heute nicht mehr in den Top Ten, eher so Status «Ein-Hit-Wunder», und sehr lange her, lebt niemand mehr, wo sich noch klar erinnert.

Und Franz Schubert heute auch Mitte vierzig, ist wie der Polizeimann Bucher Manfred dem Müller sein Vertrauter und privater Freund, kennen sich vier Jahrzehnte, intensiv als Kinder und seit fünfundzwanzig Jahren wieder, seit sie zwanzig gewesen. Damals beide volleres Haar und so, «mittlere Körperpartie weniger entwickelt» und «nicht unanständig gemeint, sondern Bauch», sagt Franz Schubert und lacht, aber stimmt nicht so ganz mit dem Bauch. Gar nicht so schlecht erhalten, obschon Franz Schubert absolut Bürohengst: Ist selbständiger Unternehmer, KMU, einst einziger Mitarbeiter, aber jetzt immer grösser und grösser, weil ein florierendes Unternehmen. Domizil an der Bäckerstrasse 40, im Quartier, das fast vollständig gentrifiziert ist. Galerien, Kleiderläden, bessere Restaurants, Reisebüros. Und mittendrin, aber im Obergeschoss im Bürohaus, sitzen Franz Schubert und seine «Internationale Clearingzentrale».

Schubert cleart den ganzen Tag. Inland und Ausland und Clearing, damit alles stimmt, und ist Fachmann und war sogar schon im Radio deswegen und als Referent für Vortrag in Kanton Zug und Schwyz, wo Steuerschlupfloch-Hotspots. Muss man auch sagen: Franz Schubert ist wirklich sehr erfolgreich. Nicht mehr oft selbst in Zahlenreihen-Recherche tätig: Zahlen mutieren, eintragen, konfigurieren, plausibilisieren, gegenprüfen und weiterprozedieren. Sondern infolge Wachstum der Firma, circa vierzig Mitarbeiterinnen und Mitarbeiter, meist strategisch-konzeptuell tätig. Bedeutet: Erarbeitet mit Kunden Clearing-Konzepte, entwickelt Partnerschaften mit öffentlichen und privaten Players. Hauptschnittstellen heute zwischen IT-Branche und Kommunikationsanbietern sowie Finanzbranche im EU-Raum. Aber das Clearingwesen ist trotz Lehman Brothers und internationaler Dauerwirtschaftskrise seit wann eigentlich – Holz berühren, wir wollen's nicht verschreien – krisenfest. Weil, das musst du klar sehen: Clearing braucht's immer. Selbst wenn die Fundamente wackeln, bedarf die Wirtschaft immer des Clearings. Und da kommt, wie gesagt, dem Müller sein grosser und langjähriger Freund Franz Schubert ins Spiel. Weil ist nicht nur Business, ist auch Mensch. Mit Herz.

Und weil Franz sehr klarsichtig → Beteiligung und Aufbau Zweigunternehmen «Bretzeli.ch», seit zwei Jahren, wo Christoph Weiss aus Deutschland die Fäden zieht, mit vollstem Vertrauen und Zufriedenheit von Franz, der denkt: Du musst dich für die Zukunft rüsten, flexibel sein und eine Dienstleistungspalette anbieten, wodurch du quasi Alleinstellungsmerkmal und unique selling point und win-win-win für everybody.

Und Franz Schubert, aus Sentimentalität gönnt er sich selbst pro Woche drei Stunden Clearing im wahrsten Sinne des Wortes, um den Kontakt zur Basis und Grundlage seiner Prosperität nicht abzubrechen. Vor dem Bildschirm, dort Zahlentabellen, in der Hand die von ihm persönlich entwickelte «ShooToo»-App alias «Schubert-Tool»-Applikation. Was die alles kann. Die kennt die Branche bis Amerika. Da staunst du, was. Und bildet sogar im gestalterisch-ästhetischen Kommunikationsbereich von «Bretzeli.ch» den strategischen grossen Sprung nach vorn (wie Wanderung von Mao).

Und Franz Schubert hat im Herz drin Mitleid mit dem Müller, weil Schussabgabe, Todesfolge, Trauma, aber Freispruch und provisorisch freiwillig suspendiert, weil sehr psychisch. Darum hilft der Müller stundenweise beim Franz Schubert in der «Internationalen Clearingzentrale» aus. Damit er etwas zu tun hat und nicht depressiv wird. Geregelte Tagesstruktur hilft. Dann beide weniger allein, weil Kollege, Freund, menschliche Seite von Gegenwart. Etwas diskutieren und zuhören. Zuhören auch wichtig, weil Verständnis und Input und Anregung und so. Zuhören auch für die Polizei wichtig. Und Franz Schubert, weil der Müller seit Tagen nicht in «Internationale Clearingzentrale» gekommen ist, klingelt durch zum Müller, jetzt in aller Herrgottsfrühe schon, wie es nur ein Freund darf. Und der Müller sagt, mit Schlaf in der Stimme, komme später, weil etwas im Tun. Da weiss Franz Schubert stante pede, dass der Jagdinstinkt in seinem Freund wieder erwacht, was ein gutes Zeichen ist, weil der Müller = Jäger und wenn jagt = gesundet und wenn Fahndungserfolg = glücklich. Und Ermittlung in all diesen Verbrechermilieus ist sicher auch reizvoll, wenn auch auf andere Art als internationales Clearinggeschäft oder IT-Welt von «Bretzeli.ch», kann ich dir flüstern. Deshalb muss Franz Schubert heute vermutlich allein meditativ die Nummern suchen, weil das ist Clearing, aber es gibt natürlich Finessen. War eine brutale Vereinfachung. Entschuldigung.

Und der Müller nach dem Anruf von Franz Schubert wenigstens zu einer Zeit wach, wo der Schweiss noch nicht sofort auf der Haut verdampft.

Nun muss man sich mal im Kopf vorstellen: Rockgeschäft beziehungsweise Rockgeschäft in der Schweiz. Da ist dem Müller sein Know-how trotz Freude an der Musik limitiert, in seinem Sinn sind vor allem alte Hasen und nicht so viel Schweiz. Er weiss nur das, was alle wissen, und das ist spärlichst, etwa so: Schweiz =

kleiner Markt, kleine Stückzahlen, wenig internationale Einbindung, kaum Export, aber gute Musik.

Und darum erwartet der Müller keine Villa mit Seeblick, als er sich auf den Weg zu Sandras Wohnung macht.

Wollen wir sie, obwohl völlig tot, weiterhin «Sandra» nennen, als wäre sie eine Freundin von uns, weil das verkleinert die Distanz, involviert unser Gefühl emotional mehr stark, steigert unsere Aufklärungslust, bringt uns näher zu ihr, verkürzt die Distanz zum Verbrechen, ich meine: zur Lösung des Verbrechens. Oder Unfalls natürlich. Aber es war, obwohl diese Eventualität bestand und nicht mehr besteht, natürlich kein Unfall, sonst könnte ich jetzt sofort mit Erzählen aufhören und ab ins Kino. Aber das geht jetzt noch nicht, denn wir stehen im Dienste der puren und wahrsten Wahrheit. Der Müller muss jetzt zuerst herausfinden, wer es gewesen ist, und wir mit ihm, damit das Verbrechen nicht weiterhin seine stinkenden Krakenarme über die Stadt Zürich legen und sich an ihr schleimig festsaugen kann, dass es kein Entrinnen gibt und der Himmel sich verdunkelt vor lauter existenziellem Weh. Oh nein, das wollen wir nicht.

Und das Rockgeschäft, wie gesagt, beim Augenschein in Sandra Molinaris Wohnung, die dem Müller im Sinn schwebt, da wird es keine feudale Luxushütte mit gitarrenförmigem Swimmingpool sein. Das weiss der Müller, aber nicht wegen seiner umfassenden Kenntnis des Musikgeschäfts, die er ja nicht hat, sondern viel schlauer: Erfahrung auf dem Terrain und Stadtplan vom schönen Zürich voll im Kopf verinnerlicht. Weil Stadtplan = auch sozialgeografischer Plan. Elisabethenstrasse, he, Elisabethenstrasse, ja, Grenzgebiet Kreis 4 zu Kreis 3, Aussersihl zu Wiedikon, beim Tramdepot gleich hinter dem Bahnhof Wiedikon. Dort wogt natürlich weit und breit kein Swimmingpool, weil alles durchasphaltiert und Betonparadies → noch heisser als heiss, die Temperatur. Kein Arrondissement für gekrönte Häuptlinge hier. Auf der einen Strassenseite hockt das massive Depot, auf der ganzen Länge von der Zweier- bis zur Kalkbreitestrasse. Die andere Strassenseite Wohnhäuser. Zehner, zwanziger, dreissiger Jahre, dazwischen jüngere Bausünden, fünfstöckig, verblichen. In der Häuserzeile eine serbisch-orthodoxe Kirche, nehme ich an, weil Schriftzug am Gebäude, aber Gitter immer zugezogen, dürre Blätter und Papier im Windfang. Nirgends ein Funke Repräsentation. Bevölkerung: untere Mittelschicht, könnte man sagen, gewürzt mit WGs, Kreativen und dem Restproletariat, das noch nicht in die Vororte rausgequetscht wurde. Relativ ruhige Gegend, obwohl hinter dem Depot der tiefergelegte Bahneinschnitt, wo die Züge durchquietschen. Und im Rücken, ein bisschen unübersichtlich, zwei Parallelstrassen weiter die Badenerstrasse. Viel Verkehr. Sicher viel Feinstaub. Aber den sieht man nicht. Und zu Fuss nur drei Minuten weg die Langstrasse. Soweit das Tableau.

Hier ist der Müller auf der Suche nach Sandras Wohnung. Das heisst, er weiss, wo sie steht, also eher «auf der Pirsch» als «auf der Suche», aber das ist natürlich bildlich, und die Lage ist gut, weil man von da her mit dem Velo in keiner Zeit überall ist, aber «gute Lage» irgendwie nur, wenn der Mensch nicht so hollywoodeske Ansprüche stellt, sondern Bedürfnis der werktätigen Bevölkerung, wovon der Müller Teil.

Der Müller stellt nicht so hollywoodeske Ansprüche überhaupt. Nein, weil seine Herkunft ländlich und einfach, und das hörst du trotz seiner Herkunft am Dialekt: Du meinst, er kommt aus Altstetten. Passt zu Elisabethenstrasse. Ich sage nur: unglamourös. Und überdies hinaus: So gut ist der Zürcher Polizeimann nicht besoldet und jetzt Ex-Polizeibeamter oder noch-nicht-wieder-Polizeibeamter, er weiss nicht, wie das beruflich weitergeht und erst privat … aber sprechen wir nicht von privat. Darum geht er weiter. Apropos «Wohnungen in Zürich», gibt ja nur zwei Möglichkeiten: totalsaniert = völlig überteuert; verlottert = ziemlich überteuert. In der Elisabethenstrasse, der Müller, er sieht das Haus: Altbau, die Eingangstür ist offen, geht ins Treppenhaus, abgenutzt, aber sauber, dritter Stock, drei Namen auf der Tür: «Molinari, Huber, Krstic», wie überall. Und klingelt. Aber kommt niemand, obwohl erst frühmorgens acht Uhr. Darum jetzt vielleicht ein Vorurteil korrigieren: Muss nicht sein, dass Wohngemeinschaftsbewohner im Alkoholrausch auf dem verkotzten Sofa vor sich hin röcheln oder mit Gruppensex beschäftigt sind (ohne Alkoholrausch und verkotztes Sofa), weil auch Bewohner von Wohngemeinschaften ehrlich sind und arbeiten und Musiker auch. Das heisst, wir wissen vielleicht noch nicht ganz sicher, dass «Huber» und «Krstic» auch Musiker sind, aber der Müller vermutet es, weil die Polizei sowieso Internet hat und er zu Hause auch, und die schlaue Internetsuchmaschine ist nicht auf den Kopf gefallen. Und der Müller hat sich natürlich voll eingeprägt, was da stand, weil das ist das A und O vom Ermittlerberuf. Nach einer Weile geht einem das alles schon in Fleisch und Blut über, und man macht das ganz automatisch, ohne nachzudenken tut man ganz instinktiv das Richtige und schleicht sich an die Höhle des Löwen heran, mit mächtig Informationen im Kopf und keiner Waffe in der Tasche, denn der Müller Benedikt ist ja nicht mehr im Dienst.

An der Türe ein Plakat von einer US-amerikanischen Kultband.

Er klingelt nochmals.

Aber es kommt wirklich niemand zur Türe, und er wird später einmal anrufen. Ist altmodisch, weiss der Müller, dass nicht jetzt sofort Mobilanruf eintippt. Ist vielleicht sein Trick: Bis er wirklich anruft, weiss er vielleicht etwas mehr, weil im Futur noch besser vorbereitete Fragen und mehr alternative Fragestrategien im Köcher. Das gute alte Good-guy-bad-guy-Spiel könnte der Müller natürlich jetzt nicht spielen, weil er allein sich ja nicht als zwei Personen aufführen kann, sonst würden die Verhörten am Ende noch meinen, er sei nicht ganz bei Trost und rufen den Notfallpsychiater, doch das ist er wirklich, ich meine, der Müller bei Trost. Deshalb wieder Treppe hinunter, aus dem Haus. Vielleicht herausfinden, wer der Vermieter ist? Sieht nicht so teuer aus und zentral gelegen, reell und real, also wäre schon etwas für den Müller, wäre nicht schlecht. Weil auch das Tram vorne ins Depot hineinfährt, und der Müller hat das Tram gern, weil das Tram ist auch Zürich, und es ist blau-weiss.

Und nun?

Dem Müller gehen die Ideen natürlich nicht so schnell aus. Er hat noch viel auf Lager. Er lässt sich durch einen Stein im Getriebe nicht aus dem Geleise werfen und kann die Flinte gar nicht in den Korn werfen, weil, erstens unbewaffnet und zweitens viel zu früh für Alkohol, erst acht Uhr zehn, da gehen andere überhaupt erst zu Bett. Darum, der Müller war ja vor dem Einschlafen nicht untätig – Stichwort: Internetrecherche –, also ab zur Post 8036 Zürich-Wiedikon. Sind drei Minuten zu Fuss. Über den Bahneinschnitt rüber, dann links.

Warum hierher?

Postfach observieren, da «HeHo»-Tonträger laut Internet keine physische Büroadresse und im Internet keine Telefonnummer. Merke: Es steht doch nicht alles im Internet. Aber es sagt, «HeHo» heisst so, weil «Heeb» und «Holderegger», sind also zwei. Und die Nummer vom Postfach heisst 2163. Und wie es ideal wäre, dass entweder Heeb oder Holderegger bald kommt und seine Post holt, so war es natürlich nicht. So ist es natürlich nicht. Geduld ist ein Adelsprädikat der Ermittlungsarbeit, und so wartet und wartet der Müller und muss warten und raucht, dass es ganz ungesund ist und dem Bundesamt für Gesundheit übel wird und aus dem Postfachbereich der Post 8036 Zürich-Wiedikon eine riesige Rauchwolke quillt, was fast die Feuerwehr in ihren blitzblank gewienerten brandroten Fahrzeugen anlockt. Aber nur fast, weil man sieht ja, dass es der Müller ist, der da wartet und wartet und muss warten und raucht und raucht. Das heisst, die Leute wissen nicht, dass es Müller ist, weil sie ihn nicht mit Namen kennen. Sie sehen ihn nur.

Aber jetzt kommt Bewegung in die Sache: Einer kommt und steckt Schlüssel ins Schloss vom Postfach 2163 und öffnet Türchen und greift Werbesendung. Das sieht der Müller klar von Weitem, weil es bunt ist, denn bunt = Werbesendung. Meistens!

Müller geht sofort hin und fragt ihn, ob er der ist, der das Postfach leert. Der sagt, ja, er ist der, der das Postfach leert, denn er leert es gerade. Also «guten Tag, was wollen Sie». Und der Müller sagt, was er sagen will, und schon sind sie mitten im Gespräch. Das zeigt: Man muss nur auf die Leute zugehen und sie ansprechen, und sogar die Zürcher reagieren freundlicher, als man im Voraus denken würde beziehungsweise gedacht hätte. Die sind längst nicht unfreundlich, wie alle Nichtzürcher auf dem ganzen Globus behaupten. Die tun nur manchmal so rüpelig, weil es ihnen gefällt. So wirken sie nur an der Fassade, aber tief innen, ha, da sieht es anders aus, glauben Sie mir. Tief innen sind die Zürcher auch nur Menschen.

Ja, er kennt die Sandra, sagt der vom Postfach 2163. Und jetzt können wir das Geheimnis lüften, das uns quälte: Ist es von «HeHo»-Tonträger der Heeb oder der Holderegger?

Er ist der Holderegger, sagt Holderegger.

Und Müller sagt, er ist der Müller.

Haben sie sich also einander vorgestellt, das verlangt doch die Höflichkeit. Und der Holderegger macht nicht den Eindruck, ein windiger, aalglatter Business-Hai zu sein. Aber der erste Eindruck kann schwer täuschen, das weiss der Müller natürlich mit seiner langen Berufserfahrung, also ist er auf der Hut und passt grausam auf, dass der Holderegger ihn nicht ins Abseits hinauslächelt, wo er nie mehr eine Spur von der vermutlich kriminell verstorbenen Sandra Molinari finden wird. Das heisst: vom Mörder der Sandra. Oder, weil wir das jetzt noch gar nicht wissen, dass es nur einer gewesen ist: von den Mördern der Sandra. Oder gar – Gleichberechtigung – von der Mörderin oder den Mörderinnen. Oder ganz einfach: von der Täterschaft. Umgekehrt, aufgepasst, man muss auch das Gegenteil immer mit hineinbeziehen, weil es oft komplizierter ist, als man es zuerst denkt. Schon klar.

Nein, er weiss nichts, sagt Holderegger.

«Aber das ist doch ein grosser Verlust für ‹HeHo›-Tonträger?», sagt der Müller. Fangfrage. Aber Holderegger geschickt: «Verlust ist bei ‹HeHo› Geschäftsprinzip.»

Müller glaubt nicht. Schüttelt den Kopf. Schaut.

«Doch, doch», sagt Holderegger.

«Wie das?», Nachfrage Müller.

«Kleine Stückzahlen, kleiner Markt, kein Budget für Werbung, nur Hobby, aber nicht weitersagen, vor allem nicht der Presse», sagt Holderegger.

«Nur ein Hobby?» Der Müller glaubt nicht alles, was ihm einer sagt.

«Was heisst *nur*?», Holderegger wird etwas giftig.

«Nicht wertendes *nur*», sagt Müller semantisch, «sondern feststellendes im Sinne von *lediglich*, *ausschliesslich*.»

«Aha», sagt Holderegger, zufriedener.

Aber der Müller Benedikt sticht clever wieder direkt aufs Thema zu: «Die Sandra-Platten. Platten von Sandras Band. Das Internet sagt: ‹Erfolgreich!›»

«Im Rahmen der Möglichkeiten», sagt Holderegger, und: «Ist halt ein Pressetext.» Und: «Worum geht's?»

Ist jetzt offenbar ganz wach.

«Ich ermittle», sagt der Müller.

«Aha», sagt Holderegger.

«Im Fall Molinari», sagt der Müller. Klingt offiziell. Bedrohlich. Da hört man schon kalt die Handschellen zuschnappen und die schwere Zellentür und die Schmerzensschreie der misshandelten Zelleninsassen.

«Ich weiss nichts», sagt Holderegger, «nur Zahlen». Kann sein, kann aber auch nicht sein, denkt der Müller, und wenn es nicht ist, dann ist Holdereggers Schweigen verdächtig. Und wenn es ist, weil er als unbescholtener Bürger der Ermittlung doch helfen wollen müsste, damit das Verbrechen weiterhin keine Chance hat bei uns in der Stadt Zürich und draussen vor der Tür bleibt, in … sagen wir … irgendwo im Ausland. Denn wir können das Verbrechen ganz und gar nicht brauchen bei uns, wir wollen es nicht, es soll weggehen, weit weg.

Aber ich schweife ab, denn der Holderegger und der Müller haben weitergesprochen, und ich habe die Fortsetzung verpasst, weil ich selber gesprochen habe. Da bin ich jetzt wirklich angeschmiert, weil da zeigt sich, wie gesagt, *der Wert des Zuhörens.* Und ich habe ein Problem, denn Holderegger und der Müller haben sich vor der Postfachanlage an der Seebahnstrasse wieder getrennt. Plattenfirma-Holderegger geht nach links am Eingang der Post vorbei zur Birmensdorferstrasse, wo sie noch Einbahn ist und am «McPaper»-Papeteriemarkt und am Kiosk weitervorbeiführt, um dann das Herz von Alt-Wiedikon mittendurch zu queren. Der Müller dagegen nach rechts zu den Altglas- und Metallcontainern, also an der Recyclinghölle vorbei, die von Müll heimgesucht ist, die Seebahnstrasse entlang in Richtung Tankstelle, die nachts grün-gelb leuchtet und aussieht wie eine frisch gelandete Raumstation, so gut ist das geputzt. Holderegger ab, und Müller, den wir jetzt nach rechts in Richtung Lochergut-Hochhaus begleiten, sehen beide nicht unzufrieden aus. Aber was sie besprochen haben, habe ich jetzt versäumt, also den letzten Teil davon, und das ärgert.

Ich entnehme dem zielstrebigen Schritt von dem Müller, dass ihm Holderegger eine bestimmte Mitteilung hinterbracht hat, sodass er bereits wie ein Schweisshund einer frischen Fährte folgt. Vielleicht einen Namen? Eine Adresse? Also, einfach hinterher. Vielleicht finden wir es heraus. Er hat das im Blut und folgt der Seebahnstrasse in Richtung grosse Geleise-Anlage im Vorfeld des Hauptbahnhofs, hört vor lauter Verkehr sein eigenes Husten nicht, weil Seebahnstrasse klingt idyllisch, wie See und Strand und Bahn und Ferien, war aber bis vor Kurzem Autobahn durchs Quartier. Jetzt nicht mehr, alles weniger laut und dreckig, aber immer noch genug. Und die Sandalen tragen den Müller weiter und weiter durch die Hitze, aber längst nicht bis zum Lochergut, sondern vorher sich wieder nach links ins Quartier eingefädelt. Der Müller also bis zum Idaplatz. Idyllisch: Kiesboden und Bänke mit Abfall drauf und drunter und Boccia-Spieler und frisch gepflanzte Bäume (die alten: Opfer von Borkenkäfer, Abgas, alt und hinfällig), vorbei, Kies knirscht unter den Schuhen von Polizeimann Müller. Einer der letzten Flecken, wo noch nicht durchrationalisiert und umsatzoptimiert. Bioladen und Laden mit Sportpokalen, wer braucht schon so was, und kleines Café da und dort und alte Leute und Studentinnen unterwegs zum Coop und auf der Bank ein bärtiger Alkoholiker mit Hund und daneben Kinder, die Fussballbildchen tauschen. Da ist es im Müller wieder, das berauschende Gefühl dessen, der das, was die Bürohengste überheblich als «Laufarbeit» bezeichnen, voller Freude durchmacht. Weil Laufarbeit = Bewegung und Bewegung = Denken und Denken führt manchmal zur Lösung. Irgendwann. Also nun zur Bertastrasse soundso. Wieder Altbau, Name suchen, klingeln, Türsummer, zwei Stockwerke hoch, die Tür öffnet sich …

***

… doch zuerst kommt jetzt eine «Rückblende». Das heisst: Wir schauen zurück, was vorher passiert ist, um aus der Vergangenheit Informationen heraus zu entnehmen, die uns in der Zukunft nützlich sein können, und Sie ahnen es: nützlich sein werden, denn sonst täten wir das natürlich nicht. Ich erzähle Ihnen nun also, was vorher geschehen ist, vor einigen Tagen. Genauer: In der letzten Woche am Donnerstag. Da ereignet sich folgende a priori unscheinbare Szene, die niemandem ins Auge sticht, pardon ist nicht wörtlich, sondern Bild:

Da fuhr Rockmanager Hansueli-Johnny Maurer (34) mit dem unauffälligen dunkelblauen koreanischen Mittelklassewagen, den er sein Eigen nennt, im Feierabendverkehr über die österreichisch-schweizerische Grenze bei St. Margrethen westwärts, also heim in die Schweiz. Er vertraute darauf, dass ihn kein Zöllner anhalten würde, denn seit Beitritt Schweiz → Schengenabkommen walten meist mobile Kontrollpatrouillen im Hinterland. Aber die Grenze Österreich-Schweiz ist nicht so ein krimineller Hotspot, deshalb war Johnnys eigentlich leichtsinnige Vermutung richtig: keine Kontrolle. Schlecht und – weil billiger – doch gut für Steuerzahler, aber sehr schlecht fürs Urheberrechtsgesetz, sehr schlecht für die Künstler, sehr gut für Johnny.

Denn: Im Kofferraum des unauffälligen koreanischen dunkelblauen Mittelklassewagens und auf dem Rücksitz schlummern nämlich Kisten mit CDs. Gepresst in Tschechien. Ohne Wissen der Künstler. Ohne Urheberrechtsabrechnung. Etwa neun Prozent des Handelsabgabepreises (Price Per Detail) fliessen sonst als Tantiemen an die Verwertungsgesellschaft «Suisa». Minus Verwaltungskostenanteil geht das dann an die Künstler. Wichtige Einnahmequelle. Das hat Rockmanager Johnny Maurer einfach eingespart. Macht bei einigen tausend CDs einige tausend Franken, die in der Tasche von Johnny Maurer stecken bleiben. Die Stückzahl ungefähr mit 1.3 oder 1.4 Franken multiplizieren, das ist etwa der «Suisa»-Betrag, dann hast du den Deliktbetrag. Ist nicht nett von Johnny-Hansueli, aber was willst du, er muss auch leben. Sagt er. Aber wenn seine Musiker das wüssten. Das wäre gar nicht schön. Das gäbe ein Riesentheater bis hin zu Handgreiflichem und Bier über den Kopf und sogar … aber wir wollen den Mord nicht leichtfertig heraufbeschwören, und gestorben und ermordet ist nicht Johnny, sondern Sandra Molinari, Sängerin und Songschreiberin mit Solo-Projekt «erfolgreich» → Internet. Und er fährt mit gut Rock 'n' Roll im CD-Player über die Autobahn von Osten durch ganz Mostindien ins Züribiet hinein, nähert sich mit lautem Motor der heissen Stadt Zürich, die in konzentrischen Kreisen ums untere Seebecken die Hügel hinauf, über den Milchbuck ins Glatttal hinüber und das Limmattal hinunterwuchert, überquert bei Schwamendingen die Stadtgrenze zum Gelobten Land, taucht in den Milchbucktunnel, schlängelt sich mit seiner juristisch diskutablen Fracht ins Stadtzentrum hinunter, schleicht umständlich in der Melasse des Cityverkehrs um den Bahnhof herum, durch die Kasernenstrasse, am Tages-Anzeiger-Gebäude vorbei in die Zweierstrasse … nein, da ist er schon zu weit. Immer diese Probleme mit der sozialdemokratisch-grünen Verkehrsführung, diese Einbahnstrassen. Also rechts rein, ein bisschen rumkurven und plötzlich, rettend die Ankerstrasse. Und sogar ein freier Parkplatz nicht weit vom Keller entfernt, wo die Kisten reinkommen. «Da bin ich wieder zu Hause», sagt sich Johnny, «und alles ist gut gegangen, da bin ich froh.»

Weil er braucht das Geld. Weil er hat doch diese Kinder mit Angelica: Jason-Lars (5) und Kylie-Shawn (8). Und das kostet, weil viel Geschirr kaputt, und das Privatleben ist ein Hürdenlauf voller Zerrungen und Schürfwunden. Da kommt niemand unversehrt heraus.

Und nun ist es immer noch und wahrhaftig (bitte umblättern) …

Dienstag, etwas später als früh

Erinnern Sie sich? Der Müller hat vom Plattenfirmen-Holderegger höchst wahrscheinlich eine Information zur Kenntnis erhalten und sich an die Bertastrasse soundso begeben. «Altbau, Name suchen, klingeln, Türsummer, zwei Stockwerke hoch, Tür öffnet sich», sagten wir. Und da steht der Müller jetzt.

Aber halt! Nein. Pardon. Fehlstart. Wir haben vorhin bei Johnny und seiner CD-Fracht etwas vergessen. Entschuldigung, nochmals sorry, sorry. Deshalb zurückspulen. Zurückspulen. So, richtig: Rücksitz und Kofferraum dunkelblauer koreanischer Mittelklassewagen. Im Papier zugelassen auf Hansueli Maurer. Ist Johnny. CD-Kisten. Da haben wir etwas vergessen. Nicht zählen, wie viele es sind. Nein, das werden andere feststellen müssen und können und werden, die dafür besser ausgebildet sind. Unsere Neugier, weil vielleicht wichtig für diese Geschichte «Müller und die Tote in der Limmat»: Was für Titel sind diese CDs? Lüften wir den Schleier, ein altes Tuch, was Johnny darübergelegt hat, mehr gegen die Sonne und gegen flüchtige Blicke von aussen als gegen grenzpolizeiliche Kontrolle, dann sowieso keine Chance, aber Johnny hat Vertrauen in Gegenwart, und die Gegenwart führt, wie gesagt, wenig Kontrollen durch. Also Tuch weg, drunterschauen, Kisten aufreissen, hineingucken. Und was liegt da: CDs von Sandra Molinari solo (kennen wir), von *Rockmaschine* (ist top angesagte Band auf Artist Roster von Johnny und ist gerade in Hitparaden-Top-20 und auf Tournee), von *Spitfire* (kennen wir, ist Sandras ehemalige Band, auch auf Tournee) und *Altstetten Basterds* (ist neue Band, noch gar nicht erschienen, «Brutalo-Rap from the industrial suburbs that beats the shit out of you, motherfuckers», Sie ahnen es, auch ein Johnny-Mandat) und dann noch mehr. Zum Beispiel auch Internationales, besonders heiss gehandelt ist der sehr berühmte Insidertipp *Rupert Love Cartwright.* Zwei Worte zu diesem, den seine Fans kurz «RLC» nennen. Quasi der *Isaac Hayes* von Ohio, wie man in den Staaten sagt. Er füllt in den USA schon Sportstadien, und seine Hits kennt jeder: «Twenty Twenty», «Who Do You Love» (nicht das bekannte, sondern sein eigenes, noch bekannteres), «That's What Music Is All About», «Saturday Night», «Loneliness Is Ugly», «If You'd Really Know Me», «Hunger» und sogar eine Coverversion von «Sex Bomb», aber das war mehr als Witz gemeint. Da klärt sich Ihr Blick auf, liebe Leserin: Dieser Mann ist der Hammer. Aber vertraglich sind *Rupert Love Cartwright* und Johnny Maurer von der Ankerstrasse in Zürich natürlich völlig Fremde. Wenn RLCs Anwälte von Johnnys Kofferraumware wüssten, würden sie ihm jedes Monster der Welt auf den Hals hetzen. Weil das geht einfach nicht. Copyright. Urheber- und Leistungsschutzrechte. Noch nie gehört, Johnny? He? Und Rücksitz und Kofferraum mit noch mehr und noch mehr und noch mehr beschwert.

Und da fragt sich dann nun wirklich: Was macht der Johnny da? Lebt er wirklich vom Rockmanagement oder von seinen kriminellen Extras? Und da schwant Ihnen und mir und dem Müller, wenn er es wüsste, aber er wird es erfahren, weil die Polizei und die Justiz immer alles erfahren. Und wer das Gegenteil sagt, der macht Propaganda für die Anarchie und das Faustpfand. Uns allen, auch den Anwälten der Kreativkonzerne, schwant Böses. Denn wir stehen Angesicht zu Angesicht einer eklatanten Rechtsverletzung gegenüber, der man keine hehren Motive zubilligen kann, sagen die einen. Ganz im Gegenteil. Das ist eine Riesensauerei, sagen sie. Können wir ohne Furcht vor einer Ehrverletzungsklage jetzt schon so formulieren, obwohl dieser vorliegende Sachverhalt hinsichtlich Johnny Maurer noch von keinem Gericht abgeurteilt. Aber hallo!

Und kann man einwenden: Brauche ich doch keine CDs mehr, sauge ich mir alles einfach aus dem elektronischen Internet herunter, kostet gar nichts. Sagen viele. Und da haben sie ein Problem mit den Paragrafen und ihren Reitern. Nicht nur der Johnny mit den Musikern und den Anwälten der Plattenfirmen und der Musiker, sondern auch die Gratis-Heruntersauger mit den Musikern und Anwälten der Plattenfirmen und Musiker. Weil nicht nur der Songschreiber aus Niederhasli, die Bluesgitarristin aus Unterniederweningen und die Komponistin aus Zürich-Affoltern müssen leben, sondern auch der Kreativkonzern seine Büros heizen können. Das geht nicht, wenn Johnny die CDs schwarzpresst und so viele die Musik gratis heruntersaugen. Aber jetzt wollen wir keinen Rechtsstreit vom Zaun brechen, sondern Ende der Ergänzung des Einschubs «Johnny und die CDs im Kofferraum». Jetzt ist es wirklich wieder: (bitte dort drüben weiterlesen)

Dienstag, wieder etwas später als früh

Also, wir sagten vorher, dass der Müller, angespitzt vom Plattenfirmen-Holderegger, sich zum Idaplatz verfügt hat und dort zum Haus Bertastrasse soundso. Ist Altbau, suchte Name, klingelte, der Türsummer waltet seines Amtes. Der Müller zwei Stockwerke hoch, die Tür öffnet sich. Schaut einer raus. Grosses Fragezeichen im Blick, weil Gegenüber unbekannt, aber nicht abweisend, eher ein bisschen abwesend, weil noch nicht so spät am Tag.

«Hallo! Hallo», sagt der Müller. Will nicht unhöflich sein, weder offenes Du noch steifes Sie, weil in good old Switzerland Leute schnell Du statt Sie, für Neulinge oft erstaunlich bis verwirrlich.

«Hallo, ist der Name Michael Hauser? Ich bin der Müller.»

«Ja. Hallo. Worum geht's?», will Hauser wissen.

«Ich habe Fragen zu Sandra Molinari.»

Und der Müller beobachtet die Reaktion. Hauser kennt Sandra bestimmt. Aber beginnt nicht auffällig zu schwitzen, zu stottern oder Herzrasen. Nicht auffällig.

«Ach ja? Komm herein, ich koche gerade Kaffee», sagt Michael Hauser (30). Wirkt sympathisch: Jeans, elektrische mittellange Wuschelhaare, dunkelblaues Sweatshirt mit Kapuze und unleserlich dekorativem Schriftzug, irgendetwas Rap oder Hardrock, irgendwas «Death» oder «Monster» oder «Grimreaper» oder «Delinquent», lässt sich nicht gut lesen, weil verschnörkelt-böse. Müller schaut es an, will es entziffern.

«Ein Plattenfirmenwerbegeschenk», liest Hauser in Müllers Blick.

«Aber was heisst's?»

«Grimreaper», sagt Hauser, «der Sensenmann. Eine Metal-Band oder eine Lebenshaltung.»

«Der Sensenmann als Lebenshaltung?», der Müller irritiert, «wie geht denn das?»

Hauser muss lachen: «Das ist Showbusiness. Hey! Kann ich nicht ernst nehmen. Aber der Schriftzug ist gut.»

Und beide jetzt im Korridor. Klinkerboden braunrot, die Wände weiss. Nach links zwei Türen: Wohnzimmer, Schlafzimmer, nach rechts zum Hinterhof drei: Bad, Büro, Küche. Aus der Küche Kaffeeduft. Breitet sich aus und trifft sich gut. In der Küche ein Holztisch, daran vier Stahlrohrstühle, darauf eine Tasse und die Zeitung vom Tag.

«Bitte nimm Platz», sagt Michael Hauser. Das Du etabliert sich, obwohl Altersunterschied.

«Schon brutal», spricht Hauser noch zwei Wörter.

«Ja», sagt der Polizeimann Müller Benedikt.

«Das mit Sandra», sagt Hauser.

Und seltsam, findet der Müller, dass ihn keiner gefragt, also Hauser nicht gefragt, wer er ist und welche Befugnis zum Ermitteln, aber vielleicht hat er nach neunzehn Jahren Polizei wirklich ein Polizistengesicht vor dem Kopf. Und Hauser ist, sagte Holderegger, Musikjournalist. Ist aber ein Vorurteil, dass Journalisten alle linksextrem und mögen keine Polizei. Stimmt hier offenbar nicht, weil – freundlicher Blick in Hausers Kopf – der sich scheint's geschmeichelt fühlt, weil Polizei (?) sich für sein Wissen interessiert. Das heisst: Polizei (?) denkt, er weiss etwas, Insider-Informationen aus Musikgeschäft natürlich, nicht aus Schattenwelt des Verbrechens. Wie hat Polizei (?) von mir gehört? Polizei (?) kennt mich. Bin Experte! Also schon ein bisschen Eitelkeit, und aber auch Entrüstung, weil Sandra tot, und das wünscht man niemandem, dass er, also sie, tot ist. Weil «tot» heisst «für immer tot».

Darum hat Michael Hauser gesagt: «Schon brutal, das mit Sandra.»

Und der Müller fragt, was Hauser weiss, und Michael Hauser steht auf vom Stuhl in der Küche (alles einfach, Musikposter an den Wänden, aber sauber, ausser Aschenbecher, und Müller sieht und steckt eine an, weil Rauchen hier noch nicht verboten ist wie in neunzig Prozent von Welt).

Und Hauser geht aus dem Zimmer, aber nicht Flucht, sondern holt Artikel. Klicken eines Verschlusses in Ordner, wo abgeheftet.

Wie alle Journalisten Ordnung im Archiv, damit Ordnung,

wenn im Altersheim Leben Revue passieren lassen, sonst gewaltiges Durcheinander und Chaos mit den Jahreszahlen und Leben nicht mehr rekonstruierbar, weil Daten ganz an die Vergessenheit verloren. Darunter sind wirklich wichtige Stationen im Kreuzweg eines irdischen Sünders: Wann waren *Bon Jovi* im Stadion Letzigrund und *Prince* an der After-Hour im Kaufleuten und *Keith Richards* von Palme auf Südseeinsel gefallen? Alles einmalige Gelegenheit, unverhofftes Erlebnis. Aber zurück zu Hauser. Der bringt einen Artikel, natürlich von ihm selber, über Sandra und da steht:

> *«Wenn nach einem leuchtenden Beispiel für die nie versiegende Regenerationskraft und Relevanz des ganzen Rock 'n' Roll-Komplexes gefahndet wird – who you gonna call? Keine andere als Sandra Molinari, einst Sängerin und Gitarristin der* Hellhounds*, von* Spitfire *und* Wiedikon*, die in den letzten Jahren zum Dialektrock gewechselt hat. Mit ihrer energiegeladenen Musik vermag sie ein ganzes Quartier von lethargischen Zürchern ins kollektive Delirium zu peitschen.»*

Unterschrift: Michael Hauser. Dann geht er, der Text, natürlich noch weiter, ist erst der Lead. Nur so viel: viel Rhetorik und Schönschrift im Artikel und Prise Englisch, weil hochmodern und etwas Eitelkeit, aber doch die eine oder andere Information zu Sandra-Stil und Stil-Umfeld und aktuelle (also jetzt nicht mehr aktuelle, obwohl Artikel erst zweieinhalb Monate alt) Lage, ist jetzt schon Historie, wohl bald vergessen wie immer, weil alles vergesslich und vergänglich ist.

Bringt wenig Neues, weil Müller im Internet nachgefragt hat. Ist aber nicht schlecht geschrieben, findet der Polizeimann, und schon gescheit, und der freie Journalist Michael Hauser hat Humor und ist auch sympathisch. Aber Gefahr. Grosse. Denn Sympathie trübt den Blick für den Fall (zum Beispiel: Kinder von Schulhausplatz vis-à-vis, wo höllisch vielen Lärm machen, sind vielleicht auf ersten Blick sympathisch, weil lachen, spielen, Augen funkeln, Dreirad oder BMX und so niedlich klein. Aber in Wirklichkeit ekelhaft, weil «Ruhestörung!», sagt Filzpantoffelpflicht-dekretierende Nachbarin von einem Stock unter dem Müller seine Wohnung), darum: Sympathie hochgefährlicher Stolperstein für Ermittlung, Sympathie oioioi heikel, ich sag's dir, da musst du aufpassen, denn es gibt welche, die haben das voll berechnend drauf.

Aber jetzt fertig metatextuell, sonst verpassen wir dem Müller seine nächste Frage. Es geht Schlag auf Schlag, weil der Müller gerade den Mund öffnet:

«Was weisst du über ‹HeHo›-Tonträger?»

Und Michael Hauser sagt: «Eine Wohnzimmerfirma mit wenig Geld. Sie haben erst einen kleinen Katalog, aber etwa zwei Dutzend schöne Produktionen, die beachtet werden. Von den Journalisten und vom Publikum.»

Und der Müller denkt: Wenn von Musik die Rede ist, fällt in diesem Land immer irgendwann das Adjektiv «klein».

Und Hauser scheint Gedanken lesen zu können und sagt: «Die Musik in diesem Land ist zwar gut, aber alles ist klein: der Markt, die Strukturen, der Kreis interessierter Medien. Hier macht keiner ein Bombengeschäft. Die goldene Schallplatte hängst du dir schon für fünfzehntausend verkaufte Tonträger ins Büro. Die Musiker bekommen pro verkaufte CD vielleicht eins fünfzig bis zwei Franken. Das Management zwackt auch noch seine zwanzig Prozent ab. Da bleibt kaum etwas übrig. Das ist ökonomisch sehr schwierig. Die Musiker machen Nebenjobs, oft unqualifizierte. Sie spielen Konzerte an jeder Hundsverlochete, kassieren nur kleine Gagen, haben aber viel Spass und Begeisterung. Freude an der Musik und mit Freunden. Da wird wirklich gute Arbeit geleistet, gute Platten … und wer eine günstige Wohnung findet, keine Alimente zahlen muss und nicht zu viel Geld für Alkohol und Drogen ausgibt, hat ein gutes Leben. Wird geachtet, hat ein dichtes soziales Netz und keinen Chef. So war's auch bei Sandra. Sie verdiente sicher wenig, aber konnte tun, was sie wollte.»

Kurz: soziokulturelles und ökonomisches Umfeld stringent skizziert, der Müller selber hätte das nicht besser gekonnt, und Sie wissen jetzt auch Bescheid.

«Postmaterialisten», denkt der Müller. Interessante Spezies, interessante Zielgruppe. Ihm nicht fern.

Scheidet also Geld als Motiv aus? Das fragen wir uns und der Müller sich, und im Prozess wird diese Frage selbstverständlich akkurat gewichtet werden.

Scheidet also Geld als Motiv aus?

Da muss man differenzieren: Vielleicht scheidet musikgeneriertes Geld als Motiv aus. Aber vielleicht Erbschaft? Nebeneinkünfte aus Drogenhandel? Verteilungs- oder Territorialkämpfe in der Musikbranche? Pro und contra. Abwägen und genau überlegen. Schlüsse ziehen, aber die richtigen.

Und deshalb fragt der Müller erneut seine Frage, die Michael Hauser zu einem Exkurs verleitet hat: «Was weisst du über ‹HeHo›-Tonträger?»

Antwort: «Ist sicher ein Hobby. Die arbeiten für Geld anderswo. Heeb in der IT-Branche, Holderegger irgendwas mit Kommunikation. ‹HeHo› ist, wie gesagt, eine Wohnzimmerfirma. Kein schlechtes Rezept: So hältst du die Fixkosten gering, steckst alles Geld in die Produktionen, und weil du keinen Kostendruck hast, kannst du tun und lassen, was du willst. Es gibt in Zürich einige solche Labels. Heeb und Holderegger haben Stil. Sie könnten, finde ich, vielleicht ein etwas jüngeres Publikum ansprechen, aber sie arbeiten nur nach ihrem Geschmack. Das ist sympathisch, weil es nicht so kalkuliert ist wie grosse Teile des Warenangebots der Musikbranche. Und ‹HeHo› arbeiten natürlich für ihre eigene Altersschicht, vierzig plus, für Leute mit ähnlichem musikalischen Hintergrund: Rock, Singer-Songwriter, etwas Elektronik, ein Tupfer Rap. Die machen das erst ein paar Jahre, deshalb ist die stilistische Linie noch nicht so klar festgelegt. Anders gesagt: noch nicht festgefahren. Eigentlich ganz sympathisch.»

Schon wieder und immer wieder gefährliches Wort: «sympathisch».

Und der Müller: «Und das wirtschaftliche Gewicht von ‹HeHo›?»

Hauser: Formt mit Daumen und Zeigefinger arabische Ziffer «zero» und sagt: «Fast.»

Der Müller: «Und das kreative Gewicht?»

Hauser: «Schwer zu beurteilen. Wie misst man das? Ich weiss nicht recht, es wird sicher in der Branche wahrgenommen. Sie haben gute Presse, aber nur mit Sandra und ab und zu mit *Spitfire* Hitparade, das Radio ist musikalisch zu konservativ.»

Der Kaffee ist jetzt nicht mehr so heiss. Deshalb trinken sie einen Schluck.

Und der Müller stösst jetzt zum Kern vor, also zum Todesfall Sandra: «Wer könnte das getan haben?»

Hauser: «Keine Ahnung. Da ist doch so wenig Geld drin, dass niemand auf die Idee käme, aus finanziellen Gründen einen Mord zu vollbringen. Ich bin ratlos.»

Und der Müller denkt: Ich auch.

Aber er lässt sich nichts anmerken, weil vielleicht denkt er: a) Wir, die Polizei, ist stark und muss Bild so abgeben, und b) Aus Erfahrung wissen wir: Die Nebel werden sich lichten, und die Wahrheit wird obenaus triumphieren, und die goldene Sonne wird leuchten und das Verbrechen sterben und die böse Hand verdorren und die lügnerische Zunge absterben und ein Blitz vom Himmel fahren namens Paragraf, und er wird in den Übeltäter fahren, und dann eine Gefängnisstrafe so was von drakonisch. Und das Verbrechen wird laut jaulend seinen Griff um unsere Stadt Zürich lösen und lockern und sich verkrümeln müssen. Vollkommen im Futur. Denn wer etwas Böses tut, wird bestraft. Und wer nichts tut, wird nicht bestraft.

Und der Müller jetzt verbal: «Danke für den Kaffee, ich melde mich vermutlich wieder», und «danke für die Informationen.»

Und Hauser: «Keine Ursache, Müller.»

Weil ist innerlich schon etwas geehrt, dass er so wichtig, dass der Polizeimann (?) Expertenauskunft bei ihm anzapft.

Obwohl, da war der Müller Korrektheit in Person: Hat den Dienstausweis nicht gezeigt, weil, du weisst, nicht im Dienst, sondern beurlaubt, Waffengebrauch, Todesfolge … Und Michael Hauser schaut gerade komisch, weil der Müller wohl gerade bei diesem kurzen FLASHBACK seltsam geguckt hat.

«Tschüss», sagen beide, und trotzdem per Du, weil der Müller obwohl Polizei recht nett und jung geblieben und normale Sprache und keineswegs versucht, Jugendjargon oder Rock 'n' Roll-Dialekt zu sprechen, sondern normal, und das kommt immer gut, so dem Müller seine Erfahrung. Deshalb das «Du», weil so etwas wie Vertrauensverhältnis aufbauen. Damit Resultate. Damit auch die Kultur nicht in Angst und Schrecken leben muss, weil vielleicht – nur Arbeitshypothese, aber in Ermangelung härterer Fakten oder auch nur stichhaltigerer Indizien – ein verrückter Kulturserienmörder umgeht und alle Rocksängerinnen, Bluesgitarristen, Musikjournalisten, Rockmanager, Plattenfirmen bedroht. Klar, ziemlich extreme Arbeitshypothese, weil erst *ein* Todesfall. Aber meistens kommt es noch schlimmer, wenn es einmal angefangen hat. Da kann so ein verrückter Kulturserienmörder eine ganze Lawine lostreten, metaphorisch und bildlich gesagt, und niemand wagt es mehr, die Gitarre in die Hand zu nehmen. Das wäre schon etwas schade fürs Königreich Rock 'n' Roll und fürs wahre Leben, auch wenn nicht viel Geld im Spiel ist.

Weil das Leben, lautet des Müllers Überzeugung, muss gar nicht immer rentieren. Es gibt auch andere Werte, die wichtig sind, zum Beispiel das und jenes oder noch etwas anderes dort hinten. Es gibt viele Möglichkeiten.

Und mit diesen Gedanken im Kopf im Erdgeschoss von der Wohnung von Journalist Michael Hausers Wohnhaus angekommen. Und vielleicht denken Sie: Das waren aber sauviele Gedanken für einen Treppenhausaufenthalt von zwei Stockwerken, circa vierzig Sekunden. Aber vergiss nicht: Die Gedanken sind elektrische Ströme, und der Strom fliesst schnell in der Leitung herum. Darum denkt man im Kopf schnell, auch der Müller, und in wenigen Sekunden haben viele Gedanken Platz, sofern man sie nicht aufschreibt oder grafisch veranschaulicht als Mindmap mit Ovalen, Kreisen, Linien, Pfeilen und Zusammenhängen oder als Powerpoint-Präsentation mit Folie eins, Folie zwei bis Folie fünfundzwanzig, und immer vorlesen, was gerade an die Wand projiziert, weil der Chef die Zuhörenden für Idioten hält. Denn in Wirklichkeit können sie lesen und denken, aber das weiss der Chef vielleicht nicht, weil er mit den Zuhörenden im Büroalltag nichts zu tun hat, sondern nur mit dem Kopfnicken vom Kader. Das kennt der Müller auch von der Polizei. Warum soll Verbrechensbekämpfung anders funktionieren als privatwirtschaftlicher Firmenalltag? Aber der Müller ist in der Ermittlung ohnehin noch nicht so weit, dass er Mindmaps kritzelt oder Powerpoint oder interaktiven «user generated content» herstellen kann, weil die Informationen hinken noch etwas der Notwendigkeit für lückenlose Beweiskette hinterher.

Die Frage «Wer tötete Sandra Molinari und warum?» bleibt brandaktuell.

Der Müller taumelt also.

Er weiss erst zu wenig. Keine Bange, das kommt schon noch. Jetzt aber vorwärts und nichts vergessen. Vor der Haustür an der Bertastrasse soundso, wo Michael Hauser wohnt, steht ein anderer. Er drückt auf Michael Hausers Klingel, wie vorhin der Müller. Hoffentlich hat Hauser noch Kaffee, schiesst es dem Müller Beni durch den Kopf.

Der vor der Tür mit dem Finger an der Klingel auf dem Knopf drauf ist kein anderer als der Boulevardzeitungsmusikchef Tobias F. Hubacher (51). Der Müller kennt ihn aus der Zeitung und aus dem Fernsehen, wo er eine Oldie-Show moderiert. Sein Lieblingswort dort lautet: «Ich». Da ist er nicht der Einzige im Showbusiness, der das gerne sagt. Der Müller drückt sich unauffällig an ihm vorbei, weil die Boulevardzeitung nicht wissen muss, dass der Müller ermittelt, weil er ja gar nicht im Dienst ist. Es könnte einer nämlich leichthin einen Skandal herbeiredigieren, wenn ein beurlaubter Polizist mit eigener Faust ermittelt, womöglich noch bewaffnet (aber das ist er sicher nicht) … die Polizeiwillkür und die Kompetenzüberschreitung und die Polizeibrutalität, ich sehe die Schlagzeilen schon, ich kenne diese Brüder, denen kannst du nichts recht machen: Wenn ein Verbrechen passiert, ist die Polizei der Löli, weil sie nichts gemacht hat. Und wenn die Polizei etwas macht, bevor das Verbrechen ausgeübt wird, ist sie der Polizeistaat.

Also der Müller weg und der Boulevardzeitungsmusikchef Tobias F. Hubacher flugs ins Haus. Warum macht er das nicht telefonisch, fragt sich der Müller. Weil Hausbesuche brauchen viel

Zeit, aber vielleicht Face-to-face-Interview ergiebiger als telefonisches, kennt der Müller auch, weil ein Verhör ist im Grunde ein spezielles Face-to-face-Interview. Also merke: Boulevardzeitung an Geschichte dran. Plattenmann Holderegger und freier Musikjournalist Hauser für den Müller Benedikt nett, aber nicht sensationell ergiebig, gaben aber Temperatur an → Geld aus Musik wohl nicht Motiv für Todesfall. Aber was dann? «Sicher ist nichts» (O'Flaherty). Also weiter.

Ein weiterer Vertreter des Showbusiness ist Johnny Maurer. Wir haben ihn vorher beim Schmuggeln schwarzgepresster CDs erwischt. Der Müller wird ihn bald kennenlernen. Johnny hat sich schon als Teenager um die Bands von Freunden gekümmert, selbst einst Gitarre gespielt, aber gemerkt: Das Organisieren liegt ihm mehr. Ist Knochenarbeit, nennt sich Management. Braucht man. Jede Musikerin und alle Musiker und Bands mit Anspruch brauchen ein Management, das alles erledigt: Kontakte, Booking, Organisation, Verträge und Pipapo. Weil das entspringt fast vier triftigen Gründen:

1. Ist alles zu viel Arbeit.
2. Kann man sich nicht in allem auskennen und ist fürchterlich kompliziert, vor allem Verträge und juristisch.
3. Macht sich viel besser.

Wie jeder Manager nimmt Johnny Prozente für seine Arbeit, circa zwanzig auf alles, was ihn natürlich nicht mästet, weil kleiner Markt, kleine Stückzahlen, kleine Gagen und so weiter. Zwanzig Prozent von wenig ist sehr wenig. Er ist seit Jahren der Manager von Sandra und einem halben Dutzend anderer Bands und Musiker. Zum Beispiel von der Rockgruppe *Spitfire* (zurzeit auf Tournee) und Brutalo-Suburb-Rap-Equipe *Altstetten Basterds* und demnächst international renommiertem ultimativem Electro-Projekt *3 1/2- Zimmer-Wohnung*. Johnny kommt ursprünglich aus Schlieren, wo ist Industrievorort von Zürich. Das passt zu seiner privaten Lieblingsmusik, die alles ist, was in einer Garage Platz hat mit sehr vielen Gitarren und alten Röhrenverstärkern und viel Zorn und Wut und Schattenseiten von glorioser Erfolgsgeschichte der schweizerischen Welt. Aber ist nicht von gestern, darum auch Rap und Ultimativ-Electro. Trotzdem lassen Sie sich die Namen seiner Lieblingsgitarren auf der Zunge zergehen, weil die tönen, findet (nicht nur) Johnny, grossartig: *Gibson* und *Fender Stratocaster* und *Fender Telecaster* und *Gretsch* und und und. Da könnte einer zum Markenfetischisten werden, weil einem da gleich das Wasser im Mund. Aber egal, er besitzt keine davon, weil ist selbst kein guter Gitarrist und hat vor lauter Organisieren auch gar keine Zeit für Selbstmusik.

Hansueli Maurer, genannt Johnny, wegen seiner Tätowierungen, wo ein halbes Lexikon abendländischer Monsterologie abgebildet ist, von Grendel aus «Beowulf» über Golem und King Kong und Godzilla bis zu Drache von St. Georg – ist aber selbst kein Ungeheuer. Johnny hatte um die Jahrtausendwende als Spätgeborener und deshalb Spätberufener eine Punkrock-Zeit, deshalb auch ein tätowierter Union Jack, schön farbig, und aus Fernweh Seemannsmotive wie Meerjungfrau mit Oberweite, rostiger Anker, Schiff von Schwert durchstossen. Und als privates Motiv: Herz von Angelica drauftätowiert in allen Farben und sogar in Frakturschrift, was etwas retrobraun-gruselig ist: «Zürich». Andere haben ein Fotoalbum, andere haben die Bilder auf der Haut. Und Johnny hat auch wegen dem Rock 'n' Roll, den er liebt, die Hautbilder, die gerne unter seinem zurückgekrempelten Karohemd lauern. Er hat auch eine raue, kratzige Stimme, wie sie *Tom Waits* und *Reverend Beat-Man* kultivieren, das mag vom Rauchen und Trinken kommen, und wirklich: Johnny ist etwas grau im Gesicht, sicher nicht ganz gesund (Leber? Niere? Vitaminmangel?) und dürr wie ein Schnapser und dunkle Ringe unter den Augen und wohnt in einem Altbau an der Ankerstrasse, gerade um die Ecke bei der Wohnung von Sandra. Aber die räumliche Nähe bedeutet nichts über private Nähe. Muss nichts bedeuten. Kann, aber kann auch nicht. Könnte Zufall sein. Aber Müller glaubt nicht an Zufall, denn: «Zufall hat System» (Platon).

Johnny ist durchaus bekannt in der Branche, nicht schlecht im Geschäft, im Rahmen der Möglichkeiten. Hat eine ganze

Reihe von Bands unter Vertrag, die Zürichs Ruf in die Deutschschweiz, manchmal auch in die Westschweiz und ab und zu nach Deutschland tragen. Mit *Spitfire* sogar bis Skandinavien.

Auch Johnny ist wie Heeb/Holderegger und Hauser ein Wohnzimmerbüro. In Zürich sind eigentlich alle Kultürler Wohnzimmerbüros. Gut, vielleicht nicht alle, das Management von *Udo Jürgens* zum Beispiel nicht. Aber viele, aber macht nichts, ertragsschwache Branche, viel Arbeit, und Johnny ist ein lebender Beweis dafür, dass Rock 'n' Roll ungesund beziehungsweise langes Aufbleiben und viel Trinken und viel Rauchen und lange nächtliche Autofahrten zum Beispiel nach St. Gallen, Freiburg, Luzern und viel schlimmer: Berner Oberland oder gar Wallis, alles sehr ungesund – und auch beschwerlich lange Fahrt nach Tschechien für Schwarzpressungs- und Piraterie-Ernte. Aber das wissen erst wir und der Müller noch nicht; das zehrt schon. Und Druck finanzieller Natur wegen seiner Ex Angelica und Jason-Lars und Kylie-Shawn. Deshalb sieht Johnny Maurer, obwohl kein Methusalem, sondern knapp Mitte 30, verwittert aus wie ein alter Schopf im Napfgebiet, wenn Sie wissen, was ich meine.

Und Johnny-Hansueli ist ausgesprochen wortkarg, fast stumm, sagt sehr wenig, jetzt, wo der Müller bei ihm im zweiten Stock an der Ankerstrasse soundso im Kreis 4 klingelt. Die Haustür unten war offen.

Aus der Wohnung ruft er laut: «Ist offen.»

Der Müller Beni also hinein. Der Korridor mit Lautsprechern und Verstärkern vollgestellt, zwei Mikrofonständer und einige Instrumentenkoffer. Ein Stapel gebündelte Zeitungen. An einem Garderobenhaken eine abgewetzte Lederjacke.

Müller auf eine offene Tür zu. Die Küche. Einbau aus den Sechzigern. Hellrot gemaserte Schränke, Chromspülbecken mit abgewaschenen Tellern auf dem Tropfbrett, drei, vier leere Bierflaschen auf den Steinboden gestellt. Am Küchentisch Johnny Maurer. Er hängt in seinem Karohemd schief auf seinem Stuhl, ein Räuchlein steigt auf. Er trinkt Kaffee – das tun offenbar alle hier, denkt der Müller – und hält sich den Kopf. Weil gestern Nacht ein Konzert mit der *Rockmaschine* in Luzern, obwohl

Montag, trotzdem ausgesprochen volle Hütte, aber voll war auch der Kopf, weil getrunken und viele CDs verkauft und deshalb spät ins Bett gekommen und jetzt Kopfschmerzen, weil kein Aspirin mehr da war, wo mit dem letzten Glas in den Magen einzunehmen gewesen wäre, damit der Kopf am Morgen nicht wie ein Bienenstock und der Blick nicht wie ein Autobahntunnel und die Augen nicht wie Farbe von roten Rosen, was zum Violett der Augenringe farblich abwechslungsreich, aber nicht wirklich eigentlich attraktiv auf Frauen ist.

Das meine ich wirklich.

Und Johnny schaut auf, als der Müller hereinkommt und sagt: «Sind Sie Johnny Maurer?»

Und Johnny sitzt plötzlich gerade, drückt den Rücken durch und sagt: «Ja. Und Sie?»

Und der Müller sagt: «Bin der Müller. Ich habe einige Fragen.»

Johnny seufzt, ist massig mürrisch. Aber da kann der Müller nun wirklich nichts dafür, doch die Schieflage ist schon da. Johnny ist richtig maulig, riecht offenbar Polizei und will dem Müller seinen Dienstausweis sehen, weil er natürlich weiss, das ist kein Journalist, weil er ja alle Journalisten kennt, ist doch klar, bei einem halben Dutzend Eisen im Feuer und mehr als fünfzehn Jahren im Geschäft. Der Müller kann das nun wirklich nicht leiden, wenn einer sich so aufführt mit Ausweisverlangen und Legitimieren und so, vor allem wenn auf dem Küchentisch, das wahre Zentrum des Lebens ist schliesslich der Küchentisch, noch frische Haschischkrümel herumliegen. Der geizt wirklich nicht mit der Dosierung, da ist schon ein gewisses Sich-gehen-Lassen bemerkbar, aber das hat mit dem aktuell-gegenwärtigen Moment jetzt nichts zu tun.

Der Müller übersieht die Haschischkrümel, weil er ja Informationen über Sandra will.

Aber genau nein! Er übersieht die Haschischkrümel eben nicht. Weil, wenn du mir so kommst, Junge, kann ich auch andere Saiten aufziehen, damit ich meinen Polizeiausweis nicht zeigen muss, aber das denkt er nur, damit das nicht die Runde macht, und das Musikmilieu ist ja eigentlich kein Feindbild, vor allem nicht auf der Stufe, wo «die Leute rackern und sich abstrampeln und kaum etwas dabei rumkommt», so sagte es der Journalist Michael Hauser von der Bertastrasse. Also klopft der Müller Benedikt mit dem Fingernagel von seinen Händen neben den Haschischkrümeln auf den Küchentisch, schon etwas demonstrativ und lächerlich, wenn man bedenkt, wie viele Kilos allein in der Stadt Zürich Tag für täglich in die Lungen und Nasenflügel gesogen werden. Aber Johnny ist durcheinander, weil eine Elefantenherde und Trompeten von Jericho im Kopf und die siebte Posaune der Offenbarung und sagt daher, will Kriegsbeil begraben und aufseufzend: «Was ist?»

Und der Müller: «Wann haben Sie Sandra Molinari das letzte Mal gesehen?»

Und Johnny sofort: «Am Samstagabend.»

Und die Leiche ja am Montagnachmittag in der Limmat gefunden.

Und der Müller: «Wann und wo?»

Und Johnny: «In der Roten Fabrik am Konzert dieser amerikanischen Experimentaltruppe, wie heisst sie jetzt schon wieder? Ach, diese Kopfschmerzen.»

Der Müller kann ihm auch nicht weiterhelfen, weil er diese amerikanische Experimentaltruppe, wie heisst sie jetzt schon wieder, ach, diese Kopfschmerzen, auch nicht kennt.

Und der Müller: «Um welche Zeit?»

Und Johnny sofort: «Etwa um elf, halb zwölf. Wir haben ein paar Bier getrunken.»

Und der Müller: «Wer war dabei?»

Johnny Maurer: «Holderegger, Hauser und Martina, Sandra, Jasmina, Brigitte, Rosi, Sarah, Jessica, Vanessa, die Band und ich. Und siebenhundert andere.»

Und der Müller, aufmerk- und wachsam: «Welche Band?»

«Sandra's ehemalige», sagt er, und zwar mit dem Idiotenapostroph, ich habe es deutlich gehört, und das macht ihn nicht sympathischer. Aber wie gesagt: Sympathie und Antipathie sind bei Ermittlungen betrügerische Faktoren, weil selbst der sympathischste Mensch kann hinter seiner freundlichen Fassade eine Bestie verstecken, und der widerwärtigste Fettsack mit Körpergeruch, unkontrolliertem Aufstossen, Sackkratzen und vulgärem

Vokabular kann in Wirklichkeit ein lammfrommes, philosophisch interessiertes Kerlchen sein, wenn man nur die richtigen Töne anschlägt, sodass er sich öffnet und nicht sperrt gegen ein offenherziges Gespräch. Und seine Maske, die ihm im Geschäftsleben nützlich sein kann, in den Schrank hängt. Denn der Gute muss nicht unbedingt gutgut sein, und der Böse wandelt über Leichen, er kann so garstig sein, dass es gar nicht mehr auffällt, weil die Welt … sag nichts … Liebe Leserin, lieber Leser, wo fängt das Grausen an? Obwohl du niemanden kennst, der jemanden kennt, der jemanden kennt, dem etwas Grausiges passiert ist. Das Verbrechen ist schlimm. Meist ist es weit weg. Denkt man. Aber die Polizei hat beide Hände voll zu tun, damit es hinter Schloss und Riegel kommt und nicht mehr geschieht. Aber, wirst du sagen, ich verkehre nicht im Rockmilieu, also kann mich der Kulturserienmörder kreuzweise, magst du einwenden. Da magst du recht haben, das kann schon sein. Aber ist es wirklich so, dass es so ist, dass das ein Mörder ist, der nur im Rockmilieu ist? Woher willst du das wissen? Vielleicht ist es ja auch etwas ganz anderes, nicht wahr? Zum Beispiel ein fanatischer Gaddafi-Treuer? Al-Kaida? Taliban, wo den jüdisch-amerikanisch-satanisch-bolschewistischen Rock 'n' Roll hassen? Ein entflohenes Gürteltier mit Vampir-Komplex? Man kann nie wissen. Erst hinterher ist man manchmal klug.

Aber man merkt an Johnnys Aussage, dass sich jetzt die Figuren in dieser Geschichte stark vermehren: Am Konzert dieser US-amerikanischen Kultexperimentalgruppe am Samstagabend kreisten um Johnny Maurer Plattenfirmenmann Holderegger, Musikjournalist Michael Hauser, die nunmehr tote Sandra Molinari und ferner Brigitte und Rosi, Sarah, Martina, Vanessa, Jasmina und Jessica, von denen wir bis dato weder wussten noch wissen, die an der Bar beim Bier auch mitwirkende Band, welche Johnny als *Spitfire* identifiziert hat, und siebenhundert andere im Halb- bis Dreivierteldunkel der Konzerthalle, was die Wahrscheinlichkeit brauchbarer Zeugenaussagen exponentiell hoffnungslos macht. Da malt sich der Müller keine Chancen auf ein sogenanntes «QE» aus, wie das in der Fachsprache heisst: «Quick end», deutsch wörtlich: «Schnelles Ende». Sagt das FBI in den Vereinigten Staaten von USA, wir von der Polizei Zürich sagen fürs selbe: «schneller Zugriff».

Und wenn so viele Tramladungen voller Menschen zu dem Fall gehören, dann schwierig, die Übersicht zu behalten. Denn mit den Figuren vermehrt sich auch die Arbeit. Nichts gegen Arbeit, indes, o Schicksal, der Müller ist eine Einmanntruppe ohne zusätzliches Hilfspersonal, also wird es anstrengend. Das macht ihn plötzlich sterbensmüde, und die Küche von Johnny Maurers Wohnung ist unklimatisiert, also «hot, hot, hot», wie vor Jahren ein Sommerhit ging. Darüber hinaus ist Johnny unfreundlich und unergiebig. Unfreundlichkeit ist aber nicht per se – Achtung Fremdwort aus dem Polizeiwortschatz – «suspekt», das heisst «verdächtig».

Letzte Frage Müller zu Johnny Maurer: «Welches Bier trankt ihr?»

Kann man denken: Wozu das?

Nun, lerne: Bei einer Ermittlung ist a priori alles wichtig in diesem Stadium. Sortiert wird hinterher. Ist wie Früchteschale: Du füllst sie. Dann wählst du aus.

Letzte Antwort Johnny zu Müller: «Das aus Altstetten.»

Gemerkt.

Und der Müller: «Das wär's für den Moment. Ich komme wieder.»

Johnny nicht begeistert, aber was willst du gegen den Müller.

Also beiderseitig «tschüss», und es zottelt der Müller wieder ab, Treppe hinunter.

Und wer kommt da gerade im E wie Erdgeschoss zur Haustür herein?

Der Boulevardzeitungsmusikchef Tobias F. Hubacher kommt zur Tür herein. Das beschenkt den Müller Beni gewissermassen mit einem Déjà-vu-Erlebnis. Das ist Französisch und bedeutet: «Schon-gesehen-Erlebnis». Also eine Situation, die man schon erlebt hat und sich wiederholt, also nochmals passiert, und wenn nochmals wiederereignet und nochmals und nochmals, dann ist es wie in diesem Film mit dem Murmeltier. Und das trifft, findet der Müller, schon gewissermassen zu auf das Leben, denn manche Dinge wiederholen sich, andere nicht, wie der Mord an

Sandra, weil tot ist nun mal tot, und «man stirbt nie zweimal», aber «*nie* soll man auch nie sagen» (James Bond).

Kurz: Der Müller kommt in ein Grübeln, das uns, die wir ihn nun ein bisschen näher kennen, fast philosophisch anmutet. Mich dünkt zwar, er ist der Lösung des Falls Sandra Molinari noch nicht viel näher gekommen, obwohl man sich heftig täuschen kann, aber hallo! Und plötzlich fällt es einem wie Schuppen von den Augen: Der hat den ganzen Hergang und Ablauf und die Identität der Täterschaft die ganze Zeit geahnt, aber noch Beweise sammeln müssen wie andere Leute im September Pilze, weil ohne = keine Verurteilung, und ich hatte unterdessen keinen blassen Schimmer und dachte, er irrt ziellos in der wunderschönen Stadt Zürich und in Gedanken herum, ohne dass ich erkennen könnte, was los ist.

So kann man sich täuschen.

Weil wir natürlich nicht alle Geheimnisse der Polizeimethoden und Ermittlungen und Spezialtricks und Wissenschaftstrümpfe der Spurensicherung kennen, welche die Polizei nicht verraten tut. Dann noch die Pathologie-Mysterien von Dr. Brenda Marquardt. Die Datenbanken, wo Tonnen von Informationen speichern und Suchfunktionen haben, das glaubst du nicht. Und die internationale Vernetzung bis Lyon und Quantico und Langley und Bern. Darum: keine Details zu Abläufen hier. Kein Know-how dem Verbrechen, das sicher auch mitliest. Weil sonst weiss das Verbrechen und seine finsteren Spiessgesellen am Schluss noch zu viel über die Polizeimethoden und Ermittlungen, ja sogar, wie eine Grossfahndung funktioniert, was eine ganz mächtige Maschine ist, die die Polizei anwerfen kann, wenn nötig, um besonders gefährliche Täter dingfest zu schnappen. Kostet zwar und wird nur in wirklich dringenden Fällen angewandt, etwa wenn Gefahr im Verzug, aber lohnt sich, weil Fahndungserfolg sehr, sehr hoch. Da sagst du nichts, wenn du das einmal schwarz auf weiss statistisch siehst.

Aber jetzt immer noch Dienstag, und der Müller ist schon etwas müde, weil zuerst die halbe Nacht in Filzpantoffeln im Internet und dann morgens verschiedene Besuche und Befragungen, und schliesslich ist es Sommer und heiss, und die Leute rennen mit viel blosser Haut am Leib herum, bräuchte man doch ein bisschen Zeit zum Schauen, also bitte, ehrlich: Warum soll er sich bei dieser Sauna-Sauhitze so abstrampeln? Es ist nämlich Mittag geworden und tropisch brutal die Sonne, wie Rasierklingen trommelt sie vom Firmament, also nach Hause und Siesta und vorher noch etwas Leichtes essen und hinlegen und gegen Abend weiter, wenn es etwas kühler ist, falls es das ist.

***

Wir nutzen die Zeit für eine Erklärung. Sie haben es schon gemerkt: Das Verbrechen in der Geschichte «Müller und die Tote in der Limmat» passiert hier nicht da, wo man immer denkt, es passiert, nämlich an der Langstrasse, wo das Verbrechen zu Hause sein soll. Im «Kreis Cheib», wie kein einziger Eingeborener sagt, sondern nur die Doofen. An der Langstrasse sind viele Drogen und das Sexmilieu und viele Ausländer und viele Internet-Start-ups und Freiberufler. Aber wenn man sagt, dort ereignet sich und grassiert das Verbrechen, dann stimmt das so nicht, billiger Trick, weil nicht nur Drogen und Sexmilieu und Ausländer und Internet-Start-ups und Freiberufler führen zu Verbrechen, manchmal ja schon, aber auch viele andere Leute. «Das Verbrechen», schreibt schon Jean-Hugues de la Motte-Radabam, der berühmte französische Sozialhistoriker und Frühaufklärer im 17. Jahrhundert, «schlummert in jedem von uns, ungeachtet von Geschlecht, Alter, Nation, Religion, Einkommen, Stand». Sagen wir es so: Das Verbrechen ist unabhängig von ausweisrelevanten Faktoren. Es kann überall von jeder Täterschaft brutal ausgeübt werden. Es ist demokratisch. Und der Gelehrte hat recht, besonders heute. Davon kann der Müller ein Lied singen, aber das wäre kein schönes Lied mit Hitparadenambition und Melodie und Bumm-Bumm-Tscha-Ka-Ka-Ka-Bumm-Bumm, sondern mehr so ein Strassengrabensong. So ein bisschen *Nick Cave* alias Keller Niggi, wie er bei uns heissen würde. Es leben nämlich in dieser Stadt auch viele Schweizer Verbrecher, das muss man schon sagen, auch das schleckt keine Geiss weg. Die können das auch recht gut verüben, das Verbrechen. Und die vielen zugezogenen Deutschen sind auch nicht krimineller als die eingeborene Bevölkerung. Muss man klar sehen. Aber erst wenn man tief hinter die Fassade gebohrt hat, sieht man das, weil in der Wirklichkeit ahnt man nichts vom Verbrechen, denn es sieht aus wie ganz normal. Man merkt das Verbrechen erst, wenn es sich ereignet und geschehen ist, und dann ist es zu spät. Dafür gibt es 117 die Polizei und den Müller Beni. Aber wie gesagt: In unserem Fall Sandra Molinari findet das Verbrechen nicht im Klischeeverbrecherviertel unserer Stadt Zürich statt (ja, Schattenseiten hat auch deren schöner Glanz), sondern im Stadtzentrum. Und die Ermittlungen führen unseren Müller zwar ins verwegene Grenzgebiet von Wiedikon, wo der Müller in der Regel nachts schläft, und vom Kreis 4, zu dem neben der Langstrasse auch die Ankerstrasse von Johnny Maurer dazugehört – und die Elisabethenstrasse, wohin der Müller auch hin ermitteln und befragen geht (Wohnung von «Huber, Molinari, Krstic»), liegt weiiit davon entfernt. Obwohl Luftlinie nur zweihundert bis dreihundert Meter. Das sind Welten. Nämlich: Hier tost es und torkeln die Junkies und rasen die Maseratis. Hier der Glanz und das Elend auf demselben Quadratmeter. Dort das kleine Leben und die kleine Freiheit. Dort quietscht nur das Tram ins Depot und lebt sich's ruhig, eingeklemmt zwischen Bahneinschnitt, Feinstaub und Badenerstrasse.

Und noch etwas: Du wirst in diesem Buch vergeblich auch die Wörter «Paradeplatz» und «Bahnhofstrasse» und «Bank» suchen. Weil die sind für die Bevölkerung, von der diese Geschichte wimmelt, so real wie das Raumschiff Enterprise. Vielleicht spazierst du da mal durch, wenn die Lindenbäume duften. Oder du hast ein Konto bei deiner Quartierbank. Aber das ganze «Gnomen von Zürich»-Zeug, die ganzen «Abzocker-Banker», die «Privatbank-Räuber», davon wissen Johnny Maurer und Jason-Lars und Kylie-Shawn und *Spitfire* und die *Altstetten Basterds* rein gar nichts. Der Müller und Bucher Manfred und die Polizei natürlich schon, aber rein beruflich. Es ist ein Paralleluniversum.

Dienstag, gegen Abend

Etwas kühler, die Hitze entweicht ein bisschen, aber immer noch Dienstag. Der Müller macht weiter. Doch vorher muss ich noch den Traum erzählen, den er bekam bei der Siesta und den er nicht mehr hersagen kann, weil nicht in der Tiefschlafphase aufgewacht, sondern allmählich wieder in die Welt zurückgedöst, und das verwischt natürlich die Eindrücke.

Der Traum geht so: Ein blauer Frosch hüpft im Quadrat, singt ein französisches Lied. Schnitt. Chromblitzende Kühlerhaube eines Jaguars, Motorengeräusche. Der Frosch quakt im Quadrat, und ein französisches Auto singt ein jaguarisches Lied auf blau und kühlt unter der Haube französisches Chrom, und eine Raubkatze frisst den Frosch. Es blitzt. Und weil sehr konfus, war der Müller Beni natürlich völlig fertig, obwohl keine Erinnerung mehr. Aber das schafft dich schon, vor allem weil dein U-Bewusstes, es merkt, da ist was, aber du weisst nicht, was. Und du merkst, dass dein U-Bewusstes merkt, dass da was ist, aber du selbst merkst es nicht, weil du dich ja nicht erinnerst. Und eigentlich wäre es von Vorteil, dass dem Müller eine Erinnerung heraufdämmert, nämlich vielleicht ein Hinweis auf die laufende Ermittlung. Alles schon dagewesen. Obwohl scheint wie Vollblödsinn.

Wir wollen nicht so weit gehen und uns anmassen, diesen Traum jetzt zu deuten, geschweige denn eine Erkenntnis darüber abzuleiten. Weil, da haben andere vor über hundert Jahren schon sechshundert Seiten darüber geschrieben, die viel davon verstehen.

Der «Todesfall Sandra Molinari» erfordert seine ganze Konzentration, und er ist nicht wirklich weiter. Aber unser Müller wird ihn schon verhaften, den Täter. Denn hurtigen Schrittes streift der Müller nach dem Herumtorkeln im Halbschlaf nach der Siesta die Antitrittschall-Filzpantoffeln ab, schlüpft in die Sandalen und verlässt die Wohnung schnell und für alle Eventualitäten einsatzbereit, denn das Verbrechen schläft nicht. Und wir sehen, wo er hingeht, und das muss ich jetzt erzählen, denn wie auf Bestellung überstürzen sich nun die Ereignisse.

Der Müller, soeben aus der Wohnung, spaziert Strasse runter, will zuerst rechts, dann über den Einschnitt, wo Bahn in einen v-förmigen Graben versenkt ist und untendurch fährt, dann links hinein in die Elisabethenstrasse. Jemand zu Hause vielleicht jetzt? Bei Molinari, Huber, Krstic? Molinari sicher nicht, vielleicht Huber und Krstic? Und vielleicht sogar Besuch da? Hat er schon im Kopf, was da vielleicht sein könnte und wie es aussieht und was polizeiliche Schritte wären, und ist in Gedanken schon fast da, aber physisch noch nicht, sondern erst fast bei der Post 8036 Zürich-Wiedikon …

Da! In Gedanken und sinnend.

Der Müller biegt von Birmensdorferstrasse nach dem Kiosk und dem «McPaper»-Papeteriemarkt um die Ecke bei Post, er schneidet die Kurve eng, das darf der Fussgänger, will jeden Meter sparen, um schnell zum Bahneinschnitt und dann in der Elisabethenstrasse zu sein, also anzukommen.

Zusammenprall!

Wer wie was, hä? Zivilisiert bedeutet das: «Was bedeutet das?»

Ein Kleiderschrank mit Kopf obendrauf. Alte Kopfform wie Neandertaler, rund wie Kugel, und grosse Fäuste ausgefahren, eine links und eine rechts und badabadabamm! Das tut dem Müller sofort weh, und der Müller natürlich überrascht und – ich betone: unbewaffnet – wehrlos, weil noch etwas schläfrig von der zügellosen Sofa-Siesta. Klingelt regelrecht die Glocke im Kopf vom Müller Beni, er sieht Sternchen und Planeten und die Milchstrasse. Und das an diesem heissen Tag und bei der zähflüssigen Luft. Da kann einer schon ins Torkeln kommen. Ich meine, wenn Sie Muhammad Ali sind, stecken Sie das natürlich spielend weg. Oder der andere Kerl würde dem jetzt ein Ohr abbeissen. Aber der Müller ist ziemlich perplex.

Weil pure Brachialgewalt auf den Strassen von Zürich. Ist grenzwertig, finde ich.

Das geht nicht. Findet auch der Müller.

Hey!

Und Sie werden sagen: So etwas haben wir natürlich erwartet.

Ich sage Ihnen: ich nicht. Bislang ging ja alles einigermassen glatt. Gut, keine grossen Sprünge nach vorn in der Ermittlung, aber auch kein Treten an Ort, weil zuerst a) Witterung aufnehmen, b) Milieustudie und c) Material sammeln in dieser Phase und d) Untersuchung ohne polizeiliche Hilfsmittel wie Uniform, Mehrzweckstock, Martinshorn, Streifenwagen, Verhörraum 419, Untersuchungsrichter, Haftbefehl, Spurensicherung, Gewahrsam, Verhaftung, Waffe.

Und da ist das Wort wieder: «Waffe».

Und der Müller will nicht an den Gegenstand hinter dem Wort «Waffe» denken. Aber das Denken ist in diesem Moment genau genommen schon ein grosses Problem, weil der Kleiderschrank (eigentlich eine ideale Werbefigur für den Verband der Fleischfressenden Industrie) immer noch mit schwersten Fäusten, eine links, eine rechts, wie Windmühlenflügel dreschen sie auf den Müller ein.

Und bevor er weiss, wie ihm geschieht, hat er dem Kleiderschrank schon zwischen die Beine getreten und zusammengefaltet. Der japst nach Luft, sinkt auf das Trottoir wie der Abfall einige Meter daneben. Und der Müller denkt, das sei eine Verwechslung. Aber wer würde ihn schon verwechseln und mit wem? Das Verwechslungsmotiv hält der kritischen Interpretation dieser Situation nicht stand. Die richtige Frage lautet eher, und da sind Sie, liebe Leserin, lieber Leser, mit mir sicher plusminus einig: Wer und warum will er Müller eine Abreibung verpassen? Natürlich, weil der Müller im Dreck wühlt, bisher allerdings noch nicht viel Dreck. Aber das Fragewort «Wer?» ist schon schwieriger zu beantworten, weil es viele Möglichkeiten gibt, allein etwa acht Millionen unter den Landeseinwohnern, oder dreihundertneunzigtausend innerhalb der zwölf goldenen Stadtkreise von Zürich. Wovon wir getrost die paar hundert insgesamt im Land lebenden Minderjährigen abziehen können, weil die das Verbrechen noch nicht so in petto haben. In Frage kommen theoretisch auch noch einige hunderttausend Touristen, die zum Schauen und zum Beispiel Fotos-Machen kommen und sogar im Sommer Raclette-Essen oder an die Streetparade, aber meistens nicht mit krimineller Absicht. Nicht alle Menschen hegen Böses im Schilde. Aber denken Sie jetzt bitte nicht, der Müller hat Vorurteile gegen andere Menschen und Touristen. Nein, nein, er ist manchmal auch einer, war auch schon ausserhalb, und wir brauchen sie und unsere Volkswirtschaft auch, weil die Berge schön sind und die Hotels sonst leer stehen, und das geht natürlich nicht wegen der Heizkosten, hinter denen die Emirate stecken.

Der muskulöse Kleiderschrank, der jetzt zu Boden gesunken ist und die Augen in ihren Höhlungen verdreht, er hat den Müller unterschätzt, der, obwohl 45, jetzt weisst du's nochmals ganz genau, die Nahkampfausbildung «Combat» der Polizei natürlich dermassen im U-Bewussten verankert hat, dass er sofort, ohne nachzudenken, die Bewegungsabläufe abrufen und zurückschlagen kann, sobald nötig und wenn nötig und diesmal sicher sehr nötig, wie wir gerade gesehen haben.

Der muskulöse Neandertaler-Kleiderschrank mit dem Kugelkopf will nicht sagen, wer er ist. Doch da hat er nicht mit der Beharrlichkeit vom Müller gerechnet.

Müller sagt nämlich: «Auf wessen Befehl handelst du?»

Und das ist ein gemeingefährlicher Genitiv und deswegen nicht in allen Fällen jedem verständlich. Moderner formuliert: «Wer hat dir gesagt, mir voll in die Fresse zu schlagen?»

Und, materieller gezielt, feuert der Müller die Frage ab: «Hast du das gratis getan oder nicht?»

Der Kleiderschrank bleibt stumm, hat wieder klare Luft geschöpft, wechselt Farbe wieder zurück, atmet aber noch schwer, weil so ein Schlag in die Kronjuwelen, nun ja, das wünscht man weder Mann noch Frau.

Und bevor der Kugelkopf sich doch noch zur Antwort entschlösse, mitten in der beklemmenden Befragung des Riesen durch den Müller, trudelt auf dem Velo zufällig Sebastian Fuhrer vorbei. Sein Bekannter, der früher als Kellner gerade gegenüber im Bahnhöfli Wiedikon und der gestern Abend vor dem S-Bahn-Wagen nach der Nachricht von Sandras Tod so still verstummte und schnell verschwand.

«He, Sebastian», ruft der Müller, und das hört jeder bis ins Triemli rauf.

Aber Sebastian offenbar nicht.

Ein Zufall, dass der gerade jetzt am Tatort der Brachialgewalt auftaucht? Der Müller glaubt natürlich nicht an den Zufall, weil «per Zufall», das ist immer gelenkt von einem Gott oder Hintergrund mit Motiv und irgendwie beeinflusst oder sogar hervorgerufen. Davon ist der Müller überzeugt.

«He, Sebastian!»

Sebastian schaut demonstrativ starr und sehr auffällig in die andere Richtung und reagiert erst verdächtig verzögert auf des Müllers Zuruf. Erst jetzt bremst er langsam ab. Und das ist schon seltsam, das hat man nach neunzehn Jahren bei der Polizei im Blut und im Fleisch. Recht dramatisch, nicht?

«Oh, Müller», sagt Sebastian auffällig cool. Aber er ist ein mieserabler Schauspieler, weil eigentlich ist er gar keiner, sondern einer, der jetzt beruflich was weiss ich macht. Und ich habe das Wort «mieserabel» extra so falsch geschrieben, weil das negativ konnotierte Epitheton denigrans, also Miesmachadjektiv *mies,* so noch deutlicher hervortritt. Aber genug.

«Was machst du hier?», sagt der Müller, ein grosses Fragezeichen hängt in der Luft, aber seine Stimme schon ein wenig wie eine rasiermesserscharfe Frage. Schon sauverdächtig, ehrlich gesagt.

«Ach, bin unterwegs ins Bahnhöfli», sagt Sebastian.

Steht ja gerade gegenüber, dem Sebastian sein früherer Arbeitsplatz Restaurant Bahnhöfli Wiedikon. Aber der Müller ist doch nicht sehbehindert. Sebastian hat mit dem Velo nicht das Bahnhöfli angesteuert, sondern war ganz deutlich sichtbar in Richtung Schmiede Wiedikon eingespurt, also stadtauswärts. Aber Radfahrer und Verkehrsregeln heutzutage … Ich sag dir. Also ist die Aussage vielleicht wahr, vielleicht auch nicht. Müller ist das suspekt.

Am Boden vom Trottoir liegt noch immer wie ein zusammenzerknülltes Wrigley-Papier der muskulöse Kleiderschrank mit der alten Kopfform und mit zwei schlaffen Fäusten, eine links, eine rechts. Sebastian schaut den Kleiderschrank an und sagt: «Was ist denn hier los?» Und dem Müller scheint, ein Funken des Erkennens sei in den Augen vom Sebastian aufgeglommen. Hat der Angreifer, und haben vielleicht seine Hintermänner, (wer sind sie?) nicht mit dem Müller seiner Nahkampfausbildung gerechnet, erprobt am 1. Mai und nach Fussballspielen.

Und der Müller reagiert schnell:

Sebastian runtergeholt vom Velo, Gesicht zur Wand, zack: Beine auseinander, abtasten. Jetzt ist Sebastian voll perplex. Weil weiss ja nicht, dass der Müller eigentlich Polizist ist. Ziemlich sicher weiss er es nicht. Für ihn ist die Situation so: Da fährst du mit dem Velo am Bahnhof Wiedikon und dann an der Post vorbei, ein Bekannter ruft deinen Namen, du bremst und hältst an, der Bekannte steht da, mit irrem Blick, am Boden liegt ein komatöser, muskulöser Riese, und plötzlich schubst dich dein Bekannter an die Wand, Gesicht zur Wand, Beine auseinander und abtasten. Da denkst du vielleicht schon: ist bei dem Routine, muss wohl Polizei sein. Also verräterisch. Aber vielleicht, weil alles ratz, fatz, gar keine Zeit zum Denken. Sondern stehst da, Beine auseinander, abtasten, weisst nicht, wie dir geschieht's.

Abtasten, aber der Müller findet keine Waffen oder illegale Substanzen, nur ein Telefon und darauf nur schwachsinnige Liebes-SMS mit Brigitte. Willst du gar nicht wissen, was da steht: so «Schnucki» und was sie mit ihm gerne machen würde, was er ihr schon vorgeschlagen hat. Ist wirklich Sebastians Privatsache. Doch Müller unterscheidet nicht zwischen privat und nichtprivat. Wenn du die private Maske herunterreisst, findest du vielleicht den Schlüssel zum Geheimnis. Der Müller liest also in Sebastians Mobiltelefon «Brigitte» und denkt: Diesen Namen habe ich doch auch schon gehört. Gut, ist nicht selten.

Und Sebastian wieder seine Fassung gefunden und sagt zum Müller: «Sonst bist du noch gesund?»

Aber meint natürlich das Gegenteil.

Und der Müller grimmig und stumm.

Und nachdenklich. War ja schon etwas extrem, sein Verhalten, gleich vorher.

Und der kugelköpfige Kleiderschrank verlässt die Reglosigkeit, die wirkte wie Bewusstlosigkeit, und stemmt sich wieder auf die Beine, keucht schwer, weil so ein Schlag in die Eierschalen ist nachhaltig. Aber ein böser Blick von dem Müller reicht, und der Kleiderschrank gibt jede mutmassliche Angriffsabsicht auf, gelähmt vom bösen Blick unseres tüchtigen (ehemaligen? Nur auf Zeit ehemaligen?) Polizeimanns. Der Kleiderschrank hebt wie nach einem Erleuchtungserlebnis die Hände zum Himmel, zeigt so dem Müller, dass er in den Handflächen keine Schlag- oder Schusswaffen verbirgt. Und sein Kopf versucht sich im Lächeln. Manche Menschen werden – erst einmal besiegt – zum folgsamen Hündchen. Haben sie ihren Meister gefunden, ordnen sie sich gerne unter und beziehen Befriedigung daraus, jemand wirklich Bedeutendem Gefolgschaft zu leisten. Das zeigt die Geschichte. Das zeigt auch der kugelköpfige Kleiderschrank mit den jetzt zwei lahmen Fäusten und entwaffneten Handflächen gegenüber dem Müller. Aber der Müller will das nicht, er hat den Schrötigen nicht nötig, und nötigen lässt er sich nicht vom Schrötigen. Jetzt aber genug Einblick in menschliche Psychologie. Zurück zur Strassenecke bei der Post 8036 Zürich-Wiedikon, da wo die Birmensdorferstrasse auf die Schimmelstrasse prallt, die sich dort in die Seebahnstrasse verwandelt.

«Geh», sagt der Müller zum Kleiderschrank. «Das nächste Mal mache ich Chemineéholz aus dir.» Der Müller wird so einen schnell wiederfinden, wenn er ihn braucht.

Und der Kleiderschrank zischt ab, dankbar, dass das Jüngste Gericht noch einmal Zukunftsmusik geblieben ist. Und zu Sebastian sagt der Müller: «Ich glaube, wir haben etwas zu besprechen.» Sebastian bleibt stumm, sagt rein gar nichts. Selbst als Müller den Namen der Toten in der Limmat ins Spiel bringt, Sebastian schweigt. Plötzlich ist kaum mehr jemand zu Fuss unterwegs, weil der Ladenschluss vorbei, da stirbt diese Ecke sofort aus.

Und der Müller hat seinen Puls wieder etwas gesenkt, und der von Sebastian zeigt auch nach unten. Sie stehen noch da an der Ecke, das Tram 14 fährt vorbei, und sie schauen sich an. Beide verschwitzt, beide etwas neben den Schuhen, beide etwas durch den Wind.

Da sagt der Müller: «Komm, wir gehen ins Bahnhöfli. Dort reden wir.»

Sebastian zögert, dann sagt er: «Okay.»

Er schiebt das Rad über die Birmensdorferstrasse, der Müller, auch strassenverkehrsgesetzwidrig, überquert die Geleise und die Fahrbahn nicht auf dem Fussgängerstreifen. Vier Tischchen vor dem Bahnhöfli. Sie setzen sich an einen. Die Illusion: Im Freien gibt's Luft.

Als sie sitzen, sagt Müller: «Erzähl mir alles über Sandra.»

«Was?», fragt Sebastian.

«Alles, tutti quanti», sagt der Müller.

Das dauert dann einige Zeit, bis er damit anfängt. Zuerst kommt das Bier durch einen Kellner, den beide nicht kennen. Es ist hell und kühl, die Schaumkrone gaukelt Gletscherfrische vor, und am Glas sitzen Kondenswassertröpfchen, die Erfrischung versprechen und halten.

Aber Sebastian spricht noch immer nicht.

Der Müller bietet die Friedenspfeife an: «Sorry, war falsch vorhin, war übertrieben, ich habe zu heiss, ich habe die Nerven verloren.»

«‹Sorry› ist alles, was du zu sagen hast? Du zerrst mich vom Velo runter und –»

«Also ‹runtergezerrt› habe ich dich nicht.» Müller in der Defensive.

«Aber an die Wand gedrückt und durchsucht. Ich meine –»

«Ja, pardon, das war falsch. Ich entschuldige mich», sagt der Müller Beni ziemlich förmlich und sogar ehrlich.

Da fährt wieder das Tram 14 vorbei, diesmal stadteinwärts.

«Und du könntest mir noch erklären, warum du das An-die-Wand-Drücken und Durchsuchen so gut drauf hast.» Jetzt bekommt Sebastian wirklich Oberwasser.

Jetzt ist es der Müller, der kurz, aber heftig schweigt. Ein Schluck Bier hilft, einige Sekunden zu gewinnen.

«Muss ich dir das wirklich erklären?», fragt er.

«Ich denke nicht. Aber dass du mir deinen Dienstausweis nicht unter die Nase gehalten hast, sagt einiges. Was hast du für ein Problem?»

Nun muss dem Müller noch ein Schluck Bier zu Hilfe eilen.

«Lassen wir's dabei bewenden», schlägt er vor, «aber ich will alles über Sandra wissen. Ich will den Täter kriegen.»

Das ist nun wieder Denkstoff für Sebastian. Sie bestellen nochmals zwei Stangen. Sie kommen. Wieder locken die Schaumkrone und die verheissungsvollen Kondenswassertröpfchen aussen am Glas.

Müller lässt ihm noch etwas Bedenkzeit, nimmt den ersten Schluck. Das ist der beste. Und zündet sich eine an. Zieht sie tief hinunter. Und während er den Rauch ausatmet, fragt er: «Kanntest du Sandra schon lange?»

Brutales Imperfekt, aber sachlich richtig. Und Sebastian entschliesst sich zur Zusammenarbeit mit den Ordnungskräften und spricht:

«Acht, neun Jahre.»

«Kanntest du sie gut?»

«Ja.»

«Wie gut?»

«Sehr gut. Wir mochten uns.»

«Nicht mehr als das?»

Zeit für einen weiteren Schluck.

«Es wäre fast Liebe geworden. Vor sechs oder sieben ... vor sechs Jahren.»

«Und warum wurde nichts daraus?», will der Müller wissen.

Sebastian denkt nach. Das geht nun doch etwas schnell und etwas sehr weit: «Weshalb erzähle ich dir das eigentlich alles? Einem Polizisten. Ich habe damit nun wirklich gar nichts am Hut.»

«Weil ich herausfinden will, wer Sandra getötet hat.» Er zieht frischen Rauch in die Lunge. «Weshalb wurde nichts aus dir und Sandra?»

Eine Sekunde, zwei Sekunden, drei Sekunden.

«Weil ich damals für ein halbes Jahr nach London gegangen bin und Sandra mit ihrer Musik hier viel zu tun hatte. Das wäre alles viel zu kompliziert gewesen. Und dann kam auch Johnny dazwischen.»

«Johnny Maurer?»

«Ja.»

«Wie kam der dazwischen?»

Sebastian zögert. Nimmt noch einen Schluck. «Mit einem neuen Vertrag, den ich an Sandras Stelle nie unterschrieben hätte.»

«Und das war die einzige Art, wie Johnny dazwischenkam?»

«Die einzige Art, von der ich sicher weiss. Alles andere kann auch nur Gerede sein.»

Der Müller versteht und nimmt noch einen Schluck. Das Tram 9 fährt stadtauswärts. Das Tram 14 stadteinwärts. Die Hitze und die Abgase stehen in der Luft. Gleich nebenan steht eine mobile Luftqualitätsmessstation.

Sebastian ist also doch aufgetaut. Müller Benedikt erfährt von ihm viel, was er nicht brauchen kann, aber auch einige vermutlich verwertbare Informationen, die im Laufe der Geschichte noch von Belang sein könnten und uns näher zur Lösung bringen mögen. Merken wir uns. Wogegen der Müller das nicht wie ich aufschreiben muss, weil voll memorisierungsfähig durch jahrelange Berufserfahrung, mnemotechnisch ein Crack, weil neunzehn Jahre bei der Polizei und erst seit Neuestem beurlaubt, aber dennoch immer korrekt und sauber und nie unerlaubte Methoden, schon vorher nicht. Also, was ist denn nun der Rest der Informationen, die der Müller insgesamt von Sebastian erfährt? Hier meine Notizen:

Der ehemalige Kellner Sebastian Fuhrer (33) hat vom Todesfall Sandra Molinari am Montagabend beim S-Bahn-Wagen erfahren, in Anwesenheit des Müllers und von Christoph Weiss (Zeuge). Er rief damals laut «nein», als er von der Nachricht hörte. Dieses Nein entspricht der Wahrheit. Woher willst du das wissen, fragst du mich? Der Müller spürt das intuitiv vom Bauchgefühl her. Gelernt aus Schulung und Erfahrung. Da kannst du ihm nichts vormachen.

Sebastian und Sandra sind, laut Sebastian, trotz ihrer Beinahe-Liebesgeschichte Freunde geblieben. Sie tauschten sich vor allem über ihre musikalischen Interessen aus. Er las ihre Verträge und Dokumente, sie gaben sich Tipps: gute Platten, gute Bands, gute Lokale.

Sebastian ist dabei, aus der Musik seinen Beruf zu machen. Manchmal fährt er Bands von Konzert zu Konzert, das nächste Mal morgen Spitfire *von Biel nach Delémont. Und hat eine Agentur gegründet, mit der er demnächst richtig loslegen will. Mit einigen Künstlerinnen und Künstlern sei er bereits im Gespräch, und die eine oder andere kleine Plattenfirma werde mit ihm zusammenarbeiten.*

Sebastian kennt keine persönlichen Gegner oder Feinde von San-

dra, weiss nichts von enttäuschten Liebhabern, Schuldnern, unbezahlten Drogenlieferanten oder Ähnlichem.

Kann so einer töten? Der vom Tod einer Freundin wirklich betroffen scheint oder es ehrlich ist? Ist er es? Das alles, der Müller fragt es sich intensiv und schaut Sebastian an. Dass er Rockmanager Johnny Maurer hereinreitet, auf den Trick fällt der Müller nicht herein. Der Trick ist so uralt, dass er glatt bereits die Höhlenmenschen zum Gähnen brachte. Der Müller schweift im Kopf kurz ab, bedauert, dass er den Kleiderschrank mit dem Kugelkopf hat ziehen lassen. Da lag ja etwas Konkretes vor. Der hat sich natürlich längst von dannen getrollt. So einen vergisst man nicht, denkt der Müller, um sich zu besänftigen. Den mache ich jederzeit wieder ausfindig, sofort, wenn es sein muss. Aber fragen Sie jetzt nicht wie, denn polizeiliche Geheimnisse: Strategie, Taktik, Technik, solche Sachen, braucht nicht jeder zu wissen.

So zerstört die Hitze die Konzentration. Der Müller muss sich einen Ruck geben. Fragt:

«Und du selbst? Könntest du's tun?»

Da steht Sebastian auf, steigt auf sein Velo und fährt wortlos davon. Da war der Müller jetzt sicher nicht der Geschickteste aller Ermittler. Die Reaktion des offenbar künftigen Musikagenten, der jetzt ab und zu den Band-Minibus fährt, scheint schlüssig. Die Kollegen werden das alles nachprüfen. Haben mehr Manpower als der Müller solo. Bleibt der Müller also allein am Tischchen vor dem Bahnhöfli Wiedikon, winkt schon dem Kellner, wedelt mit der Zwanzigernote. Das reicht heute nur noch knapp für vier Stangen.

Und jetzt ist es an der Zeit, Bucher Manfred anzurufen, den alten Freund seit der Polizeischule mit gemeinsamen gastronomischen Interessen und auch Kunsthaus Zürich und Kino. Mobiltelefon, Freundschaftsdienst, immer viel gesprochen miteinander und Dienst zusammen und immer nett gewesen zueinander, und gestern Nachmittag bei Sandrafund unter dem Holzsonnendeck treibend im Flussbad Oberer Letten mit der ersten Patrouille eingetroffen. Die Frage stellt sich jetzt: Was weiss Manfred? Kann er es dem krankgeschriebenen Kollegen Müller sagen?

Das Klingeln stirbt ab, und Manfred sagt mit vollem Mund: «Hallo, Beni.»

Weil sein Telefon das andere Telefon kennt.

«Hallo, Manfred.»

«Wollen wir uns kurz treffen, etwas zusammen essen?», sagt Manfred, «ich sitze schon im Restaurant.»

Nun gut, bei Weitem kein weltbewegender Dialog. Aber manchmal spricht der Mensch nur zur Kontaktherstellung. Das ist linguistisch und eben recht prosaisch. Und die Kontaktnahme ist geglückt.

Ergo sie treffen sich im «Krokodil» an der Langstrasse, gutes spanisches Restaurant, der Müller und der Polizeimann Bucher Manfred, genannt Mamfi oder gar – spöttisch – Mampfi, weil er ein grosser Freund und Liebhaber aller Kalorien ist, der «Koloss von Aussersihl», der «Elefant vom Sihlfeld», wie ihn die Polizei und das Milieu auch nennen. Er zählt 110 Kilogramm Lebendgewicht auf 187 Zentimeter. Ein Prachtexemplar. Angesichts der Restaurants in der Stadt Zürich kann man diesen Body-Mass-Index gut verstehen, denn hier können Sie jeden Tag etwas anderes essen, was du willst: Italienisch, Spanisch, Thailändisch, Mexikanisch, Indisch, Französisch, Tessinerisch und von der ganzen Welt etwas, auch Zürcher Spezialitäten natürlich, da bekommst du schon Hunger, wenn du an diese Ländernamen denkst. Das gibt es alles bei uns. Jedes Land hat nämlich seine leckere Küche, und alles ist immer wieder ein bisschen anders. Die da nehmen mehr Kartoffeln, andere mehr Koriander, dort essen sie mehr Lamm, Mangos kommen in der Karibik gerne zum Einsatz, während der Spanier gerne spät isst. Das nur so als Vorgeschmack und Appetitanreger. Aber heute Abend eben Spanisch, weil im «Krokodil», und ist dem Manfred sein Lieblingsrestaurant.

Er ist schon bei den Muscheln, und Müller bestellt auch Ossobuco milanese. Gibt auch Italienisch im «Krokodil», weil das Mittelmeer rundherum sehr lecker ist. Und das «Krokodil» ist günstig und gut und eine Art von schlichtem Ambiente ohne die Stil-Irrtümer der letzten Jahrzehnte. Einfach Tische und Stühle und weisse Tischtücher, und Öl, Essig, Pfeffer und Salz auf dem Tisch. Ganz einfach. Aber von der sympathischen Atmosphäre darf sich der Polizeimann nicht verleiten lassen. Ein unbestechlicher Blick ist vonnöten. Keine Sorge, weil keine Gefahr: Wir sprechen hier fast die ganze Zeit vom Müller, er lässt sich selten täuschen. Gut, vorhin mit Sebastian, war ziemlich stark überreagiert, deshalb auch Sorry, Pardon und Verzeihung. Sie kennen den Müller Beni mittlerweile ein bisschen und wissen: Zwar ist mit ihm gut Kirschen essen, aber nicht Pferde stehlen wegen illegal. Aber Freunde sind Freunde, dafür sind sie da, und auf Müller und Manfred kann man gegenseitig zählen.

Und dieses Gespräch dient dem Informationsaustausch. Müller berichtet Bucher Manfred, dass er Rockmanager Johnny Maurer von der Ankerstrasse befragt hat, der Sandra am Samstagabend circa dreiundzwanzig Uhr dreissig in der Roten Fabrik letztmals gesehen hat. Sagt er. Und dass er gerade vorhin Sebastian Fuhrer befragt hat, der vor sechs Jahren mit Sandra fast etwas gehabt hätte, aber keine hard feelings zurückgeblieben, sondern weiterhin, sagte der Befragte, mindestens musikbezogener Dialog der beiden. Und Sebastian offenbar dabei, sich im Musikgeschäft zu betätigen.

«Wann Sebastian die Tote das letzte Mal gesehen hat, konnte ich ihn nicht fragen», gibt der Müller etwas kleinlaut zu.

«Wie das?»

«Es war eine etwas konfuse Szenerie», sagt der Müller und erzählt. Vom kugelköpfigen Riesen mit den Windmühlenfäusten. Von Sebastian, der zufällig in diesem Moment auf dem Velo vorbeikam. Vom Gespräch am Tisch auf dem Trottoir vor dem Bahnhöfli Wiedikon. Und von der Frage, ob nicht Sebastian mit dem Todesfall etwas zu tun haben könnte. Worauf starke Reaktion.

Vom Musikjournalisten Michael Hauser an der Bertastrasse. Vom Wohnzimmer-Plattenfirmamann Holderegger.

Und der Boulevardzeitungsmusikchef Tobias F. Hubacher hat auch Witterung aufgenommen.

«Da wundert's mich nicht, dass deine Zunge jetzt bis zum Boden hängt», sagt Bucher Manfred. «Du bist ja bei den heutigen vierunddreissig Grad ganz schön in der Gegend herumgerannt.»

«Hm, ja», sagt der Müller. Merkt jetzt, warum er so fertig ist und Konzentrationsschwierigkeiten.

«Hättest mich früher anrufen sollen. Alle Polizisten sind nicht auf Mallorca mit der Familie.»

Und er pult mit der Gabel noch eine Muschel leer.

«Aber ich kenne dich ja. Wenn du einmal gestartet bist –», und dann lacht er, weil dem Müller sein Spürhundinstinkt ist einfach unbremsbar.

Und dann spricht Manfred über die Ermittlungen. Kann auch nicht viel sagen. Sagt immerhin: Vermutlich morgen holt Bucher Manfred die Autopsie-Resultate bei Dr. Brenda Marquardt in ihrer pathologischen Schnetzelstube ab. «Das sind ja schöne Aussichten, gell», sagt der Müller.

Dann wird man den Todeszeitpunkt wissen, die inneren Verletzungen und den Mageninhalt und all das, was klinisch wichtig ist und wissenschaftlich nützen kann.

Etwas sagt der Bucher Manfred schon zwischen zweiundzwanzig Bissen, nämlich welches Dispositiv die Polizei schon aufgezogen, das Routine-Rollout bei Tötungsdelikten, Spurensicherung, Befragungen der Badegäste im Flussbad Oberer Letten, Suche nach Sandras Verwandten, noch niemanden aufgespürt. Wie immer. Aber noch nichts Heisses. Manfred hat kein Geheimnis vor dem Müller, weil sind ja Kollegen, nicht Exkollegen, also keine Amtsgeheimnisverletzung, weil Manfred und der Müller beide mit gültigem Amtseid vor neunzehn Jahren zu Zeiten des himmeltraurig reaktionären Polizeichefs. Nein, falsche Chronologie: Der himmeltraurig Reaktionäre war vorher. Jedenfalls: Sie plaudern und sprechen und diskutieren und denken beide und sagen es schliesslich auch, im Chor, wie nur bei gut synchronisierten Menschen möglich:

«Die Spur führt ins Musikgeschäft.»

Genaueres wissen sie noch nicht, ist mehr eine irgendwie instinktive Sache, ein intuitives Feeling, «ein innerliches Bauchgefühl», wie man sagt. Geht so vor sich: Es kribbelt in den Fingerspitzen, und dann weiss der gute Polizist mit seinem Riecher:

Da ist etwas im Busch, da müssen wir mal draufklopfen – aber nicht dass Sie das jetzt als Aufforderung zur beziehungsweise Billigung von Gewalt gegen Pflanzen verstehen, war nur metaphorisch gesagt. Die beiden alten Polizeifreunde diskutieren und wollen vom Baum der Erkenntnis essen. Aber die Früchte sind noch nicht reif.

Und so vergeht der Abend wie im Fluge. Obwohl, wie vergeht ein Abend im Fluge? Beide wissen leider jetzt nicht mehr, obwohl sie mit ihrem Wissen nicht hinter dem Berg gehalten und ihr Licht nicht unter den Scheffel gestellt haben.

Die Hammerfrage stellt Bucher Manfred: «Bist du zufrieden, wie du jetzt lebst?»

«Hä?», fragt der Müller zurück.

«Seit wie vielen Wochen bist du krankgeschrieben? Sechs? Acht?»

Er wartet die Antwort nicht ab.

«Willst du nicht wieder einsteigen? Richtig Dienst machen? Im Team? Allein drehst du doch durch –», und weil er sieht, wie der Müller aufgewühlt guckt und ihm ein glühender Dolch das Herz durchbohrt, fügt er hinzu: «… vor allem bei der Hitze.»

Der Müller tupft Olivenöl von Manfreds Teller. «Ich überleg's mir, Mamfi. Ich überleg's mir.»

Sicher ist: Vermutlich morgen holt Bucher Manfred die Autopsie-Resultate bei Dr. Brenda Marquardt in ihrer Schnetzelstube. Na dann, «zahlen!», gehen, «morgen Telefon», «mach's gut, träum schön», «gute Nacht.»

***

Ein kleiner Exkurs über Geografie. Ziehen Sie keine voreiligen Schlüsse. Polizeimann Müller Benedikt war auch schon weg von Zürich, auch in Afrika. Was soll man dazu sagen? Es ist heiss in Afrika und weit weg. Und Rimini in Italien hat er auch schon gesehen und die Tate Modern, wo viel Kunst drin hängt, und er war auch sogar schon an der irischen See, wo wie eine Zunge an den Felsen leckt. Denken Sie also nicht, nur weil Müller in seinen Geschichten immer in Zürich ist, dieser Polizeimann ist etwas einfältig. Das wäre falsch. Weil, warum sich auf die Ferne versteifen, sieh, das Gute liegt schon da. Und er hat nichts gegen Afrika und gestreifte Sonnenschirme und den Palazzo Capecci und die Tate Modern und die irische See. Das alles ist einfach achtundvierzig Wochen im Jahr weit weg, und die Stadt Zürich ist achtundvierzig Wochen im Jahr ganz nah. Und ebenfalls nah sind achtundvierzig Wochen im Jahr Franz Schubert, der in der «Internationalen Clearingzentrale» die Nummern sucht, verarbeitet, einträgt, mutiert und weiterprozediert; und Christoph Weiss, der mit «Bretzeli.ch» seine kreativen Lösungen für eine weitverzweigte Kundschaft und Vernetzung interaktiver Geschäftsressourcen zwecks Synergieeffizienz in ganz Europa erarbeitet; und Bucher Manfred und sein Lieblingsrestaurant «Krokodil»; und natürlich die Polizei, die ihn ernährt; mit den Filzpantoffeln wegen Trittschall gegen die Nachbarin von unten; und der Rock 'n' Roll und Sandra und das Verbrechen. Trotzdem ist Zürich schön, einfach anders als Afrika. Ende Exkurs.

***

Man fragt sich vielleicht schon: Was, bitte, ist an der Stadt Zürich so schön, dass du das immer sagst? Nicht einmal, nicht zweimal, sondern nochmals und nochmals. Ist doch ständig von Verbrechen die Rede. Und heute sogar Brachialgewalt am helllichten Vorabend auf den Strassen von Zürich gegen den Müller. Was soll daran so schön sein?

Ich sag's dir: Ist topografisch schön, so mit Hügeln und See und Flüssen, nicht einem, sondern zweien. Und: Es ist da immer Sommer und leichte Bekleidung in unserer Geschichte.

Und ich höre auch die Frage: Ist Franz Schubert, ist die Nachbarin von unten, sind die Lärmkinder vom Schulhaus, ist Christoph Weiss, sind sie alle *sachdienlich*? Ich weiss es nicht. Sicher ist: privates Umfeld ist wichtig. Weil persönlich und Wärmestube in schrecklich grosser Welt. Damit der Müller Beni nicht durchdreht. Aber er ist stark wie ein Ross. Ich meine: Das stellst du nicht unbedingt auf Facebook, dass du ganz allein und mit Schusswaffentrauma bist. Weil dort in der elektronischen Welt sind alle toll. Das ist schön, aber nicht wahr. Und hier und im Leben geht es um dieses Wahr. Und darum sind Franz Schubert und Christoph Weiss auch wichtig, weil polizeifremd → ermittlungsfern → kriminallfallhandlungsstrangfern. Aber wichtig trotzdem, weil sie zum richtigen Leben gehören.

***

Unterdessen «KiFF» in Aarau. Nicht illegal. Nicht Hasch. Sondern umgebaute Futterfabrik. KiFF ist Abkürzung: «Kultur in Futter-Fabrik». Ist in Aargau-Kapitale, Heimatkanton vom Müller Benedikt. Aber andere Region, wenn Sie verstehen, was ich meine. Historisch protestantisch, nicht wie der Müller selbst. Ist nicht mehr so wichtig heute, ob protestantisch oder römisch-katholisch, weil sowieso alle Gläubigen fluchtartig weg sind aus der Kirche und heute Ex-Gläubige sind. Aber unser Polizeimann in Suspension weiss nichts von diesem Konzert in der Industriezone. Ja, die Stadt macht manchmal schon etwas für die Jungen, sogar in der Aargau-Metropole. Im «KiFF», da spielt die Band *Spitfire* am Abend vor sechshundertzehn Zuschauern ein gutes Konzert. Glaubst du kaum, dass so viele aufs Mal Platz haben, da draussen in Industriezone. Sänger Mark Huber bekommt unter den präventiv bösen Blicksalven von Oberarmmonster Goran Krstic, Nerd Stefan Meier, «Trujillo» Hanspeter «Hausi» Sollberger und Bassist René Gabathuler die Songs recht gut hin, verfehlt nicht einmal beim selbst den Skandinavierinnen und Skandinaviern geläufigen Bulldozer-Song «When Death Cometh To Zurich-Leimbach» die Einsätze und Töne. Publikum angetan. Aber hinterher knirscht die Band mit den Zähnen. Weil der Sänger wieder sofort nach der letzten Zugabe wegsaust. Band dagegen ins Hotel. Müde. Schlafen.

Die «Aargauer Post» (Auflage 99.761, beglaubigt) schreibt am nächsten Tag. Also schon am Abend elektronisch, aber erst am nächsten Tag auf Papier.

Spitfire *im KiFF in Aarau: SCHWERES BLUT*

«Bleierne Welt, bleiernes Herz, kalte Welt, laute Musik, dunkle Welt, Flammen, Blitze, Rauch: Spitfire. *Dienstagabend, das KiFF ist längst ausverkauft. Die fünf aus Zürich spielen mit den Instrumenten harten Stoff.* Spitfire *walzten mit ihrem Grossstadtrock das Kleinstadtpublikum nieder. Das tönt unbarmherzig – und beschreibt die Musik dieser Band trefflich.* Spitfire *spielten alte und neue Songs, bekannte wie ihren Hit «When Death Cometh To Zurich-Leimbach» aus den frühen Neunzigern, die messerscharfe Death-Metal-Elegie «Don't Point The Pumpgun», die finster-schleppende Nummer «Problem Children» und den Armageddon-Hammer «Struck By Lightning». Eine Orgie der Energie! Der Beifall des Publikums war frenetisch, denn …»*

Der Artikel geht hier noch weiter, aber Sie wissen, was ich meine: Erfolg. Und Holderegger, der heute die CDs verkauft, bringt Dutzende unter die Leute und viel Geld herein. Nicht schlecht.

Holterdipolter. Ja, es überstürzt sich wirklich alles hier. Und das in der Stadt Zürich. Das Verbrechen ruft nämlich kurz vor Mitternacht gerade Johnny Maurer in dolce Zurigo auf seinem Mobiltelefon an. Wer ist es? Wir hören es nicht. Leider. Nur zu gerne wüssten wir, wer zu Johnny Maurer folgende Wörter spricht.

Also sinngemäss zusammengefasst: «Brauche Geld, will fünftausend.»

Und Johnny Maurer: «Nicht schon wieder.»

Stimme: «Doch!»

Johnny Maurer: Schluckgeräusch. Bedeutet: o nein.

Stimme: «Bis in einer Woche.»

Johnny: «Woher soll ich das nehmen?»

Stimme: «Du weisst schon.»

Und dann drücken beide aufs rote Telefönchen. Zuerst wohl die Stimme, denn sie verschwindet von Johnnys Ohr weg. Er bleibt zurück.

Und da wollen wir doch wissen: Wer hat angerufen?

Er scheint Geld zu wollen.

Und wir fragen uns: Weshalb?

Eine der sieben Todsünden heisst «Gier».

Und wir fragen uns: Was geht da ab? Warum kann die Stimme einfach so mir nichts dir nichts Rockmanager Johnny Maurer anrufen und sagen: «Geld her!»?

Ich sag dir auch das: «Erpresseranruf» lautet das schmutzige Wort. Die Stimme weiss von Johnny Maurers dunklem Geheimnis: den Schwarzpressungen. Sogar von den *Spitfire*-Schwarzpressungen. Vom Umgehen der juristisch korrekten Urheberrechtsabrechnungen. Und weiss auch, dass Johnny Maurer falsch abrechnet, die Bands, auch die Stimme, um einen Teil ihrer Einnahmen betrügt. Seit Jahren und konsequent. Johnny seit Jahren Schwarzpressungen und Abrechnungsbetrug. Johnny Maurer = Businesshai. Auch wenn wir ihn vielleicht sympathisch finden.

Aber halt!

Wichtige Frage: Was war zuerst? Legehenne oder Ei? Johnny kriminell, weil Erpressung. Oder Johnny erpresst, darum kriminell? Hier ist die Geschichte: Johnny hat ein Vorleben, das vor dem Anfang dieser Geschichte beginnt. Vorleben heisst auch Liebe. Angelica (32). Er hat doch diese Kinder mit Angelica: Jason-Lars und Kylie-Shawn. Und das kostet. Weil Liebe ist nur selten ewig. Manchmal länger, manchmal kürzer. Manchmal glücklich, hie und da tragisch und viel Krach und Streit ums Sorgerecht und Anwalt und Paragrafen und schliesslich Urteil. Und wer zahlt's? Johnny natürlich. Und weil Johnny Maurer Rockmanager → Einnahmen eher bescheiden, und weil Unterhaltsbeiträge nicht so bescheiden → Problem: Einnahmenseite stärken. Wie? Fängt ganz einfach an: «sich verschreiben» bei den Zahlen (ein bisschen) und dann sehen: Was passiert. Merkt's wer? Nein!

Also Spiralförmigkeit der Illegalität.

Schiefe Ebene der Kriminalität.

Strudel des Verbotenen. Und moralisch sowieso. Aber was zählt heute schon Moral? Ein Pfeifkonzert von der Welt darauf.

Ist es ein Rausch, ein Kick oder Lust für Johnny?

Oder befeuert ihn der Bedarf an Franken?

Also weil niemand merkt's, weitermachen: Schummeln, betrügen, «sich verschreiben». Und weil immer noch knapp → etwas mehr, etwas mehr, etwas mehr. Und irgendwann kam die Idee der Schwarzpressungen. Zuerst eigene Bands, quasi Inhouse-Betrug. Dann Ausweitung auf internationale Künstler wie den beliebten Aufsteiger *Rupert Love Cartwright*. Grosspotenzial. Und immer ein bisschen mehr. Nicht zu viel, weil die Steuerbehörde lauert. Sonst mehr Steuern. Verwertungsgesellschaft lauert. Gesetz lauert. Aber das Leben kostet.

Und wie hat sich die Stimme ins Spiel eingewechselt? Seit einigen Jahren geht das schon so mit den Anrufen und dem Geld, also der Erpressung. Die Stimme war früher einmal guter Freund von Johnny Maurer. Heisst: zusammen reden, zusammen Bier trinken, zusammen Konzerte. Und die Stimme war auch ein bisschen hinter Angelica her. Wir wissen nichts Näheres. Aber weil die Stimme gewissermassen Freund des Hauses, ging er in der Ankerstrasse ein und aus. Und auch wenn niemand da an der Ankerstrasse (war schon damals an der Ankerstrasse, wo Johnny Maurer auch jetzt noch), die Stimme ging einfach hinein, weil meist nicht abgeschlossen, weil Johnny oder Angelica manchmal keinen Schlüssel zur Hand hatten oder verloren. Die offene Tür war nicht so schlimm, weil wer hätte hier etwas stehlen wollen. Und die Stimme ging einfach hinein. Bisschen schauen, bisschen unverfroren, bisschen indiskret. Und was liegt da auf dem Tisch, im Büro von Johnny? Papiere. Papiere von Presswerk im Osten. Damals gerade Ukraine. Vor fünf Jahren ungefähr. Und die Stimme weiss: Johnny ist ab und zu dort. Fährt mit dem Auto. Der Kofferraum ist voll, wenn er zurückkommt. Aber nimmt keine Hilfe beim Ausladen an. Und auf dem Tisch, im Büro von Johnny, liegen auch Kontoauszüge. Er stellt fest: Das Geld der Veranstalter, das bei Johnny ankommt, ist nicht das, was die Musiker meinen, ist die Gage fürs Konzert. Die Stimme stellt fest: Das sind völlig andere Zahlen. Ist nicht sauber. Stimmt nicht mit den zwanzig Prozent überein, die Johnny zustehen. Die achtzig Prozent für die Band wären anders. Sie wären höher. Und die Stimme addiert: eins + eins = Betrug! Und das Presswerk im Osten reimt er sich auch zusammen mit dem vollen Kofferraum und den Dokumenten auf dem Bürotisch. Und trotz Freundschaft und eigentlich ein bisschen Herz für Angelica stellt die Stimme fest: Brauche auch Geld, weil Lebensstil. Ist wie Bingo. Und hat, obwohl Oberarmmonster Goran Krstic und andere *Spitfire*-Mitglieder nicht eben immer so gaaaanz zufrieden mit ihm, den Sängerplatz von *Spitfire* erpresst – und garantiert. Solange die Band existiert, wird die Stimme der Sänger bleiben. Johnny kann nicht anders. Und wenn es in der Konstellation kriselt, läuft dieses Szenario ab: Die Stimme macht Druck auf Johnny Maurer macht Motivierungsarbeit hinsichtlich Goran Krstic schürt Begeisterung der übrigen Bandmitglieder. Weil Goran ist das Mastermind, seit Sandra Molinari von der Band *Spitfire* weg ist. Und das war 1999.

Merke: Geld tötet Freundschaft. Manchmal.

Und so kam es, dass die Stimme Rockmanager Johnny Maurer erpresst. Die Stimme ist nicht dumm. Hat damals alle Dokumente fotografiert. Gab schon diese gestochen scharfen Digitalkameras mit vielen Pixeln. Und alles irgendwo auf externem Server parkiert, die Stimme weiss, wo, Johnny Maurer nicht. Darum kam Johnny Maurer nie auf die Idee, die Stimme abzumurksen. Weil wenn, dann grosser Erklärungsbedarf. Nicht nur gegenüber *Spitfire* und den anderen Schwarzgepressten aus dem In- und Ausland, sondern auch: Verwertungsgesellschaft «Suisa», Steueramt, Polizei. Angelica weiss von den Ungereimtheiten in Johnnys Geschäftsleben nichts. Darauf hat Johnny geachtet, weil der Unterhalt prozentual gekoppelt ist an seine offiziellen Einnahmen: Wenn er zum Krösus wird, muss er mehr bezahlen. Johnny ist also auf dem Papier ein armer Schlucker; inoffiziell jedoch ein ziemlicher Krösus. War ein reicher König in Kleinasien anno dazumal.

Also Johnny befindet sich völlig im Schraubstock eingespannt. Bezahlt und bezahlt und rudert und rudert und blutet.

Aber diese Hintergründe sind dem Müller zurzeit noch nicht bekannt. Eine Frage der Zeit, bis die Polizei sie der Reihe nach herausfindet. Und sie wird sie herausfinden. Weiss nicht, wann.

Jetzt gerade nicht, weil der Müller schläft. Es ist auch spät. Nacht. Und im Schulhaus gegenüber ist Ruhe, egal, ob nun Ferien sind oder nicht. Die Fenster beim Müller stehen jetzt offen, weil nach Mitternacht jetzt endlich eine Spur lauer. Die Glutofenhitze verdampft nach oben ins Weltall. Darum schläft er. Jetzt kein *böser* Traum.

Mittwoch

Was war das für ein wilder Dienstag gewesen. Und pünktlich um Mitternacht beginnt der liebe Mittwoch. Man merkt ja, ehrlich gesagt, eigentlich gar nichts, ob jetzt Dienstag ist oder Mittwoch oder, sagen wir ganz verwegen: Freitag. Und kurz vor Mitternacht lag der Müller müde im Bett. Licht gelöscht. Das Fenster offen. Die verhältnismässig niedrige Kühle kam herein. Die Schulkinder von vis-à-vis würden erst in acht Stunden und einigen Wochen wieder eklig glücklich jauchzen, und er schlief sofort wie ein Stein. Obwohl, wie schläft ein Stein? Und schlafen Granit, Gneis und Verrucano gleich?

Lassen wir das, müssen ja nicht alles hier beantworten, sondern eigentlich nur eine Sache: Wer tötete Sandra Molinari, so sie denn wirklich ermordet wurde? Autopsie-Ergebnisse wohl heute.

Wer tötete die Tote in der Limmat?

Aber der Müller, ein Klasse-Spürhund, der Müller, hat fast weibliche Intuition, der Müller ist gut. Und kurz vor dem Einschlafen, also Kurzrückblende, merkt der Müller, dass er jetzt heute, also fast gestern, um genau zu sein, die Elisabethenstrasse vergessen hat: Molinari, Huber, Krstic. Weil gestern fand ausser der Befragung von Rockmanager Johnny Maurer und Musikjournalist Michael Hauser und Plattenfirmen-Holderegger auch der Wirbel mit dem riesigen Kleiderschrank mit Kugelkopf statt und mit Fäusten und Sebastian Fuhrer und dem lieben Freund und Kollegen Manfred.

Und wir hören also regelmässige, tiefe Atemzüge aus dem Müller seinem Schlafzimmer. Bestimmt bekommt er auch heute wieder einen Traum. Ganz sicher. Aber es ist heute privat, und kein Wort von privat. Das müssen wir ihm für ihn selbst lassen, er braucht auch etwas für sich, wo wir ihm nicht die ganze Zeit im Nacken sitzen, weil wenn einer nie Ruhe hat und alles reglementiert und organisiert und eingezwängt in Hierarchien und unterjocht unter Sachzwänge und immer nur arbeiten, arbeiten ohne Selbständigkeit und ein böser Chef und auch sonst frustriert, dann wird er am Ende noch ein Hooligan oder putzt mit dem Schiessgewehr die ganze Etage und alle Menschen, welche die da weilen, hinweg. Und das brauchen wir nicht, das können wir nicht brauchen, das wollen wir nicht, denn wir brauchen den Müller noch, um diesen Fall zu lösen. Er schläft also.

Und vor der Elisabethenstrasse am nächsten Tag strömen die 182 Zentimeter von Müller zuerst um die Ecke in die Ankerstrasse zu Rockmanager Johnny Maurer. Mal schon wieder vorbeischauen.

Reine Polizeitaktik ist das. Verwirrung durch Wiederholung. Nicht in Ruhe lassen. Dranbleiben. Diesmal ist Johnny gesprächiger, weil aufgeschreckt, weil der Müller erneut wieder da und der heute so richtig amtlich-offiziell mit Siezen und so auf ihn zukommt. Siezen manchmal brutal wie ein Schlag ins Gesicht, a) phonetisch, weil scharfe Zischlaute; und b) weil im Rock 'n' Roll-Milieu alle immer nur du, du, du, und deshalb plötzliches Sie so richtig furchteinflössend, ja, doch, ist nicht übertrieben: «Sie» ist fast wie eine Faustfeuerwaffe mit abgesägtem Lauf. Bösbedrohliches Sie – und Johnny ist sofort auskunftsfreudig. Oder weckt zumindest diesen Anschein, weil der Müller natürlich nicht naiv.

Johnny alias Hansueli: «Ja, ich mache das Management von Sandra, ja, das ist ein Verlust, aber mach Di … machen Sie sich» (schon gelernt) «keine falschen Vorstellungen, weil –»

«Ja», sagt der Müller, «kleiner Markt, kleine Stückzahlen, kleines Geschäft, ich kenne dieses Chanson, aber wovon leben Sie wirklich?»

Und dieses Sie, einsilbiges Personalpronomen, sticht wie ein rostiger Dolch in Johnnys Herz, weil schon Jahre im Geschäft und plötzlich wieder daran erinnert, dass ökonomisch nicht einfach, was sage ich: nicht einfach. Beschissen schwierig. Verzeihung. Irre schwierig, weil landauf, landab maximal zwanzig Konzerte pro Jahr und Band und davon nur zwanzig Prozent. Mein Gott, da bleibt nicht viel. Vor allem, weil nicht jede der Bands jedes Jahr eine neue Platte macht, und Johnny soll mitfinanzieren, sonst steigen sie aus, und wenn neue Platte, dann Kosten für Porto sauteuer, wegen Verschicken an Veranstalter, und Telefon, um Veranstalter anzurufen, und ein Auto mieten und Bier und Brot und Aufschnitt und Käse besorgen für die Probewochen vor der Tournee und Streit entschärfen, weil der Bassist charakterlich schwierig, und gebrochene Herzen trösten, weil dem Keyboarder die Freundin auf und davon gegangen ist mit dem Schlagzeuger einer anderen Band und sonstige Verwicklungen. Donnerszeug eben.

«Ist keine ruhige Arbeit», sagt Johnny-Hansueli und sieht richtig elend aus, fast täte er mir leid, vielleicht verdiente er das Mitleid sogar, und Johnny fragt:

«Wollen Sie einen Kaffee?»

Und Müller verblüfft über die Freundlichkeit, aber eigentlich damit gerechnet, weil heute Methode «Beichtvater»: Vertrauen erlangen, Verständnis zeigen, mitfühlen, zum Plaudern bringen, zuhören, Sich-Merken, bei Bedarf und Sachlage sofort Handschellen zuschnappen lassen.

«Gerne, Kaffee», sagt der Müller, «schwarz, bitte.» Und Kaffee aufgebrüht und eingeschenkt und der Müller: «Sandra und Sebastian?»

Das ist natürlich ein Schlag mitten hinein.

Und Johnny: «Dieser Schwachkopf!»

Und Müller: «Wie das?»

Und Johnny mischt direkte und indirekte Rede: Wie Sebastian versucht, selbst ein Management-Büro aufzutun und Sandra zum Wechsel bewegen wollte, weg von Johnny, hin zu «Diamond Music», «stell dir vor, äh, Entschuldigung, stellen Sie sich vor, so ein Schwachsinnsname, Sandra hat natürlich Nein gesagt, weil sie zufrieden ist mit meiner Arbeit, und sie hat Sebastian in die Wüste geschickt»

«Wirklich?», fragt der Müller, perfide.

Was Johnny zum Nachdenken zwingt.

«Wenn Sie und dieser böse Sebastian Fuhrer so verfeindet sind, wie kommt es denn, dass Sebastian Fuhrer heute Abend den *Spitfire*-Minibus nach dem Konzert in Biel nach Delémont fahren wird?»

«Wollen Sie Zucker in den Kaffee?», fragt Johnny.

«Ich habe eine Frage gestellt.»

«Das Problem in Zürich ist: Die Stadt ist zu klein, alle triffst du immer wieder, auch die, die besser verschwunden bleiben würden. Und wenn dir jemand ständig über den Weg läuft, musst du dich irgendwie arrangieren. Du kannst ja nicht weg», sagt Johnny. «Vielleicht beantwortet das Ihre Frage. Ausserdem habe ich nicht ständig Lust, diesen dämlichen Minibus zu fahren. Ich kenne jede mögliche Strecke in diesem Land in- und auswendig.»

Hat schon was, denkt der Müller, der auch nicht gerne Auto fährt.

«Nur die Guten sterben jung», sagt Johnny unvermittelt. Recht ziemlich viel Pathos. Der Müller weiss nicht genau, wen Johnny meint. Vielleicht auch ein wenig Johnny selbst, denn so alt ist er jetzt auch wieder noch nicht, nämlich 34, sieht aus wie, das sagte ich schon. Aber das Stichwort «sterben» passt.

Und der Müller: «Wer hat Sandra getötet?»

Und Johnny: «Ich weiss es nicht.»

Und Müller: «Sebastian?»

Und Johnny: «Der ist viel zu feige dazu.»

Und der Müller macht: «Hm.» Markiert Nachdenklichkeit und Zweifel.

Und Johnny schweigt. Und sie trinken den Kaffee aus.

Der Müller: «Wie hoch war der von Sandra generierte Umsatz?» Wort kennt er vom Wirtschaftsteil.

Und Johnny: «Letztes Jahr achtzehntausend über mich, also dreitausendsechshundert für mich.»

Und der Müller: «Nicht viel.»

Und Johnny singt wieder die bekannte Melodie: «Kleines Land, kleiner Markt, kleine –»

Unterbricht der Müller gleich: «Ich weiss.»

Und Johnny: «… war ein Zwischenjahr ohne neue CD, sonst macht Sandra natürlich mehr, so vierzig, fünfzig plus, brutto.»

Und der Müller: «Auch nicht so viel.»

Und Johnny, als wollten sich seine Tätowierungen selbständig abschälen: «Willst du mich wirklich demoralisieren?»

Und den Müller stört nicht die zweite Person Singular, sagt nur: «Nein.»

Schweigen sie beide sich ein bisschen an. «Un ange passe», ein Engel schwebt durch den Raum, sagt man in diesem Moment auf Französisch. Aber es war nicht ein Engel, denn die Fensterscheibe von Johnny Maurers Küche ging plötzlich zu Bruch, zeitgleich ein lauter Knall, und von der Wand hinter Johnny-Hansueli rieselt der Putz.

«Runter!», ruft der Müller, greift in die Achselhöhle (Automatismus), aber da ist nichts von Halfter, und reisst Johnny gleichzeitig vom Stuhl auf den Boden.

Zweiter Knall, noch mehr Putz rieselt, wie weisse Wolke. In der Wand steckt zitternd noch das Projektil.

«Bist du okay?», will der Müller wissen.

«Ja», sagt Johnny. Jetzt ist ihr Du schon natürlich, aber man täusche sich nicht, weil Vorsicht: trotz gemeinsamem Dem-Tod-Entronnen-Sein darf man sich nicht verbrüdern, sich nicht verbünden. Denn die Schuldfrage bleibt ungelöst. Doch die Ungewissheit scheint sich zu lichten, immerhin:

«Dieses Schwein», so Johnny zwischen den Zähnen hindurch.

«Wer?», ganz kurz der Müller. Und: «bleib unten!» Weil Johnny aufstehen will.

Rockmanager Johnny Maurer mault herum. Sagt nichts. Will schweigen. Hält mit sich selbst zusammen wie Pech und Schwefel. Da staunt man, nicht? Ich meine, er müsste es dem Müller doch sagen, damit der Müller die Gegenmassnahmen auffächern kann wie einen Schutzschild.

Aber Johnny-Hansueli Maurer spricht kein Sterbenswörtchen. Mund versiegelt. Da brennt in uns doch die Ungeduld ab: Sag's! Sag's! Keine Antwort kommt, er hört uns nicht, weil wir ausserhalb des Buches sind. Aber innerhalb ist der Müller Beni, und natürlich hochgewieft in Psychologie und Strategie, was längerfristig wirkt, und kennt Taktik, was jetzt sofort zu tun ist. Denkt ergebnisorientiert.

Und der Müller schielt, ob irgendwo ein Telefonbuch, weil jetzt vielleicht doch nötig → Beschleunigung der Ereignisse. Und zwar: Telefonbuch auf Hinterkopf. Rums. Gibt keine Spuren, also nicht einklagbar. Aber wirksam, gibt Information. Jetzt beide auf Boden in Küche an Ankerstrasse. Putz und Farbe segeln in feinem Sprühnebel zu achteckigen dunkelroten Bodenkacheln hinab. Feine weisse Schicht darauf und auf Johnny und den Müller gepudert. Beide in Deckung, weil Schüsse. Also nicht komfortable Situation, um ein Telefonbuch zu suchen. Eine Methode, ich sagte es, im Grunde geächtet. Aber aussergewöhnliche Situation bedeutet: aussergewöhnliche Mittel nötig.

Müller formt mit Daumen und Zeigefinger eine Zange wie eine Krabbe, fokussiert auf die bleiche, haarige Wade von Johnny (Hose etwas heraufgerutscht). Und kneift zu. Bisschen wehtun muss sein.

Johnny: «Aua! Was zum ...!»

Aber sieht die bösen Augen von Müller Benedikt, zu gemeinen, flackernden Schlitzen verengt, die soeben noch fast freundlich blickten. Das war, hehe, ein Polizeitrick, sag ich dir. Da legst du manchen rein damit. Er fasst Vertrauen, und eh er sich's versieht, stehst du reingefallen vor Gericht.

Johnny wird also fast eine Plaudertasche. Aber erst fast.

Und der Müller deshalb: schaut noch böser. Glutaugen. Dunkel, feurig, abgrundtief, brutal, das glaubst du nicht, weil du den Müller jetzt ja ein bisschen kennst. Verwandelt sich fast von Doktor Jekyll in Mister Hyde. Aber keine Ursache für Unruhe: auch das eine pure professionelle Polizeistrategie. Wir sind ausgebildet.

Und fast sind schon Löcher mit dem bösartigen Schauen in Johnnys rot-weisses Karohemd gebrannt. Beinahe fallen die Haare aus Johnnys geschwungener Locke. Fast schon tritt ein Löscheffekt bei Johnnys Tätowierungen mit Seemannsmotiven ein. Weil dem Müller die Augen so böse ihn durchlasern.

Darum kapituliert Johnny.

Sagt einfach eine Silbe: «Mark.»

Ein Name, merkt der Müller. Aber kein unhäufiger.

Darum die Nachfrage, forschend und bestimmt: «Mark wer?»

Johnny nimmt jetzt wirklich metaphorisch die Hände hoch: «Huber.»

Da erfährt Müller einiges Wissenswertes, was sich für den Verlauf der Geschichte und der Ermittlungen vielleicht zur Wesentlichkeit mausern könnte oder sogar wird.

Vorsicht, Rechtsmittelbelehrung: Ist Verdacht, blosser Verdacht, mutmasslicher Täter, angebliche Identifikation durch einen einzigen Zeugen. Das reicht nicht. Muss natürlich abgeklärt, bewiesen, vom Gericht beurteilt werden. Das dürfen wir nicht vergessen. Erst nach Urteil ist Schuld erwiesen. Nicht vorschnell vorverurteilen.

Unten auf Strasse jetzt sehr grosse Stille, wie immer nach Schuss und Knall. Wenn der Schuss verhallt ist, quillt immer explosionsartig die Stille auf, gewinnt an Volumen und an Kubikmetern und beschlagnahmt den ganzen Raum. So still wird die plötzliche Stille, dass man das Gras wachsen, aber weit und breit kein Gras in der Ankerstrasse, weil wegsames Gelände, das heisst Zentrum von der Stadt, überall Gebäude und Häuser und Bauten. Und plötzlich kreischen unten auf der Strasse vier, nehme ich aufgrund des es begleitenden Motorengeräuschs an, Reifen. Ein Auto saust und braust davon, also so richtig Drive-by-Shooting wie im Ghetto-Rap- oder New-Jersey-Italiener-Spielfilm, schneidet einem Radfahrer den Weg ab, was natürlich Müller und Johnny nicht sehen, weil noch immer aus Vorsicht am Boden inmitten von abgeplatztem Putz. Und rappeln sich endlich auf, Blick hoch, Putz oben an der Wand ist abgeplatzt und ein Loch mitten im *Metallica*-Poster

«Scheisse, war Vintage!», ruft Johnny Maurer.

Alles fast bei Decke abgeplatzt. Demnach: Schüsse kamen aus dem Erdgeschoss, also von der Strasse unten. Wie das Motorengeräusch und Reifenkreischen auch andeuteten. Natürlich illusorisch, aus diesem Winkel jemanden treffen zu wollen, Instant-Ballistik-Diagnose Müller, also lediglich Warnung. Aber schon ernst genug: Ich meine, wenn Sie jemanden vor irgendetwas warnen wollen, schiessen Sie dann in der Gegend herum? Sicher nicht, ich weiss schon.

Jemand warnt per Schuss, was sagt uns das? Jemand weiss zu viel. Weiss auch der Müller, dass das das bedeutet. Und er weiss auch, wer zu viel weiss, nämlich Johnny Maurer, weil im Moment ausser dem Müller nur Johnny in der Küche an der Ankerstrasse Kaffee trank. Kinderleicht für Kriminalprofi.

Und der Müller natürlich sofort grünes Telefönchen: «117» und hineingesagt: «Grossfahndung auslösen. Ankerstrasse soundso Schussvorfall im zweiten Stock. Bin vor Ort.» Und da wundert sich die Welt, sobald die Polizei eine Grossfahndung ausruft. Weil da läuft die ganze Polizeimaschine an, mit Polizei Zürich und Polizei Schweiz und Interpol Lyon und Geheimdienste, wo ich nichts drüber sagen darf, aber haben wir natürlich auch, und Grenzwache und Zivilbeamte. Alles schwärmt aus. Alles. Weil sie wissen: Wo der Müller ist, drängt die Realität. Spaltpilz der Wirklichkeit. Das Verbrechen fährt seine Krallen aus. Und das geht natürlich nicht. Knopfdrücken – und die Fahndung rollt sofort an. Alles ist schon fixfertig vorbereitet bei der Polizei. Plan in der obersten Schublade in Polizeiwache Zürich, in Polizeiwache Schweiz, in Interpol Lyon dritter Aktenschrank rechts, in Geheimdiensten, darf ich nicht sagen, wo, in Grenzwache zweitunterste Schublade, und Zivilbeamte können auswendig hersagen, ich schwör's dir. Und da rollt gewaltiges Zahnräderwerk an, wo in sich einander hineinverzahnt greift. Da geht die Post ab. Verbrechen, hüte dich. Du kannst nicht einfach so bei uns in der Stadt Zürich in der Gegend herumschiessen. Das sind nicht die Strassen von San Francisco.

Wir schalten jetzt sofort von der Ankerstrasse ins Universitätsviertel an die Rämistrasse. In der Zwischenzeit ereignet sich da etwas. Universitätsspital, Untergeschoss, Sie erinnern sich, sonst sag ich's nochmals: weisse, saubere Wände, bis Schulterhöhe mit weisser Ölfarbe gestrichen, damit leicht abwaschbar. Weil, na ja, es ist nicht immer schön, was da passiert.

Da geht im Reich von Dr. Brenda Marquardt, der Pathologin, Folgendes vor sich: Bucher Manfred, Polizeimann, tapst für sein stattliches Gewicht von 110 Kilogramm erstaunlich behände die Treppe in eben dieses hygienische Reich hinunter. Und Dr. Brenda Marquardt ist da, in der ganzen Majestät ihrer weiblichen Erscheinung, will heissen, ihr ganzer Geist und Intelligenz und Scharfsinn sind anwesend, der selbst seltenste Krankheiten fast sofort entlarvt, weil fotografisches Gedächtnis und Supererfahrung, schneidet von Berlin bis Bordeaux, von Amsterdam bis Chur höchst knifflige Leichen auf, um dem leider toten Fleisch die fatalen und letalen letzten Geheimnisse zu entlocken. Das gelingt ihr, wie gesagt, immer. Statistische Fehlerquote strebt von der Minusseite her gegen null. Algebraische Präzision. Ja, Naturwissenschaft ist schon exakt und viel genauer als zum Beispiel Wirtschaftswissenschaften, die einen Crash am anderen produzieren. Mal ehrlich, die Wirtschaftskrisen finden ja im Zweimonatstakt statt. Da fragst du dich schon, wie's herauskäme, wenn Dr. Brenda Marquardt auch so schwachmatisch arbeiten würde. Da fände die Polizei den Mörder ja nie. Aber sie wird. Und deshalb ist Bucher Manfred die Treppe ins Untergeschoss hinuntergetapst, und mit seinen fleischigen Händen drückt er auf die Klingel, weil Dr. Marquardts Reich immer sicher abgeschlossen ist, falls zum Beispiel ein fanatischer Gaddafi-Anhänger die Beweisstücke vernichten wollte aus dem «Leichenschauhaus», wie es nun wirklich nur im US-amerikanischen Film heisst und sicher nicht bei uns in der schönen Stadt Zürich, wo «Pathologisches Institut von der Universität Zürich» das richtige Wort ist. Das tönt auch wahrer. Und auf des Bucher Manfreds Klingeln ertönen im Inneren der Milchglasscheibe leichte Schritte von bequemer weiblicher Fussbekleidung, und die Türe geht auf, blendet fast, als sie aufgeht, denn wer steht da vor dem Bucher Manfred? Klar, Dr. Brenda Marquardt hat schon auf ihn gewartet, weil die Autopsie von der toten Sandra Molinari in der Limmat fertig abgeschlossen ist. Das wollen wir jetzt nicht im Bild zeigen. Da kann es einem etwas komisch werden und flau im Magen, und riechen tut es auch nicht gut. Leider. Obwohl es ja ein menschlicher Körper ist, den Dr. Brenda Marquardt fachfraulich zerlegt und aufgeschnitten und sortiert und interpretiert und untersucht hat.

Bucher Manfred: «Grüezi, Frau Marquardt.»

Dr. Brenda Marquardt: «Grüezi, Herr Bucher. Schön, dass Sie da sind.»

Man muss wissen, dass es manchmal schon ein einsames Geschäft ist, welchem Dr. Brenda Marquardt da unten in ihrem

Reich im Untergeschoss des Pathologischen Instituts frönt. Weil es ist ein bisschen symbolisch, dass das, was sie zu tun hat, im Untergeschoss geschieht.

Fast philosophisch wird es einem da zumute, weil der Bucher Manfred und die anderen Polizeibeamten quasi in den Keller hinwegtauchen müssen, weg von der Welt der Lebenden in den Lokus hinunter, wo der Fährmann die Kadaver mit seinem Boot hinübersetzt. Ach, du vergängliche Existenz, die du endest auf einer Chromstahlwanne bei grellem künstlichem Licht. So etwa rumort es in Bucher Manfreds Hirn, und er denkt nicht einmal ans Essen.

«Schön, dass Sie da sind», verhallen die Wörter aus Dr. Brenda Marquardts Konversationsrepertoire in Bucher Manfreds Kopf.

Er sagt: «Danke, gleichfalls.» Und wird etwas rot, weil nicht richtig passend. Dr. Brenda Marquardt streicht sich eine Strähne ihres dunkelbraunen Haars aus der Stirn, straft des Polizisten Holprigkeit nicht ab, weil sie weiss: erstklassiger Polizeimann. Macht seine Arbeit gut, obwohl Look wie Jumbo. Und sagt:

«Der Bericht ist fertig. Wenn Sie bitte hereinkommen wollen.»

Tut er.

Im Hintergrund lauert die bekannte Wand mit den gekühlten Chromstahlschubladen. In einem durchsichtigen Fenster, wo man ein Zettelchen hineinschieben kann, steckt ein Zettelchen: «Sandra Molinari (34)». Steht drauf. Dr. Brenda Marquardts Arm streckt sich zum Griff der Chromstahlschublade. Glück für Bucher Manfred: Sie schaut ihn an. Merkt etwas. Sagt:

«Nun ja, Sie brauchen sie ja nicht anzuschauen. Steht ja alles im Bericht.»

Sagt Bucher Manfred, dankbar: «Danke, sehr freundlich. Sie haben recht.»

Und die Pathologin Dr. Brenda Marquardt tritt drei Schritte zur Seite. Schreibtisch. Papiere in Klarsichtmappen. Säuberlich gestaffelt gestapelt. Greift sich eine Mappe, liest, nickt, reicht sie Bucher Manfred.

«Kurzfassung?», fragt er.

Sie: «Todeszeitpunkt: Sonntagfrüh circa ein Uhr. Aufenthalt im Wasser: circa achtunddreissig Stunden. Todesursache: ertrunken. Bemerkenswert: im Blut K.-o.-Tropfen, eingenommen höchstens eine Stunde vor dem Ertrinken.»

Er: «Flunitrazepam oder Temazepam? Gamma-Hydroxy-Buttersäure? Gamma-Butyrolacton? Oder etwas Altmodisches wie Methyprylon oder Chloralhydrat? Ein Barbiturat?»

Staunen von Dr. Brenda Marquardt? Nein, keineswegs. Sie weiss: Polizei Zürich sind erstklassige Berufsleute. Sind ausgeschlafen. Die haben ihre Handbücher gelesen und kennen die Strassen von Zürich.

Sagt also: «Flunitrazepam. Hohe Dosis.» Und lächelt. Nicht wegen Sachverhalt und Straftatbestand, sondern vor Freude, dass sie mit einem so versierten Polizeimann zusammenarbeiten darf.

Bucher Manfred: «Danke.»

Er zögert.

Und noch einen Augenblick zögert er. Soll er es wagen, sie zum Essen einzuladen zu versuchen? Aber nein. Weil lächerlich. «La belle et la bête» ist Film, nicht Wirklichkeit. Es gibt schönere, freundlichere, geistreichere, sportlichere, kultiviertere, stärkere, sympathischere und vor allem leichtere Polizisten als Bucher Manfred. Klar. Weiss er. Und das Zögern dauert mittlerweile auch viel zu lang.

Mein Gott, ich mache mich zum Affen, denkt er. Muss dringend sofort etwas sagen, damit die Stille endet.

Aber keine Idee, was sagen. Da sagt Dr. Brenda Marquardt etwas:

«Diese Woche habe ich noch sehr viel zu tun», sagt sie.

Warum sagt sie mir das? Erschrickt Bucher Manfred. Warum sagt sie mir das? Warum sagt sie mir das? Warum?

Und Dr. Brenda Marquardt streicht sich nochmals die dunkelbraune Strähne aus dem Gesicht und sagt zu ihm:

«Ich würde mich gerne einmal etwas länger mit Ihnen unterhalten. Aber eben, leider erst, wenn ich aus Hamburg zurück bin. Ich fliege morgen früh und komme am Montag zurück.»

Was antworte ich jetzt?, denkt Bucher Manfred. Nein, Kapitalbock: Er sagt's. Er hat's gesagt:

«Was antworte ich jetzt?»

Und Dr. Brenda Marquardt: «Sie könnten mir Ihre Handynummer geben.»

Und Bucher Manfred, mechanisch.

Und ganz rot. Und sagt: «Krächz!»

Kommt wirklich kein Wort aus Bucher Manfred heraus, nur: «Krächz!» Dann doch: «Aber gerne.» Und: «Selbstverständlich.» Und bietet Nummer auswendig dar. Und sagt schliesslich, gefasst: «Auf Wiedersehen und guten Flug.»

Und Dr. Brenda Marquardt: «Danke, bis Montag.»

Und Bucher Manfred dreht sich leicht um die eigene Achse, winkt mit der rechten Hand, in der linken den Autopsie-Bericht, schaut noch einmal zurück, wo ihn Dr. Brenda Marquardt freundlich mustert. Und geht zur Türe, nickt ihr zu, öffnet, geht durch, schliesst sanft hinter sich ins Schloss. Zwei Schritte weg von der Tür atmet er durch. Atmet durch. Atmet durch. Merkt: jetzt bloss nicht hyperventilieren, muss noch zur Arbeit.

Und das ist der Anfang von Bucher Manfreds Persönlichkeitsveränderung. Rätselhaft für alle, weil Bucher Manfred ein stiller Mensch ist. Prahlt nicht herum, dass er eine Verabredung mit Dr. Brenda Marquardt vereinbart hat. Vielleicht Bio-Restaurant? Vielleicht vegetarisch? Und Bucher Manfred hat plötzlich Lust auf Sport und Wandern und Bewegen und vielleicht sogar Rudern und Nicht-mehr-in-Restaurant-Sitzen. Und wir wissen, warum. Aber schon sehr überraschend, weil wir so wenig über Brendas und Manfreds innere Moleküle wissen. Die ganze Polizei Zürich träumt von Dr. Brenda Marquardt als Frau, nicht als Fachperson. Doch Achtung, Vorsicht: noch ist nichts geschehen. Gut: Rosa Wolken türmen sich am Horizont auf. Aber wer weiss: Vielleicht stürzt ihr Flugzeug nach Hamburg ab? Vielleicht scharwenzelt George Clooney in Hamburg herum und übertrumpft Polizeimann Zürich? Du weisst nie. Und vielleicht hat der Bucher Manfred bis Montag einen Herzinfarkt? Vielleicht wird er überfahren? Vielleicht, vielleicht, vielleicht. Fortuna, dein Rad knirscht und eiert manchmal sehr. Doch manchmal es strahlt gülden.

Aber jetzt sofort zu Boulevardzeitungsmusikchef Tobias F. Hubacher. Gestern hat ihn der Müller zweimal angetroffen. Muss jetzt wieder vorkommen, weil sonst grosse Frage aller Menschen: Warum kommt Toby zweimal vor am Dienstag, nämlich bei Türklingel Musikjournalist Michael Hauser und bei Türklingel Rockmanager Johnny Maurer? Erinnern Sie sich oder schon vergessen? Und plötzlich am Mittwoch tritt er nicht mehr auf?

Aber bitte schön: Der Müller braucht Zeit. Hetzen Sie ihn nicht, weil erstens kann er nicht überall sein, vor allem nicht zur selben Zeit, und zwei Personen gleichzeitig zu befragen ist auch schwer möglich, wenn sie nicht am selben Ort sind. Separates Verhören ist besser, weil keine gegenseitige Beeinflussung, Hemmung oder so interferiert. Polizeilich: «Konklusionsgefahr». Zudem ist es wieder sehr heiss. Lähmt die Aktivität. Bremst Dynamik.

Aber der Müller hat natürlich diesen Tobias F. Hubacher Musikboulevardpressechef nicht vergessen. Im Hinterkopf gärt es, rumort es, verdichtet sich elektrischer Nebel zu grauen, dann hellschwarzen, dann dunkelschwarzen, dann riesenhaft bösartig aussehenden Gewitterwolken. Denken ist reinste Bio-Elektrizität.

Aber noch nicht jetzt, weil zwei Sachen gleichzeitig, das geht nicht. Oh nein, immer schön der Reihe nach. Tatsachen, bitte nicht vordrängeln.

Jetzt zurück vom «Pathologischen Institut von der Universität Zürich» und Dr. Brenda Marquardt meets Bucher Manfred zu Müller, der noch immer in der Küche bei Johnny Maurer an der Ankerstrasse soundsoviel im Staub liegt, jetzt wieder aufsteht, die leichte Hose und das Polohemd abklopft, Johnny auch seine Kleider. Und der Müller will jetzt von Johnny mehr erfahren. Weil ein Name fiel, als die Schüsse fielen: «Mark Huber.»

Und Johnny erzählt, wie «widerwärtig und unzuverlässig und grossmäulig und intrigant und ein Dreckschwein Mark Huber» ist.

Aber das ist immer verdächtig, wenn der eine den anderen anschwärzt. Richtig Anfängertechnik. Tu das nie: andere anschwärzen und in die Scheisse reiten wollen, da merkt die Polizei sofort, dass du selbst widerwärtig und unzuverlässig und grossmäulig und intrigant und ein Dreckschwein bist. Muss es aber natürlich noch beweisen.

Müller: «Wer ist dieser Mark Huber?»

Johnny: «Mark ist der Sänger von *Spitfire.*»

Und so weiter. Aber warum Intrigant und Dreckschwein und widerwärtig? Johnny bleibt es schuldig, da sehr unkonkret, nebulös, kann nichts sagen, was vor Gericht verwertbar wäre. Nur unklare Ressentiments, einfach Antipathie – und das ist eine bekannte Gefahrenzone, weil nicht hirngesteuert, sondern von den gefühlsmässigen Emotionen her. Hirngesteuerte Reaktionen sind immer einfacher, weil das gehorcht der einen oder anderen Logik, und muss man nur noch herausfinden, welcher, und der Fall ist plusminus gelöst.

Und Müller notiert im Kopf «Mark Huber, Sänger *Spitfire*», und der Gedanke tritt ein: Hass und Missgunst regieren die Musikwelt. Sind nicht alles Freunde im selben Geiste. Obwohl die gleichen paar Akkorde und identische Besetzung. Vielleicht hat beim Verhör in der Küche auch nachgeholfen, dass der Müller Johnny die Zigaretten weggenommen hat, damit er besser plaudert. Weil starke Raucher ohne Zigaretten, ich sag's dir, da geht gar nichts, die schnallen ab und schwitzen und zittern und faseln, bis endlich wieder Nikotin in die Venen kommt, und der Müller gibt jetzt Johnny eine Zigarette.

Und Johnny zerbricht zum dritten Mal ein Streichholz zwischen den Fingern. Seine Bewegungen sind fahrig, unkontrolliert, das Feuerzeug von Müller, die Rettung. Klick, aaah!

Johnny sauuugt und lehnt sich zurück, dass der Stuhl knackt. Er schweigt, als bedaure er, schon etwas verraten zu haben. «Denn Reden ist Silber, Schweigen ist Gold» (Duclos-Lassalle und andere). Aber für den Müller ist es natürlich viel besser, wenn er sofort oder mindestens bald redet, damit die harte Tour nicht nötig wird. Die kann Müller natürlich auch, hat er im Repertoire. Aber Müller Beni mit seiner Geschichte, seinem Trauma, will eine Kollision mit der Ethik vermeiden. Deshalb lieber weiche Tour fahren, weil ja auch beurlaubt, und: unbewaffnet, und allein ermittelnd.

Mittlerweile bevölkert wirklich viel Personal diese Geschichte, richtig verwirrlich. Wo weitermachen? Nun, *uns* mag es so richtig vertrackt und kompliziert vorkommen. Unlösbare Hindernisse mögen uns den Weg zum erhellenden Sonnenstrahl verstellen wie der Berg dem Tal das Licht. Im ewigen Dunkel mögen wir uns wähnen. Aber nicht der Müller. Darum ist er die Hauptfigur, weil er eben diese bekannten Fähigkeiten hat und die Erfahrung von neunzehn Jahren Abteilung Gewaltverbrechen. Also kein Grund zur Unruhe: Das Böse unterliegt hoffentlich, sagt die Bibel, sagt der Koran, sagt Ian Rankin, sagt Georges Simenon, sagt Ed McBain. Viele sagen das Gegenteil, aber der Müller nicht. Staatspolitisch nötig, dass der Müller richtigliegt. Der Müller weiss: Ich gehe jetzt aus dieser Küche, lasse Johnny mit dem Abwasch zurück und dem Aufkehren, und ich mache sofort woanders weiter. Tempo ist Trumpf. Vielleicht kommt so wieder Bewegung in Johnny und auch in den Fall.

Also los und die Treppe hinunter und irgendwie Zufall, aber Müller und Zufall, das gibt es nicht. Vielmehr irgendwie Schicksal: Da kommt im Erdgeschoss gerade Boulevardzeitungsmusikchef Tobias F. Hubacher zur Haustür herein. Drittes Kreuzen der Wege von dem Müller und Tobias F. Hubacher in so kurzer Zeit, also gestern und heute. Und Tobias F. Hubacher ist viel beschäftigt, sieht man auf den ersten Blick. An der Fracht in seinen Händen: Mobiltelefon oder elektronische Agenda oder Schwarzebeere, ein Laptop und ein Aufnahmegerät und ein Block. Und im Ohr ein Hörer mit Musik und eine Sonnenbrille. Ebenso schütteres Haar wie Müller, aber Tobias F. Hubacher ist aufmerksam genug, dass auch er merkt: drittes Kreuzen der Wege von ihm und wahnsinnig frisch und dynamisch aussehendem Mittvierziger mit federndem Schritt und entschlossenem Gesicht und hellem Polohemd bei dieser Tropenhitze und sogar aus der Nähe nur wenig Falten, obwohl rares Haar wie er, aber unter dem Polo zwei, drei Muskeln ahnbar, nicht so schwächlich. Wir wissen: der Müller ist's. Aber Tobias F. Hubacher weiss das natürlich nicht. Und so bleiben beide stehen, Neugier gross, einander gegenüber, nicht Lauerstellung, nicht Panther feindselig und hungrig vor dem Sprung, doch merkt man: In den Köpfen geht etwas vor, das Hirn arbeitet.

Und der Müller, raffiniert: «Herr Hubacher.»

Und Tobias F. Hubacher etwas geschmeichelt, weil dieser Unbekannte ihn kennt. Aber das will nichts heissen, weil viele ihn kennen. Alle in der Medien- und Musikbranche und die Fernsehzuschauer. Und wer ihn nicht kennt, will ihn persönlich kennenlernen. Deshalb Musikzeitungsboulevardchef Tobias F. Hubacher entblösst eine blitzende Zahnreihe wie die Politikerkaste und sagt sonor:

«Jaaah? Dich kenne ich gar nicht, du bist keiner von meinen üblichen Leutchen.»

Und der Müller antwortet knapp «Müller» und fragt ohne Pause dazwischen direkt: «Was tun Sie hier, Herr Hubacher?»

«Ich bin der Toby», sagt Tobias F. Hubacher.

Und Händeschütteln. Aber der Müller sagt nicht: «Und ich der Beni.»

Und Tobias F. Hubacher tut die Frage von Müller gar nicht so ekelhaft obstruktiv ab mit einem «freies Land, und ich tue, was ich will, und niemandem Rechenschaft schuldig»-Sprüchlein, sondern zeigt sich kooperativ und freundlich. Und so kommt es im Erdgeschoss von Ankerstrasse soundso, welche Rockmanager Johnny Maurer bewohnt, gleich neben den aufgestemmten Briefkästen, weil das ist der Kreis 4 seinem Ruf schuldig, zu einem lebhaften Gespräch. Ein Wort gibt das andere und ein drittes, und dem Müller seine Weisheit über Sympathie und Antipathie ist wieder ein ernsthafter Faktor dabei. Weil auf den ersten Blick ist Toby nicht so sehr einnehmend, weil viele Negativfaktoren: Solarium und Sonnenbrille und elektronischer Schnickschnack vom Scheitel bis zur Sohle, zudem der breiteste Zürcher Dialekt, also «he nei», was eher wie eine knarrende Tür klingt, «oderr». Auch der zweite Blick generiert nicht unbedingt mehr Sympathiepunkte. Erst auf den dritten Blick, nachdem ein Wort das andere gegeben hat, kann der Müller, der ja sehr sensibel ist, Hubacher differenzierter sehen und sein subtiles Differenzierungsvermögen in die Praxis umsetzen. Musst du können und haben in diesem Beruf. Ausgewogenheit und Blindheit ist Sache von Justitia. Auch andere Seite anhören: «Fornicatur et altera pars» ist Gesetzesprinzip. Müller hingegen würde nie auf sein Bauchgefühl, seine Intuition verzichten wollen.

Und Toby sagt, er recherchiert zum Tod von der Musikerin Sandra Molinari, und vertraut dem Müller seine These an, dass das Problem irgendwo im Musikgeschäft liegt. Und das ist doch mal etwas anderes als immer nur Platten besprechen und Oldies-Show im Fernsehen moderieren und Jaguar fahren und Foto-Shootings veranlassen und an Partys herumwieseln. «Du kannst dir nicht vorstellen», fragt gar nicht, ob zweite Person Singular angemessen bei Polizeimann, «du kannst dir nicht vorstellen, wie mich das manchmal anödet, dieser Glamour-Zirkus, diese Hype-Hysterie. Aber es gehört halt dazu, wenn du Boulevardmusikzeitungschef bist, nicht wahr. Aber am liebsten bin ich in meinem Häuschen im Tessin in den Bergen. Einfach nur weg von all dem Zeug, oderr. Es hängt mir manchmal so zum Hals heraus.» Und Boulevardzeitungsmusikchef Tobias F. Hubacher zeigt das, dessen überdrüssig und Schnauze voll, mit einer Handbewegung und Grimasse, und das überzeugend. Schon schlimm: Da arbeitest du Jahre und Jahre und Jahre und dann hängt dir das alles meterweise zum Halse heraus. Das ist, als spazierst du barfuss auf Eierschwämmen, und die Würmer in den Pilzschirmen versuchen, an deiner Haut zu nagen.

Warum tut der Glamour-Toby so offen zu dem Müller? Weil, folgert der Müller, Toby und er in unterschiedlichen Milieus verkehren. Haben nichts gemeinsam, weder Bekannte noch Lokale noch Interessen. Werden sich vielleicht nie mehr sehen. Ein Grossstadt-Phänomen: mit Unbekannten die ganze Nacht durch diskutieren inklusive Details und psychische Probleme und Genug-von-allem und gut verstehen und dann tschüss und man sagt: kein Problem, hat gutgetan und ist zudem erleichtert. Der Müller stört sich nicht am Toby-Redefluss, weil er hofft, dass vielleicht Brauchbares zutage tritt wie aus frischem Bergquell, wie es oft der Fall ist, so auch diesmal. Das lehrt die Erfahrung.

Denn auch Toby erwähnt den Sänger Mark Huber, er hat sogar dem seine Adresse. So kann sich der Müller einen Gang nach Hause sparen, und er muss nicht die superkluge Suchmaschine nach der Adresse des *Spitfire*-Sängers fragen.

Ist Elisabethenstrasse. Welch Zufall, das kommt ihm bekannt vor. Ist die Wohnung mit «Molinari, Huber, Krstic» an der Türe.

Und jener «Huber» ist also Mark Huber.

Das sagte ja schon Johnny Maurer.

Aber der Müller versteht jetzt, dass Mark der Huber von der Elisabethenstrasse und der von *Spitfire* ist. Weil Huber gibt's wie Müller und Bucher.

Sehr langer Knopf in der Leitung, weil viel Celsius.

«Aber was hat Mark mit Sandra Molinari?», sagt Müller, ist fragend gemeint.

«Hatten was miteinander», sagt Toby und zieht elektronisches Gerät hervor. Sagt «Moment» und tippt und wartet und sagt «zwei Sekunden» und dauert drei und macht einmal «bip» und streicht mit Finger zärtlich über Gerät und nickt. Weil wirklich auf kleinem Bildschirmchen Artikelfoto: Sandra und unbekannter Bleicher mit wilden Haarsträhnen und darunter «Neue Liebe» und der Rest so klein, dass unlesbar, was Toby geschrieben hat. «Das gehört halt auch dazu, obwohl manchmal», sagt er und zeigt mit Händen nochmals, wie es ihm zum Hals heraushängt. Schon wieder. Der Müller denkt: Der hat Ferien nötig, dringend.

Und jetzt Zeit, Polizeikollegen Bucher Manfred (108 Kilogramm) anzurufen. Ob Spuren gefunden. Aber Manfred ist ausser Haus, nicht auf der Wache, nicht auf dem Mobiltelefon. Deshalb, weil auch schon bald Mittag und Mittag ist Essenszeit, wird er es in Manfreds Lieblingsrestaurant versuchen, dem «Krokodil».

Mit Glamour-Toby hat er noch die Telefonnummern ausgetauscht, weil jetzt Toby rauf in die Wohnung steigt und Johnny wahrscheinlich langsam mürbe ist, weil der eine dem anderen die Türklinke aus der Hand nimmt. Vielleicht können der Polizeimann und der Musikchef später gegenseitig die Informationen besprechen. Jetzt der Müller an die Langstrasse zum «Krokodil», wo Manfred, auch genannt «Elefant von Aussersihl» und

«Koloss vom Sihlfeld», häufig ist und isst, und immer wenn er isst, stellt er das Telefon ab, damit er in Ruhe essen kann.

Wir wissen: Das Telefon ist aus anderem Grund abgestellt. Weil Bucher Manfred träumt. Eine Erkundungsfahrt durchs Bordelais mit Dr. Brenda Marquardt. Ein Stadtbummel in Venedig mit Dr. Brenda Marquardt. Eine Hafenrundfahrt in Hamburg mit Dr. Brenda Marquardt. Ja, sogar eine Shoppingreise nach New York mit Dr. Brenda Marquardt. Such dir was aus. Mit ihr ginge er sogar in einen Kleiderladen.

Und der Müller eilt erfolglos durch die Gluthitze zum «Krokodil», weil Bucher Manfred nicht da ist. Schon seltsam. Und der Müller zurück vom «Krokodil» wieder die Langstrasse hoch zum Helvetiaplatz. Und wen sieht er da mit einer Riesenpapiertüte vom Coop in der Hand? Und was ist in dieser Tüte? Gemüse und Obst und Vollkornbrot. Und das ist wirklich unerwartet: Bucher Manfred in seiner ganzen 107-Kilogramm-Pracht thront nicht im «Krokodil» hinter einem Berg leerer Muschelschalen und fetter Diner-Trümmer und isst das Mittelmeer leer und nippt an einem trockenen Weissen. So ist es eben nicht, sondern folgendermassen: Schlendert wie ein junges Rehlein flink über den Helvetiaplatz in Richtung Kanzleischulhaus. Bäume, Kiesplatz, Bänke, dort Mittagessen aus der Tüte. So ist Bucher Manfreds Plan. Da können einem schon die Äuglein aus den Höhlen hüpfen, so was von ungewohnt.

Da ist man jahrelang befreundet, gleicher Jahrgang Polizeischule, neunzehn Jahre her, und schon mehr als einmal durch dick und dünn gegangen und dann das. Das Leben ist eine Überraschungstüte. Das Leben ist schon sonderbar.

Darum ruft der Müller, hinterrücks: «Hey, Selleriefreund.»

Und Bucher Manfred dreht sich um: «Kohlkopf.» Und hebt die Tüte hoch. «Du kommst gerade recht. Willst du auch was?»

Der Müller: «Was ist denn mit dir los?»

Bucher: «Ich will weniger Fett und mehr Vitamine.»

Der Müller denkt: Hm.

Der Müller sagt: «Wieso ausgerechnet jetzt diese Idee?»

Bucher Manfred, wegwerfende Handbewegung: «Warum hast du mich gesucht?»

Der Müller erzählt von der zweiten Befragung von Johnny Maurer heute Morgen und von Boulevardzeitungsmusikchef Toby …

«Ihr seid per Du?», fragt Manfred.

«Du weisst ja, wie es in diesen Kreisen zugeht», sagt der Müller, «alle auf Du und Du, aber das hat nichts zu bedeuten.» Abstufungen in der Vertrautheit sind manchmal schon seltsam. Zum Beispiel «He, du Schafseckel», sagt man in Zürich nur zu einem sehr guten Freund. «He, du Arschloch» nur zu sehr, sehr gutem Freund. «Grüezi, Herr Meyer» nur zum allergrössten Feind. Oder – weil latent bedrohlich – zum Steuerbeamten, Hausverwalter, Polizisten, Staatsanwalt → also Bedrohungsgefühl.

Aber Manfred ist von Müllers Ermittlungen unbeeindruckt, sagt: «Johnnys Alibi am Sonntagmorgen um eins ist hieb- und stichfest.»

«Ah, die genaue Tatzeit», stellt der Müller fest.

«Ja, der Autopsie-Bericht von Dr. Brenda Marquardt liegt vor. Ich habe ihn soeben abgeholt», sagt Manfred. Lässt sich aber nichts anmerken.

Müller: «Ein hieb- und stichfestes Alibi von Johnny Maurer? Das ist doch verdächtig.»

Manfred: «Ich hab's selber überprüft. Vier namentlich Bekannte bestätigen: Er war zur Tatzeit am Konzert in der Roten Fabrik – und hinterher stundenlang an der Bar und am See.»

Und der Müller: «Ja dann. Diese Möglichkeit ist also vom Tisch. Aber Johnny-Hansueli weiss etwas. Der ist nicht ganz sauber, das spüre ich.»

Und Bucher Manfred (sinngemäss): «Wenn du meinst. Wir können ihn in die Zange nehmen. Der Kollege vom Steueramt hat mir Maurers Steuerunterlagen gezeigt. Da kriegt jeder Buchhalter einen Lachanfall.»

Und der Müller: «Und? Was steht sonst Wichtiges im Autopsie-Bericht?»

Und Manfred (sachlich): «Sandra hatte Wasser in der Lunge, ist also ertrunken. Todeszeit in der Nacht von Samstag auf Sonntag, ungefähr ein Uhr, dann lag die Leiche etwa achtunddreissig lange Stunden im Wasser. Besonders interessant: Im Magen fand sich eine hohe Konzentration von K.-o.-Tropfen. Flunitrazepam.»

K.-o.-Tropfen, liebe Leserinnen und Leser, sind eine Substanz, die das Verbrechen gerne verwendet, um seine Opfer vorübergehend ausser Gefecht zu setzen. Einerseits zur Betäubung junger Frauen, vorzugsweise in Disco oder unmittelbar bei Verlassen derselben, zwecks Abtransport und sich an wehrlosem Körper zu vergehen, heisst: Vergewaltigung oder Schändung. Andererseits von kriminellen Blondinen verabreicht, um zärtlichkeitsbedürftigen Mann niederzustrecken und in aller Ruhe Bargeld, Kredit- und Kontokarten, Goldkette, Autoschlüssel, elektronische Geräte, Markenkleider mitgehen zu lassen. Da hat sich schon manch einer füdliblutt auf dem Boden der ausgeräumten Wohnung wiedergefunden. Aber Erinnerungsvermögen hinterher ausgelöscht. Lücke. Also Achtung: Die Polizei Zürich weist darauf hin und warnt.

Sandra war also wohl wehrlos, als der oder die Täter sie ins Wasser geworfen hat/haben. Schon brutal. Und der Müller ist jetzt so richtig wütend: Blühendes Leben so einfach vernichtet. Musik abgestellt. Mikrofon und Gitarre stehen leer.

Sagt: «Hinterbliebene?»

Manfred: «Sandra hatte keine Verwandten, sie war Einzelkind, die Eltern sind tot, die Grosseltern, Urgrosseltern und Ururgrosseltern auch.»

Und der Müller: «Schon deprimierend, so viel tot.»

Und Manfred beisst in eine leuchtend orange Karotte und bietet dem Müller eine an, und beide beissen hinein, es knackt, die Kiefer mahlen. Die Gedanken kreisen, weil das ist schon deprimierend: überall tot, tot, tot. Das macht dich fertig, auch wenn du schon mächtig viele Jahre bei der Polizei bist und einiges gesehen hast, auch wenig Appetitliches, aber daran jetzt nicht denken, weil gerade Mahlzeit.

Und vielleicht ist der Vitaminschub wegen der poppigen Karotte schuld, dass der Müller etwas infantil denkt: «Mahlzeit, Zahlmeit.» Also wohlverstanden: Die Karotte ist nicht schuld, dass Müller denkt. Sondern vielleicht der Karottenvitaminschub schuld, dass Metabolismus durcheinandergestört und der Müller denkt diese komisch-sinnlosen Wörter: «Mahlzeit, Zahlmeit.» Ich meine, ehrlich, so ein Quatsch. Heisst nichts. Und indessen urplötzlich schaut aber Polizist Bucher Manfred dennoch gleich vom Rüebli weg und dem Müller scharf ins Gesicht und sogar in die Augen, wo bekanntlich die Fenster der Seele sind, so Augustinus. Und der Müller desgleichen zu Bucher Manfred, und Augen verengen sich zu entschlossenen Schlitzen und Beweis: Gedanken lesen möglich.

Das ist kein esoterischer Schnickschnack, sondern real: Manfred hat dem Müller sein Denken gehört: «Mahlzeit, Zahlmeit.» Rätsel. Und wenn man ergänzt, dann heisst es: «Zahlen, Meitli», also Deutsch «bezahlen, Mädchen». Und hat die Intuition den Be- oder mindestens Hinweis geliefert, dass Motiv = schnöder Mammon, also Geld.

Sie werden sagen: «Das ist doch kein Beweis, nur weil der Müller blöd von der Hitze mit Buchstaben jongliert. Und er hat es ja nicht einmal ausgesprochen, sondern Bucher Manfred hat diese Gedanken nur gelesen.» Ja gut, sicher, vielleicht kein «Beweis» im naturwissenschaftlichen Sinne, da wäscht dir schon jeder Bezirksrichter die Kappe. Aber die Welt ist nun mal nicht nur Naturwissenschaft, sondern hat auch etwas Metaphysisches in sich drin, Irrationales, Intuition, Gefühl. Auch Männer haben ein Gefühl. Nicht immer gerade circa Voodoo oder Katholisch oder so, aber so Sachen, die irgendwie nicht mit Pythagoras und Episthenes' Substanzerhaltungsaxiom zu erklären sind.

Nach der Fahndung fragt Müller Beni jetzt Bucher Manfred, wegen der zwei Schüsse, die in die Wand von Johnnys Küche eindrangen heute Morgen. Doch Manfred sagt, die Suche hat noch nichts ergeben. Keiner mehr da, als die Streifenwagen kamen. Aber er verspricht, dass die Polizei da dranbleibt, natürlich. Und Mark Huber, den mutmasslichen Schützen (Aussage Johnny Maurer), hat er auf seinem Radar ganz rot angestrichen.

Sie essen zusammen eine weitere Karotte, einen Selleriestängel, der Müller spürt die Müdigkeit nach so vielen Worten und Befragungen. Obwohl es unter den Bäumen auf der Bank beim Kanzleischulhaus verhältnismässig kühler ist als in der Sahara zur Mittagszeit.

Doch plötzlich fragt Manfred schon wieder: «Wann nimmst du den Dienst wieder auf? Du bist ja wieder voll am Rotieren.»

Und der Müller weicht etwas aus, druckst herum, sagt schliesslich: «Früher oder später überlege ich's mir.»

Das heisst wenig, aber immerhin: Der Müller denkt also noch immer an seine Polizeizugehörigkeit und will sie nicht ungeschehen machen.

Und sie trennen sich nach einigen weiteren Gemüsestängeln. Manfred zurück in die Polizeiwache, der Müller nach Hause, Badetuch holen. Dann Tram 14 bis Bahnhof, dann der Limmat entlang runter ins Flussbad Oberer Letten.

Obsession, könnte man fast denken. Für Müller ist es Freizeit. Im Sommer hältst du es nur am Wasser aus. So vergeht sein Nachmittag. Und am Abend mit Franz Schubert ins Kino, ist klimatisiert. Film nicht der Rede wert. Aber nett, das zusammen zu tun.

***

Und während die beiden im Kino sitzen, geschieht anderswo eine viel spektakulärere Handlung: Am Seeufer in Biel/Bienne spielt die Band *Spitfire* vor tausendfünfhundert Zuschauern ein gutes Freiluft-Konzert.

Mark Huber schafft unter den kritischen Blicken von Oberarmmonster Goran Krstic, Nerd Stefan Meier, «Trujillo» Hanspeter «Hausi» Sollberger und Bassist René Gabathuler einen anständigen Auftritt, verpatzt die Chose nicht einmal bei der auch im Export nordwärts erfolgreichen musikalischen Sprengladung «When Death Cometh To Zurich-Leimbach». Zugaben erforderlich, eine, zwei, ja drei – und noch ein Zweierblock davon. Sogar Songs von Sandra Molinari, die Goran sonst nie auf die Setlist hievt. Bandgefühl hinterher trotzdem unterirdisch. Weil Mark Huber sofort nach letzter Zugabe abzischt. Band räumt bis irgendwann die Ausrüstung in den Bus. Dann einsteigen. Heute noch weiter nach Delémont. Dort morgen das nächste Konzert. Freitag dann in Basel. Samstag in St. Gallen. Sebastian Fuhrer fährt den Tourbus.

Und im «Berner Seeländer» (inkl. frz. Übers. «Feuille de Bienne et de son Lac» Auflage 81.002 Exemplare, beglaubigt) steht am nächsten Tag auf Papier:

Spitfire *auf der Bieler Seebühne:*

AUS DEM GRUSELKABINETT DER ZIVILISATION

«‹Den Feiglingen aber und den Ungläubigen und Befleckten und Mördern und Unzüchtigen und Zauberern und Götzendienern und allen Lügnern ist ihr Teil in dem See, der von Feuer und Schwefel brennt, und dies ist der zweite Tod› (Apoc. 21, 8). Es scheint, als versuche die seit achtzehn Jahren existierende Zürcher Band Spitfire *die Johannes-Apokalypse nicht nur zu vertonen, sondern auch zu verkörpern. Mark Huber & Co. öffnen so ziemlich jede Schreckensschublade des Rock 'n' Roll: Satanismus, Androgynität, Alchemie, Sex, Gewalt, Tod, Weltuntergangssehnsucht. Harter, ja härtester, schwärzester Rock, als wäre die selbsternannte Kulturhauptstadt der Schweiz ein flammendes Inferno, ein Sündenpfuhl ohne Chance auf Erlösung, ein ‹huis-clos› rasenden Verbrechens, über dem eine schwarze Sonne hämisch von einem schwarzen Himmel voller schwarzer Regenbogen grinst. Eine Ästhetik wie aus ‹Silence of The Lambs›, ein Gruselkabinett der Zivilisation, alles frisch angeliefert vom bleichen Leichenbeschauer aus dem Tal des Todes. Manche mögen darüber lachen, noch mehr aber lieben dieses rasende Quintett.»*

Aber auch hier noch nicht Schluss, insgesamt viertausendeinhundertsechzig Zeichen von Jean-Pierre Schori, den Sie nicht kennen können, weil er wie alles in diesem Buch erstunken und erlogen ist. Durchaus bedenkenswert die Fortsetzung:

«Eine Poetologie des Rauen und Rohen, des Unfertigen und Unbändigen, des Geschliffenen und der Ironie, der Rhythmuswechsel und Bruchstücke, des Spasses an der Freude, der Skizze und des überraschenden Einfalls. Pure Unvernunft. Dennoch

verliert das Publikum nie den Faden, denn der Aufbau dieses Konzerts ist zwar nicht vorhersehbar, aber effizient und logisch. Eine kreative Hymne auf die Unterhaltung – und gleichzeitig auf die Kunst. Spitfire *sprengen Grenzen, ohne auf Teufel komm raus jede Grenze sprengen zu wollen. In ihrem Ungestüm bewahren sie jederzeit Haltung. Sie sind nicht ‹dirty› um jeden Preis.»*

So gesehen hat er natürlich schon recht. *Spitfire* könnten metaphorisch sein.

Und jetzt passiert uns heute Mittwochabend etwas, was schon einigen Aufwand für die Polizei bedeutet und das Leben noch viel brutaler erscheinen lässt. Oder ist es schon, ja es ist schon:

Donnerstag

Die ersten Stunden des Donnerstags. Jetzt fällt etwas Tragisches vor mit einer ganzen Rockband auf Tournee im Tourneebus.

Und dieses traurige Lied geht so: *Spitfire*, wir wissen: frühere Band von Sandra, seither viele Platten, die letzten mit Sänger Mark Huber und jetzt auch etwas Elektronik vom Keyboardsampler auf der neuen CD «Car Crash Spells». Auf Tournee und nach dem Konzert in Biel waren sie also gleich weitergefahren → Delémont durch die Juraberge. Dort ein Auftritt am nächsten Tag. Komisch, dass der Tourneebus die kleinen gewundenen Strassen, weil der halb fertige Autobahnweg Transjurane viel einfacher und ohne diese topografische Gefährlichkeit. Vielleicht wollten sie den Kopf lüften nach dem harten Rocken, den Puls senken nach neunzig Minuten Volladrenalin. Vielleicht brauchten sie Motorwohlklang und Dieselbrummen und die Kolbenklopfmelodie nach der Lautstärke und der Feedbackgitarre und dem vielen Schlagzeughämmern, dem Applaus und dem Kreischen und der Begeisterung am Konzert. Vielleicht wollten sie Ruhe in ihre Köpfe pressen, weil zwar erst drittes Datum ihrer Tournee vorbei, aber die Spannung zwischen Sänger Mark Huber gegen den Rest der Band, also alle, sogar Keyboard-Nerd Stefan gab eindeutig eine deutliche Räusper-Äusserung von sich, das heisst: Ruhe finden in Auto auf Jurahügeln. Ohne Mark. Der will nach der letzten Zugabe keinen mehr sehen und fährt nach den Auftritten allein weg und weiter, und man trifft sich erst am nächsten Nachmittag zum Soundcheck in der nächsten Location.

Kurz geologisch: Jura. Sind hier Ketten von circa links unten (Kanton Genf) nach rechts oben (Kanton Zürich) auf Landkarte, egal, welcher Massstab, das heisst von Südwest nach Nordost bogenförmig. Maximal so tausendfünfhundert Meter hoch, meist bewaldet oder beweidet, gelegentlich blanke Felswände, leuchten gelblich im Sonnenschein und schauen aufs platte Mittelland herab und auf die fernen Alpen hinüber. Von Weitem schön, von Nahem und mit Zoomeffekt gross und grün und manchmal richtig schroff, wenn sich ein Bach, du glaubst es kaum, durch den Berg *hindurchfrisst*, wenn selbiger sich *auffältelt*, was Millionen von Jahren dauert, menschlich gesehen: ewig. Kaum vorstellbar, aber wir müssen es der Geologie glauben, warum da auf steilen Felswänden Dinosaurierspuren und im Stein Meerestiere versteinert sind. Da glaubst du voll: Die Schweiz ist doch nicht Rimini oder Bondi Beach. Aber war so. Vor langer, langer Zeit. Da erinnert sich keiner mehr selbst. Das machen für uns die Geologen.

Die Landschaft vom Juragebirge bildet das Relief für die Fahrstrecke von *Spitfire* nach dem Konzertknaller auf der Bieler Seebühne und auch der Seelenlage der Band: im Detail recht unübersichtlich kompliziert, aber eigentlich sehr zu empfehlen. Die landschaftliche Schönheit des Juras bringt Ruhe. Auch nachts, wenn man sie kaum sieht, aber fühlt. Die Route von Biel aus geht so: Zuerst hinten hoch, dann rüber, dann weiter nach hinten, wieder hoch, wieder, weiter, kleines Städtchen (Tavannes), na, wo fahren die denn durch? Vielleicht Detailweg verloren, weil kein GPS. Aber Grobweg stimmt. Und Bellelay und Petit-Val → Châtelat, fast Sornetan, Sapran, hinunter, sanft hinunter und Felsenengpass, musst du gut lenken, und linksherum, Hof von Pfister und Hund Luggi, und links Hôtel de la Couronne. Aber es ist dunkel. Sehr dunkel. Denkst du: Sieht man ja nichts trotz Scheinwerfern. Stimmt schon. Gefühlsmässig hat es schon was, das Aufsaugen und Absorbieren des Zusammenspiels des Elementreigens Luft und Stein und Wasser und Holz.

Aber leider auch von Feuer und Benzin, und der Fels ist viel zu nah.

Kurz: Ungefährlich ist die Strecke nicht.

Die Band *Spitfire* schlingert mit ihrem Auto, nicht nur einmal, obwohl die Strasse trocken ist bei der oberen Einfahrt in die Gorges du Pichoux – eine sehr schöne, abschüssige und enge Schlucht, die genau von Süden nach Norden den Berg durchschneidet. Schmaler Schlitz in hartem Kalkstein. Noch mal, unglaublich. Weiches Bächlein hat sich da durch aufwölbendes Gestein genagt, da wirst du fast philosophisch, dass das möglich ist, weil ist schon fast chinesisch-philosophische Art von Weisheit.

Aber jetzt nicht der Moment für philosophische Komponente. Weil wirkliche Gefahr: Gorges du Pichoux: enge Felsen ragen gefährlich nah und schroffstens an die Strasse heran, schlängelt sich zwischen den Felsen durch in Bögen und Bögelchen mal links, mal rechts, mal wieder … äh, rechts, also unregelmässig und heimtückisch. Vor allem im Dunkeln. Eng und zerklüftet → viele enge Kurven. Schattige Schlucht mit einer Strasse, und Jurassier fahren manchmal wie Formel 1. Aber nicht in dieser Geschichte. Das Fahrzeug von *Spitfire* gerät auf abschüssiger Strasse ins Schlingern, die Strasse ist zwar trocken, keine Steine oder Splitt auf der Fahrbahn und Eis schon gar nicht, weil ja Hochsommer ist, aber hier in den Gorges du Pichoux ist es zu Ende. Wem die Stunde schlägt. Das Konzert in Delémont, deutsch Delsberg, wäre viertes Tourneedatum gewesen, es bleibt ungespielt, die angebrochene und nach drei Konzerten jäh unterbrochene Tournee ein Erfolg, Sebastian hat sehr viele CDs verkauft. Kein Problem bisher, wie wir in Zürich sagen: «keis Problem.»

Nun sind sie über eine Klippe gestolpert, im wahrsten Sinn des Wortes, mit dem Auto. Und jetzt tot.

Ein richtig letales Problem also: Ist Schnitter Tod auf seinem schwarzen Rappen gekommen, hat seine schwarz funkelnde Sense geschwungen und gemäht, du meinst, du schaust einen B-Streifen oder sogar C. So voll frontal ins Jenseits hat er *Spitfire* befördert.

Die Männer von 117, 118 und 144 können die Opfer nur schwer bergen.

Denn die dramatischen Ereignisse sehen aus der Nähe in Zeitlupenwiederholung so aus: Sebastian Fuhrer lenkt, der Bus ist vollgestopft mit Verstärkern, Lautsprechern, Kabeln und Gitarren (unter anderem «Hausi» Sollbergers wunderbare halbakustische *Gretsch*, ein Gedicht von Gitarre, nicht wahr, Lyrik aus nachwachsenden Rohstoffen, aber bald zu Sägemehl und Splittern zermatscht) und Effektgeräten, Keyboards, Computern. Neben Sebastian Gitarrist «Hausi» Sollberger, Bassist René

Gabathuler, dahinter der muskulöse Schlagzeuger Goran Krstic und Keyboarder Stefan Meier und Tontechniker James O'Toole. Sechs Mann.

Und der voll beladene Bus (Übergewicht?) fährt jetzt aus dem Petit-Val bald um die Ecke, zuerst die fast gerade Strasse durch den Tannenwald hinunter. Darunter Cellomusik. Dunkel. Staccato. Durch den Tunnel. Geradeaus der als Fels schlecht getarnte Bunker. Nach rechts zwischen Felsen aus Stein hindurch. Weicht Steinbrocken auf der Strasse aus. Enger Schlitz, kaum Sonne – und in der Nacht sowieso nicht. Und vorbei am Hof von Pfister. Hund Luggi vor dem Stall. Verbellt Schwalben.

Fragt sich, ob das wirklich stimmt so. Obwohl, fliegen Schwalben in der Nacht?

Gut, ist Detail. Verbellt vielleicht Eulen oder Fledermäuse. Taucht später im Rapport nicht auf, weil nicht vorfallrelevant.

Und was sucht Hofhund Luggi nachts draussen an der Strasse? Ein Haftpflichtproblemrisiko zieht auf am Horizont.

Aber man sagt ja: Tiere haben so ein Gefühl. Sie spüren Erdbeben vorher. Vulkanausbrüche. Vielleicht auch das, was jetzt folgt in den Gorges du Pichoux im Grenzgebiet zwischen Kanton Bern und Canton du Jura. Nämlich:

Also links an Strassenrand das unregelmässig fast immer geschlossene Restaurant «Couronne». Und scharfe Linkskurve, Engpass, schlängel, schlängel, jetzt wird's kritisch, weil das Auto beschleunigt und beschleunigt.

Was ist passiert?

Sebastian am Steuer eingeschlafen? Fehlendes Profil an den Reifen? Alkohol im Spiel? Steine auf der Strasse? Die Linkskurve zu schnell genommen? Wurde er abgelenkt? Ist der vollgepackte Bandbus überladen?

Und Sebastian kann jedenfalls nicht mehr bremsen. Die linke Seite des Autos berührt und touchiert den Felsen ... auf falscher Seite der Fahrbahn. Zum Glück kein Gegenverkehr. Sebastian kurbelt, kurbelt, Lenkrad, Lenkrad, linksrum, rechtsrum, festhalten, tritt Bremspedal hinunter, hinunter, hinunter, schreit, flucht, schwitzt, schreit und schwitzt und flucht. Augen wölben sich aus den Höhlen. Wollen fast herauskommen. Keyboarder Stefan

Meier kotzt. Schlagzeuger Goran Krstic klammert sich fest. Gitarrist «Hausi» Sollberger wacht aus postkonzertaler Erschöpfung auf. Bassist René Gabathuler krallt sich an die Türe. Tontechniker James O'Toole ... wo ist Tontechniker James O'Toole? Muss ich später im Rapport nachsehen. Das Auto schaukelt, torkelt, schwankt, ruckelt, schüttelt, schrammt rechts an die Leitplanke, wird nach links geworfen, Zurückprall, Aufprall wieder rechts, steile Strasse, steile Strasse, enge, enge Strasse, enge steile enge Strasse. Dann zieht das Auto nach rechts. Mit der Lenkung ist irgendwas. Ist irgendwas mit der Lenkung?

«Die Bremsen sind kaputt», schreit Sebastian.

Letzte Worte.

Weil dann ein Knall.

Knall.

Geht ungefähr: «Krawummmmmm.»

Der Bandbus durchbricht das Steinmäuerchen rechts, knirscht gequältes Metall, surrt die Luft. Pfeift. Sirrt. Schweigt. Der Flug des Busses macht keinen Lärm mehr. Erst wieder der Aufprall unten in der Schlucht im Bach, der friedlich nach Norden rinnt. Jetzt vermischt mit Benzin, Blut, Öl, Benzin, Benzindämpfe. Wamm! Die Explosion.

«Wamm!»

Es ist vorbei.

Alle tot. Bodycount: Sebastian Fuhrer + Stefan Meier + Hanspeter Sollberger + Goran Krstic + René Gabathuler + James O'Toole = sechs Stück. Aktuelle Platte: «Car Crash Spells». Schoss in der Folgewoche in der Hitparade auf Nummer zwei. (Davor nur ein transatlantischer Rhythmusschmachter). Das Showbusiness ist brutal.

Jetzt folgt dramatische Schilderung wie im *Jerry-Cotton*-Stil, weil «Handlung ist höchstes Gebot» (Sun Tzu), und «Es säumt nur der Zauderer» (auch Sun Tzu).

Und zwar wie oben, nur noch dazu: Gierig saugt Sebastian am tödlichen Glimmstängel und kurbelt wild am Lenkrad herum. Schweisstropfen quellen ihm literweise aus der Stirn. Sein Körper dünstet aus: Angst. Er stemmt sich gegen das Verderben – vergeblich. Bassist René Gabathuler bleibt die Sprache auf dem Rücksitz im Rachen stecken, es wirft ihn nach links, nach rechts, nach links und zurück. Kreischendes Metall schreit wund auf, geschrammt vom harten Fels. Es birst unter lautem Funkenregen. Tontechniker James O'Toole ist auf den Wagenboden gesackt, im Magen ein Würgen, ein Röcheln im Ohr. Wie böse Augen des Jenseits glimmen in der Nacht die Glühwürmchen am Strassenrand. Unterweltisch glänzen die rauen Jurafelsen, knochenbleich und höllisch. Dazu die detailliert erlebten, aber hier ausgesparten Todesvorahnungen von Schlagzeuger Goran Krstic, Keyboarder Stefan Meier und Gitarrist Hanspeter Sollberger. Leicht vorstellbar, was in ihnen abgeht. Weil nämlich extrem viel Reifenkreischen, Gummigeruch, Slow-Motion, Schreien der Autoinsassen, Leben wie Film saust schnell vor geistigem Auge vorbei, dann stürzt das Auto in die Gorges du Pichoux hinab. Brutal. Wer ist schuld? Wer hat's getan? Was ist geistiges Auge? Und warum?

Sabotage?

Unfall?

Mord?

Sie ahnen richtig.

Mord!

Das Verbrechen hat wieder blutigst seinen Opfertribut eingefordert und postwendend erhalten. Es ist ein Gräuel, der uns mit Kilogrammen von Abscheu erfüllt. Der Sumpf des Verbrechens hat wieder verderblich an blühendem Leben emporgezüngelt.

Ein Bauer mit dem Mazda auf dem Heimweg sieht die Bescherung und wählt die 117. Hilfe zu spät.

Die Beamten der Spurensicherung des Verkehrsdiensts der Kollegen von der Kantonspolizei des Kantons Jura sind bald vor Ort. Erstes Problem nämlich: die Zuständigkeit. Die hängt in der Schweiz immer vom Kanton ab. Der Vorfall ereignete sich exakt an der Grenze der Kantone Bern (südlich) und Jura (nördlich). Das macht es kompliziert. Die Indizien werden die Verkehrspolizei veranlassen, die Kriminalpolizei beizuziehen. Passiert auch im Labor. Die Polizei, wir haben da so unsere Methoden, können Sie mir glauben. Da kommt keiner ungeschoren davon. Früher oder später. Falls es wirklich ein Verbrechen war. Sonst bloss Haftpflichtfall. Herstellerhaftpflicht. Garagistenhaftpflicht. So etwas.

Ja, was da alles geschehen ist, das glaubst du kaum. Aber da merkst du sofort: Jemand will jemanden zum Schweigen bringen. Jemand weiss zu viel. Jemand hasst jemanden. Das ist klar. Das muss man wissen. Das ist häufig so. «Für uns von der Polizei ist das natürlich Routine», sagt dir jeder Polizist, wenn du ihn fragst. Aber denk ja nicht, er macht jetzt seine Arbeit deswegen schludrig oder halbbatzig. Nein, nein, dreifaches Nein. Er lässt sich einfach nicht von allem und jedem ins Jagdhorn boxen, sondern boxt den Jäger, bis er weiss, was er wissen will.

Jetzt denkst du sicher Stichwort «Spurensicherung» und denkst: Was um Himmels willen machen die eigentlich ganz genau? Wichtige Frage, weil Wissenschaft. Ja, schauen wir hin, ich helfe dir: Wenn du denen zuschaust, denkst du: voll Chaos. Spazieren mit aufgerissenen Sperberaugen in der Gegend herum und schauen und schauen und stellen kleine Kegelchen mit Nummern drauf auf die asphaltierte Strasse, die die Gorges du Pichoux hinunterführt. Schon ganz abschüssig von oben circa siebenhundertdreissig Meter über Meer auf unten circa fünfhundertdreissig Meter über Meer und schlängelig, weil Bächlein Birse durchfliesst (hier noch mit Endung –e, weil französische Landessprache). Und fliesst hier quer zu den oben erklärten aufgefalteten Jurafelsen hindurch. Spurensicherung also Kegelchen mit Nummern auf die Strasse. Und dann Kreidestriche auf den Asphalt, du meinst, es ist ein Kreativkurs. Dafür hat die Polizei natürlich keine Zeit. Alles richtig geometrisch und spurenkorrekt und je nachdem auch fallrelevant. Da darf dir gar nichts entgehen. Sie zwirbeln ihre Schnurrbärte und streichen sich übers Haar und runzeln die Stirn wie Röntgenstrahlen und schauen forschend und finster, was geschehen ist. Suchen die DNA, die herumliegt, zusammen. Weil immer im Bewusstsein: Es ist eine Tragödie passiert, es geht um Menschen, und es gilt zu ergründen, was genau ist passiert.

Wissenschaftlich-kritischer Geist.

Skeptizismus.

Positivismus.

Tathergang und Gesetz.

Es wird nach modernsten Methoden vorgegangen. Dann Fotos. Dann Massband. Dann rechnen sie. Mathematik gegen Verbrechen. Physik gegen Verbrechen. Chemie gegen Verbrechen. Ballistik, falls nötig. Und Psychologie ist natürlich das A und O. Sie wissen deshalb bald die Geschwindigkeit des Unfallfahrzeugs. Wissen schon zentimetergenau, wo die Spur des Vorderreifens verlief, wo des Hinterreifens, auch wenn sie nicht sichtbar ist. Weil Abrieb auf Asphalt, den analysieren sie. Mikrospuren, die suchen sie. Den Aufprallwinkel auf das Mäuerchen vor dem Abgrund, den berechnen sie. Solche Sachen. Die Flugbahn, Zeit und Ort der Explosion. Brandspuren. Unregelmässigkeiten. Auffälligkeiten. Seltsames. Hässliche Bilder – alles nehmen sie auf. Zum Glück hören wir all dies nicht. Was sich im Kopf der Spurensicherung abspielt: der blanke Horror. Aber nutzbringend umgesetzt. Aufklärung aufgegleist. Und schon beeindruckend: Geschwindigkeit und Genauigkeit der Spurensicherung. Die können's. Wissen schon alles. Nur noch nicht, wer. Dafür ist der Müller da. Und Pathologin Dr. Brenda Marquardt, wo gerade noch in Hamburg ist. Und ihr werter Name ruft nach der Erwähnung von Bucher Manfred, der da schwebet im Lande der Hoffnung. Und auch volle Kraft im Einsatz: all die Jungs in Blau. Ihre Namen kennen nur der Einsatzleiter und die Personalabteilung. Anonym und unbekannt leisten sie ihren Dienst an der Gemeinschaft unerkannt in unserer Mitte. Und niemand dankt ihnen. Das ist falsch.

Kurz gesagt: Die Band *Spitfire* ist also tot, umgekommen in den ersten Morgenstunden des Donnerstags. «Die Rockschweiz trauert» wird Boulevardzeitungsmusikchef Tobias F. Hubacher heute noch elektronisch-online und am fast übernächsten Tag in der Boulevardzeitung zu lesen gewesen sein. Aber eben: auf Papier erst am Freitag, und darum eigentlich nicht hier in diesem Kapitel, aber macht ja nichts: Jetzt habe ich es halt schon gesagt, es hat, weil interessant, inhaltlich zusammenhängend schon gepasst hier.

Jetzt kommt der Müller Benedikt endlich wieder vor in dieser Geschichte. Und zwar in folgendem Zusammenhang beziehungsweise in folgender Gesellschaft: Das Telefon in des Müllers Wohnung gibt Laut am Morgen, Donnerstag, neun Uhr, nachdem die Amseln schon verstummt sind. Und die Nachbarin von unten, wo so lärmempfindlich, schon bei der Arbeit ist. Der Müller – nackig wegen Hitze von Zürichsupersommer – hechtet zum Klingeln hin, hebt ab. Bucher Manfred ist's, der «Elefant von Aussersihl», Freund und Kommilitone der Polizeischule von anno dazumal. Und Bucher Manfred (mittlerweile 104 Kilogramm) sagt zu Überraschung von Müller: Er kommt gleich vorbei, weil in der Gegend.

Nun gut, sind auch Restaurants in Wiedikon.

Aber Bucher Manfred sagt nicht «Restaurant» oder «Café». Sagt: «Komme vorbei.»

Beide wissen, die Wände im öffentlichen Raum haben Ohren. Jeder hört alles mit. Nicht so schlimm, wenn du zum Beispiel Inuit sprichst in Zürich. Versteht fast niemand. Aber Bucher Manfred und Müller Benedikt sind hier schon länger zu Hause, und deshalb sprechen sie akzentfrei Dialekt von, sagen wir, Altstetten-Schlieren-Dietikon. Sozial markiert: Sind nicht Goldjungen von Goldküste rechts vom Zürichsee.

Und wirklich: Bald Gerumpel im Treppenhaus. Der Müller macht auf. Der Bucher kommt herein. Sagt nur ein geheimnisvolles Wort:

«News.»

Und verdreht die Augen voller Versprechungen, aber hoppla.

«Und?», fragt ihn da unser Beni.

Spitfire → Gorges du Pichoux. Das Ende der Rocker in der Schlucht. So das Kurzrésumé von Bucher Manfred.

Nun muss dem Müller sein Geografie-Know-how knapp bekleidet vorkommen. Er kennt zwar alle Strassen von Zürich von Aargauerstrasse bis Zypressenstrasse, aber «Gorges du Pichoux», mit Manfredakzent heisst das «Gorschdüpischu» mit Betonung irgendwo im Wort, das übersteigt ihn absolut, den Müller.

Aber den Müller interessiert weniger die Geografie, sondern

er will das Wesentliche wissen. Manfred sagt: «Vermutlich sechs Tote.»

«Vermutlich sechs?» Der Müller wie ein Papagei.

«Vermutlich?», der Müller will das Adverb wirklich wissen.

Und Bucher Manfred: «Man geht davon aus, dass die ganze Band im Tourneebus sass. Es sieht nicht schön aus. Die Kollegen arbeiten dran. Sieht gar nicht schön aus. Bekomme den Bericht später. Melde mich.»

Und der Kaffee auf dem Herd pfeift und gurgelt in der Maschine. Der Geruch kommt heraus. Und der Müller bietet dem Freund einen an. Und der nimmt an und hat, das fragt ihn jetzt der Müller, abgenommen.

«Hast du abgenommen?», fragt ihn jetzt der Müller.

Und Manfreds Gesicht überhuscht etwas wie ein Lichtlein, fast unsichtbar, aber sagt nichts, sondern lächelt innerlich. Schon verrückt, was der Verdacht von Liebe mit einem Menschen machen kann. Darum Bucher Manfred neulich – also erst gestern – Karotten und Gesundes. Richtiggehend Motivationsschub. Dem Müller ist das natürlich aufgefallen, dass dem Manfred sein Sommerjackett nicht mehr so eng sitzt und vorneherum spannt, weil schon nochmals 2000 Gramm weniger. Bucher driftet also gegen 102 Kilogramm.

Also der Müller: «Hast du abgenommen?»

Erntet aber ausschliesslich Stummheit. Bucher schiebt nur gedankenverloren die Kaffeetasse zwei Zentimeter nach links.

Und er will zum Kaffee keine Kekse. Lehnt er strikt ab. Kriegt fast dicken Hals. Will nicht. Weigert sich. Entspricht völlig nicht seinem Ich bis gestern. Aber dem Müller sein Kopf natürlich gerade mit mehrfacher Todesnachricht usurpiert plus Gedanken an Sandra Molinari. Darum keine scharfsinnigen Schlüsse, sondern nur etwas Gefrotzel, weil Polizeimann Bucher Manfred auf einmal keine Kekse will.

«Keine Kekse im Dienst? Ist das ein neues Reglement?», sagt der Müller. Schon komisch, der Polizeihumor.

Manfred stumm, Kopfschütteln nur.

«Bist du krank?», fragt der Müller.

Bucher Manfred, perplex, fragt zurück: «Warum?»

Gegenfrage Müller: «Fehlt dir etwas?»

Bucher Manfred Gegenfrage: «Hast du Gemüse?»

Und der Müller dienstfertig und fährt das ganze Vitaminarsenal auf. Die Vitamin-C-Bomben, die Folsäuregranaten, die ABCDPP-Orgeln, die E-Kampfstoffe, die multiplen B-Batterien, die synthesefreundlichen K-Brückenköpfe. Der Kühlschrank spuckt's aus und entlässt auch kühle Luft in den Raum, du würdest dich am liebsten hineinsetzen. Weil in der Küche vom Müller schon jetzt kurz nach neun Uhr irgendwas von unheilverkündend heiss.

Und Bucher Manfred spiesst ein putziges Radieschenscheibchen auf, auf dem ein Tröpfchen Olivenöl grüngolden funkelt, als wäre es die Sonne Italiens höchstpersönlich.

«Deswegen frage ich», sagt der Müller und deutet aufs putzige Radieschenscheibchen.

«Warum soll ich kein Radieschenscheibchen essen, auf dem ein Tröpfchen Olivenöl grüngolden funkelt?», fragt Manfred.

Und dann wird es kurz still.

Was beängstigend sein kann.

Denn der Müller und Manfred waren zusammen in der Polizeischule, ich sagte es, vor langer Zeit. Der Müller und Manfred sind seither Freunde. Zusammen Streife. Zusammen Dienst. Zusammen älter geworden. 45 ist natürlich kein Alter. Zusammen Papierkram, Fahndung, Zugriff, Verhöre, Irrtümer, Misserfolge, Erfolge, Beförderung (ein bisschen). Und privat: Restaurants, Restaurants, Restaurants. Haben sich viele Jahre gemeinsam durch die Speisekarte wie Würmer durch den Apfel gegessen und immer denken und reden und wissen: Es dämmert und taget, und irgendwann findet man die Lösung. Obwohl noch verschwommen und einem Nichts gleich, sie wird eines Tages kommen, weil es gibt immer eine Lösung, weil die Polizei, die verzagt nicht. Sie leistet immer gute Arbeit. Das muss auch wieder einmal gesagt sein.

Aber die Müller'sche Frage ist noch nicht beantwortet: «Manfred und Salat. Hä?»

Ich meine, wir wissen es, aber der Müller noch nicht. Bucher Manfred ist kein Grossmaul, lächelt wie Mona Lisa, enigmatisch, was «rätselhaft» bedeutet. Aber sagt nichts. Eigentlich selten plaudern sie wirklich privatprivat, Geheimnisse schon gar nicht, weil man bei der Polizei ja doch eng aufeinandersitzt, darum besser psst, weil Korridor, und Gerüchte fliegen schnell.

Und der Müller: «Warst du beim Arzt?»

Kopfschütteln vom Manfred.

Und bevor die unheilige Inquisition weiter in des Buchers Fleische herumstochern kann, Mobiltelefonklingeln in Manfreds Jackentasche. Das Vibrieren lässt Buchers Jacke fast von der Stuhllehne plumpsen. Worum geht's konkret? Natürlich Anruf zum Auto in der Schlucht und all den toten Musikern.

Jetzt Personalien?

Ja, jetzt Personalien. Bucher Manfred kramt sein bestes Französisch aus dem Handschuhfach und sagt: «oui» und hört und wieder «oui» und wieder, und muss gar nichts aufschreiben. Weil der «Elefant von Aussersihl» auch ein Elefantengedächtnis hat. Da bleibt alles drin. Und sagt schliesslich: «Merci, cher collègue, tu m'envoies cela aussi par écrit?» und «Merci encore une fois, je te tiendrai au courant». Was bedeutet: «Du schreibst mir einen Rapport, ich stehe zum Informationsaustausch zur Verfügung.»

Und der Müller zeigt ein grosses Fragezeichen im Gesicht.

Hört Namen, die wir schon wissen. Schau an, schau an, Sebastian Fuhrer am Steuer und im Auto und in der Schlucht. Jetzt tot. Und der Müller erinnert sich an den vierschrötigen Kleiderschrank und dessen Prügelfäuste bei der Post 8036 Zürich-Wiedikon. Und im Müller nagt es, dass er da vielleicht (?) ziemlich (?) überreagiert (?) hat, als er Sebastian an die Mauer gestellt und bodysearched hat. Der ist vielleicht Opfer und nicht Täter?

Hypothese und Gegenhypothese und sobald Synthese, schnappen die Handschellen zu und fertig lustig. Dialektisches Prinzip.

Sie besprechen das jetzt zu zweit, der Müller und Bucher. Das heisst «Vier-Augen-Prinzip». Weil nur vier Augen dabei und kein anderer hört und sieht und spioniert und erfährt auch nur irgendetwas. Amtsgeheimnis. Darum ist es gut, jetzt nicht im Restaurant zu sein, auch nicht im biologischen Restaurant «Sumatra», weil Vertraulichkeit gewährleistet sein muss. Und Vier-

Augen-Prinzip hier brandnötig, weil alles ist noch Ermittlung, nichts gesichert, alles im Fluss und Hypothese. Da hast du schnell eine Klage am Hals.

Und der Müller Benedikt hört die Namen – Gabathuler, Krstic, O'Toole, Meyer, Sollberger, eben Fuhrer – und ihm fällt gleich auf, dass die Zahl nicht stimmt. Denn wo sechs Rock 'n' Roller versammelt sind, wovon ein Tontechniker und ein Fahrer, da müsste ein Sänger sein mitten unter ihnen.

Aber ist nicht.

Was ist mit ihm? Was ist mit Mark Huber?

Und deshalb kommt jetzt endlich das Gespräch auf Mark Huber, wohnhaft in der Elisabethenstrasse. Sie erinnern sich an das Türschild «Molinari, Huber, Krstic». Mark Huber = Sänger *Spitfire*, einst (?) tatsächlich oder angeblich oder vielleicht mutmasslich Sandra-Molinari-Liebhaber. Klar ist: Er war nicht im Auto. Nicht tot in der Schlucht. Keine DNA aufgespürt von lieben Kollegen von Kantonspolizei und Police cantonale. Keine lose Doppelhelix irgendwo in der zerquetschten und ausgebrannten Bandbusruine.

Folgerung: Mark Huber, wo war er? Wo ist er? Schnell ermitteln. Jetzt vielleicht schon Fahndung?

«Wir haben kaum Leute zur Verfügung», sagt Manfred. «Ferienzeit», und (so sinngemäss weiter) darum jetzt mehr Zürcher Polizei am Mittelmeer als in der strebsamen Stadt am Seebecken und Uetliberg. «Aber ich kann es den Streifenwagen ja mal sagen. Ja, ich sag es ihnen jetzt gleich.» Und ruft an und sagt's, und die Streifenwagen sagen: «Wir schauen, falls wir ihn sehen. Dann bringen wir ihn rein.» Und Manfred Bucher sagt: «Danke», und drückt auf das rote Telefönchen.

Und zum Müller sagt der Bucher jetzt: «Ich schaue, was ich tun kann. Ob der Chef eine richtige Fahndung bewilligt. Du kennst ja den Dienstweg. Der dauert. Und die meisten Kollegen sind wirklich in den Ferien. Und die anderen haben Überstunden bis zum Abwinken. Die Sozialdemokraten kontrollieren das Polizeibudget genau.»

Er seufzt sorgenvoll und sagt zum Müller noch: «Und du wartest jetzt, bis ich weiss, was der Dienstweg entscheidet.»

Bucher steht langsam auf vom Küchentisch, wo die Gemüsevertilgung erfolgreich absolviert worden ist.

Und der Müller sagt zum Freund und Polizisten: «Danke. Du meldest dich, wenn du mehr weisst?» So als ob er nicht vom Dienst befreit wäre.

«Ja, aber du tust jetzt nichts», sagt der Freund und geht, weil die Arbeit ruft. Und selbst wir bei der Polizei müssen unsere Arbeit einer bestimmten Fall-Nummer zuordnen, sonst jammert das Controlling, und zwar nicht zu knapp.

Müller Beni bleibt allein in der Küche, merkt jetzt, dass er noch immer nackt ist. Und Bucher Manfred hat weder ein Wort noch einen Blick darüber verloren. Wir sehen: Dieser hat zu heiss, jener ist mit dem Kopf zwar schon beim zu ermittelnden Verbrechen, hingegen doch sehr stark, wir müssen's eingestehen, obwohl es kein optimales Licht auf die Polizeimethoden von Zürich wirft: geistig etwas in den Ferien. Aber bei Bucher Manfred drücken wir gerne ein Auge zu. Wo die Liebe hinfällt, ist kein Kraut mehr gewachsen. Das ist etwas Schönes, wie der Frühling, der immer wieder zu uns herkommt, nach der Festnahme und Verurteilung des Winters.

Und Bucher Manfred – wieder auf der Strasse – greift jetzt zum Mobiltelefon und ruft Hamburg an, genauer gesagt, Dr. Brenda Marquardt. Will ihre Stimme hören. Aber kommt nur die Mobilbox. Im Untergeschoss bei den Chromstahlwannen wohl kein Empfang. Und kein Skandal: auf Privatkosten, nicht auf Dienstrechnung. Auch da sitzt das Controlling dir rittlings im Nacken. Die kennen gar nichts, die Buchhaltungsschergen.

Obwohl erst knapp zehn Uhr am Donnerstag, kann man jetzt schon sagen: Ist Wahnsinn, was bis dahin an einem Tag schon passiert ist. Ja, du hast recht, ist schon so, ist allgemeingültig. Aber es gibt doch solche Tage. Manchmal ballt sich das Geschehen so richtig zusammen und stösst wie eine Faust aus einer Wolke auf uns Menschen oder auf die Stadt Zürich oder auf die Rockszene herunter. Und mittendrin stehen der Müller und der Bucher und die ganze Polizei und nimmt den Besen und kehrt die Trümmer weg, nachdem die Spurensicherung ihres Amtes gewaltet hat. Das braucht Zeit. Inzwischen laufen trotz der subtropischen Hitze die Hirne schon auf Hochtouren, auch dem Müller seines. Das Verbrechen versucht entweder zu fliehen oder direkten Nutzen aus der Gesetzesverletzung zu ziehen. Aber wer am Schluss lacht, ist der Tüchtige, nicht der Flüchtige. Der Arm des Gesetzes schwebt über uns allen. Ruhig schläft, wer reinen Gewissens ist. Bei uns in Zürich ist das so, kannst du mir glauben. Denn ich kenne die Polizei.

Fragt sich sicher die Leserin und der Leser: Warum gerade jetzt plötzlich eine Art Denkpause? Ist doch noch nicht verstrichen, der Donnerstag, es ist ja erst morgens, der Tag läuft noch, und zwar stundenlang. Gewiss, wir haben schlechte Neuigkeiten mitten ins Gesicht erhalten, aber die Ermittlungen sind keineswegs vollbracht. Stattgegeben.

Erklärung: Will ich doch auch zwischendurch einmal denkpausieren. Hilft mir und dem Müller, den Strudel von Ereignissen zu addieren und aus der Quersumme wertvolle Hinweise zur Verbrechensbekämpfung zu gewinnen. Ist nicht alles von vornherein prädestiniert, wie Huldrych Zwingli sagt, sondern musst du improvisieren. Heisst: aus dem Stegreif heraus nach den Erkenntnissen greifen. Dann kommt schon etwas zusammen. Und diese Gedanken fallen egal zu welcher Tages- oder Nachtzeit über den Müller her. Da muss er bereit sein. So geht das im Hirn von der Polizei. Nie säumen, sondern aufmerksam sein.

Und manchmal sieht es von aussen so aus, dass du steif und starr dasitzt wie ein gefrorenes Chamäleon. Kann schon sein, dass es so aussieht. Aber in dem gefrorenen Chamäleon drin tobt ein elektrischer Wirbel von Gehirnströmungen, wenn du das messen tätest, erschiene es dir wie ein Neurotornado. Es arbeitet nämlich in dem Tierchen drin, obwohl seine Äuglein geschlossen sind und kein Funken der Erkenntnis seinen Mund zu umspielen scheint.

Und genau das ist das Wort: Scheint.

Denn «aller Schein ist trügerisch, manchmal» (Sun Tzu).

Und wer so steif und starr bei mittlerweile zweiunddreissig Grad in der Küche sitzt, immerhin jetzt angezogen mit Hose und Hemd und Sommerschuhen mit Luftlöchern, sind die 83 Kilogramm und 182 Zentimeter vom Müller in voller Grösse und Konstitution. Ein Wasserglas labt ihn gegen die Hitze, weil Sommer und Zürich und die Leute müssen fast nichts anhaben an ihren so oder anders proportionierten Körpern. Und manchmal ist das schon schön. Und seine braunen Haare schwitzen, und er rührt sich nicht, sondern wartet, bis die Zeit weitergetickt hat. Das ist auch eine Polizeiregel: Manchmal musst du warten, vor allem, wenn dir dein bester Freund sagt, dass du musst.

So sitzt der Müller Beni in seiner Küche. Wartet. Darf nichts tun. Und er denkt noch: Die Hitze macht dich fertig, obwohl wenig Kleider und immer viel Wasser und auch – nicht vergessen – Salz zu sich nehmen. Und darum jetzt schon rüber ins abgedunkelte Schlafzimmer. Siesta. Leichter Schlaf.

Und als das Bewusstsein ihn wieder aufsucht, geht er auf den Balkon raus. Die Kastanienbäume auf dem Schulhof, wo die Lärmkinder ausserhalb der Ferien hausen, sind schon gelb und braun. Mit der Zigarette kommt ihm ein Gedanke, mit Wehmut durchsetzt: Gefahrlose Strassen von Zürich. Wart ihr einst.

Und er sieht die Ecke des Schulhofes wie immer mit Müllsäcken vollgestellt und der Geruch ... schweigen wir vom Geruch. Aber ein schönes Gefühl, der Müller hat eines: Heimat ist, wo alles vertraut ist, sogar der Geruch, auch wenn er stinkt. Und plötzlich: Kastanienbäume wiegen sich sanft in der windstillen Glutluft, Laub schon gelb und braun, fast Vorahnung von Herbsttod, doch noch ist der Sommer hoch, kein bisschen von Abkühlung, Hitze steht, fünfzehn Uhr, und der Müller zieht an der Zigarette, behält Giftluft unten, atmet mit etwas weniger Gift drin aus, weil Gift bleibt drin, aber tut gut, sagen dir alle Raucher, und der Müller ist Raucher mit Leidenschaft und raucht gern. Das sagt natürlich nicht der Müller selbst, das spricht aus ihm der Suchtstoff und Niktotinteufel in der Zigarette, ganz heimtückisch.

Und heimtückisch ist das Wort: In Zürich geschehen Morde. Genau genommen: einer hier bei uns und blanke sechs bestätigt auswärts. Vermutlich besteht eine Verbindung, weil persönlich höchst wahrscheinlich verquickt. Das ist schon unfassbar, obwohl wir in Zürich natürlich keine Engel sind. Wir sind auch Menschen. Sie und ich und du dort in Altstetten, ihr alle innerhalb der paradiesischen zwölf Stadtkreise, und der Müller und Manfred und Rockmanager Johnny Maurer und Plattenfirmenmann Holderegger und Musikjournalist Michael Hauser und Feuilletonboulevardmusikchef Toby F. Hubacher und wer sonst noch so vorkommt. Auch die Polizei sind Menschen: Bucher Manfred, der Müller Beni, wo jetzt gerade nicht qua Arbeitsleistung Polizeilohnempfänger. Auch Dr. Brenda Marquardt, die Pathologin am Kongress in Hamburg, ist ein Mensch. Auch Sie, liebe Leserin, lieber Leser, und ich, sind wir es. Auch alle Verbrecher sind, obschon es manchmal schwerfällt. Und auch die sechs von *Spitfire* in der Schlucht beziehungsweise inklusive Sandra Molinari in der smaragdgrünen Limmat mit eingerechnet sieben toten Opfern sind Menschen. Das liegt an der Hitze, dass dem Müller das Gehirn flimmert. Denn bei der jetzigen Lufttemperatur weiss der Müller gar nicht mehr so genau, wer alles vorkommt und in welcher Rolle.

Ich bin überarbeitet, denkt der Müller, obwohl freiwillig suspendiert. Die Temperatur kocht mir das Gehirn weich. Was ist in so einem Fall medizinisch angebracht? Wird's jetzt völlig psychedelisch?

Nein, es ist einfach viel zu heiss in Zürich. Die Fünfunddreissig-Grad-Marke bläst zur Attacke auf Zellen und Hirne und Hypophysen und Synapsen. Das verkraftest du nur als Kamel oder Käseküchlein, und wer ist schon eines?

Neuer Versuch, die Müllergedanken zu ordnen:

Und Mark Huber, ist er ein ehemaliger (?) Liebhaber von Sandra?

Und Mark Huber, er sei ein «Schwein», sagte Rockmanager Johnny Maurer.

Und mutmasslich und von Johnny Maurer dahingehend identifizierte Mark-Huber-Schüsse auf Johnny und den Müller, als Johnny und der Müller in Johnnys Küche sassen. Sie wissen es → Mark Huber ist sehr verdächtig. Wer Schusswaffen anwendet, so ihm denn jene Tat zuzuschreiben und zu beweisen ist (bisher ja erst Aussage von Johnny Maurer), ist möglicherweise auch fähig zu noch Schlimmerem.

Und bevor der Müller in eine Zeitschleife hineingerät, in der er unablässig im Kreis gedreht würde, reisst ihn das Klingeln des Mobiltelefons aus dem fruchtlos untätigen Grübeln.

Es ist Bucher Manfred. Er spricht: «Der Chef und sein Chef, dessen Chef und sogar der Polizeivorstand haben beschlossen: Die dringende Fahndung ist per sofort eingeleitet. Gefahr im Verzug. Ich melde mich.»

Und unterbricht die Verbindung.

«Danke für den Fahndungsbefehl, Manfred», sagt der Müller am Telefon, aber Bucher ist schon nicht mehr da. Er holt gerade die Weste aus dem Kofferraum.

«Gefahr im Verzug» – aber hoppla.

Das ist nun wirklich das Nonplusultra. Das heisst, alle Streifenwagen füllen ihre Tanks und Magazine und brausen los. Wer im Dienst ist, schnallt sich die Schutzweste um, kontrolliert Magazin und Ersatzmagazine. Klick, klick, rasten die Patronen ein. Schnürt sich die Stiefel. Der Einsatzleiter ruft alle, die nicht in den Ferien oder im Mutterschaftsurlaub sind, auf ihren Posten. Sofort. Sie schwärmen ein. Überall, in allen zwölf Stadtkreisen und noch mehr Landgemeinden und Kleinstädten des Speckgürtels um die wohlhabende Stadt Zürich, klingeln Telefone. Festnetz und Mobil. Männer und Frauen lassen im Schrebergarten die Hacke fallen, schalten die Fernbedienung aus, rollen das Badetuch zusammen, legen die Playstation in die Ecke und schliessen das Buch, in dem sie gerade lesen. Legen die Freizeitbekleidung ab, die blaue Uniform an, ziehen den Scheitel nach, putzen (bei Bedarf) die Brillengläser, zucken die Schultern, sehen vor sich den Ernst der Lage, sagen: «Dienst ist Dienst», küssen die Frau, den Mann, die Kinder, den eingetragenen Partner beziehungsweise die eingetragene Partnerin, gehen zur Wohnungstür, werfen einen letzten Blick auf ihre Lieben, denn im Dienst weisst du nie: Kommst du unversehrt und heil zurück? Die Tür fällt hinter ihnen ins Schloss. Es erhebt sich ein Brausen und Summen in der Stadt Zürich. Sie setzen sich in ihre privaten Wagen, die Motoren springen an, Gang eingelegt, ein letzter Blick auf die Ausrüstung. Koppel blitzblank? Alles am Platz? Die Waffe okay? Sie strömen sternförmig ins Zentrum der Stadt, wo das Polizeihauptquartier hingebaut ist, aber fast einstürzt, weil es schon lange ein neues geben müsste. Aus Stallikon kommen sie, aus Birmensdorf und Urdorf, aus Greifensee, Effretikon, Kloten, Bassersdorf, aus Steinmaur und Dielsdorf, aus Geroldswil und Oetwil, aus Killwangen, Spreitenbach und Dietikon, aus dem harten Schlieren, aus Bergdietikon und vom Mutschellen herunter, aus Thalwil, Rüschlikon und Kilchberg. Es fehlen nicht die aus Wallisellen und Volketswil, die aus Opfikon und Glattbrugg, die aus Dübendorf und von dahinten, wie heisst es noch, es fällt mir nicht ein. Auch und besonders scharf motiviert strömen sie aus sämtlichen Quartieren der Stadt Zürich herbei, die Streetwisen aus Altstetten und Albisrieden, vom Triemli, aus Wiedikon und vom Friesenberg, aus der Hardau, Werd und der Brunau, aus Wollishofen, in der Enge wohnt keiner (zu teuer), aus dem rauen Aussersihl und dem harten Industriequartier, aus Wipkingen und Höngg, aus Oerlikon vor allem, Seebach und Schwamendingen müssen natürlich auch vorkommen, die Neuaffolterner kommen, die vom Milchbuck, ein Einziger aus dem Universitätsviertel, viele aus Unterstrass und Oberstrass, einige aus der Altstadt, Hottingen und Fluntern fehlen natürlich, dort kann sich kein Polizist die Miete leisten, und der letzte Durchschnittsverdiener, der noch im Seefeld wohnt, fliegt auch herzu. Entschlossene Mienen, harte Gesichter. Und wenn ich das Wort «Sihlfeld» und «Aussersihl» und «Industrie» sage, da zuckt manch einer zusammen und hört die Erde fast beben.

Sogar die Dandys von der Betrugsabteilung hängen ihre Computer an den Nagel und lassen den hinterlistigen «Geschäftsleuten» dienstbedingt einige Augenblicke Verschnaufpause. Weg mit der Krawatte: Sie gürten sich mit dem Schulterhalfter und suchen in der Schreibtischschublade die Dienstwaffe, seit Jahren nicht mehr angerührt, denn schiesswütig sind wir nicht.

Alle Vereidigten kommen sie, um dem Verbrechen hart zuzusetzen. Du glaubst, du hörst die Posaunen von Jericho.

Denn es ist «Gefahr im Verzug», und die Polizei zieht sich zusammen, mit all ihrer Kraft, versammelt sich, bündelt sich, rüstet sich, tritt an, in vollster Stärke zum optimalsten Einsatz. Zur Einsatzbesprechung im Polizeihauptquartier. Wie ein Bienenstock legt sich emsige Atmosphäre über die sommerlich ruhige Stadt Zürich, die wegen der Sauhitze ihre Siesta macht. Es wundern sich über die plötzliche, aber leise Betriebsamkeit die Menschen in Flipflops und mit fast nichts an auf dem Heimweg vom Wasser oder zu ihm hin, Oberer Letten, Unterer Letten, Werdinsel, Mythenquai, Strandbad Tiefenbrunnen, Zürichhorn, die Rangierarbeiter in der Zigarettenpause, das Rotlichtmilieu an der Langstrasse, die Kunden desselbigen, die nicht aufgegriffen zu werden wünschen, weil sonst die Ehe am Ende ist und auch der Job, weil das Ganze während der Arbeitszeit vonstattengegangen ist. Es wundern sich die Junkies in ihrer Drogenhölle. Es wundern sich die Unkonzentrierten, die es immer wieder vom Computer weg ans Fenster oder auf den Balkon treibt. Es staunen die Vögel in ihren Nestlein auf den Bäumen auf Schulhöfen und im Park. Es schrecken auf die Eichhörnchen. Es erschrecken sogar im Pfuhl der Kanalisation die gelbzahnigen Ratten. Es erschrickt der Leiter des Pannendiensts der Verkehrsbetriebe der Stadt Zürich, der gerade noch seinen Rapport getippt hat. Es fährt zusammen der Kellner auf dem Heimweg in die Zimmerstunde, der Rock 'n' Roller, der zum Proberaum spaziert. Die Verliebten fahren hoch aus ihrer Kontemplation. Der Polizeivorstand der Stadt Zürich berät mit seinem Stab über die erste Pressemeldung. Der Polizeikommandant, sämtliche Offiziere der Abteilung Gewaltverbrechen der Polizei Zürich, Stadt und Kanton, alle lösen ihre innere Handbremse.

Wer gehen und stehen kann und nicht an der Arbeit seinen Mann stellen muss wie die Polizei, wandert dem kühlenden Nass zu. Denn Wasser = Leben. Wasser = Erfrischung. Aber manchmal, siehe Sandra Molinari, bergen die grünen Fluten leider ein trauriges Geheimnis.

Sie alle, Bürger und Vereidigte, Privatleute und Amtspersonen, merken: Hey, da geht etwas vor. Und nur wer's wissen soll, weiss was.

Die Fahndung nach dem Sänger Mark Huber läuft.

Frage/Vorwurf/Kritik: Hat sich der Müller und die Polizei jetzt zu früh auf einen Täter verengt? Und auf seine Personalien? Gut, aber muss man schon sehen: Meist tummelt sich der Täter in unmittelbar nahem Umfeld vom Opfer. Entweder Onkel, Vater, Sohn, Geliebte, verschmähte Nachbarin und so. Die Nahen sind oft die Bösen, statistisch gesehen. Das weiss der Müller, er kennt das. Die Polizei auch.

Bucher Manfred war heute Morgen eindeutig zum Müller: «Du tust jetzt nichts.» Aber der kann das nicht. Was hilft ihm jetzt, um die Zeit niederzumachen? Ein Gang in die Clearingzentrale von Franz Schubert.

Müssen wir schon erzählen, weil Franz Schubert ist neben Polizeimann Bucher Manfred dem Müller sein zweiter und auch bester Freund. Und hättest du auch der Freunde wie Sand am Meer, damit ginge nur Lug einher (frei nach Falco de la Motte-Radis). Zwei reichen. Oder neuerdings drei. Wenn man Christoph Weiss, den Neuzugang aus dem ehemaligen Stahlgebiet dort draussen in Deutschland, mitzählt. Also, ab in die Clearingzentrale, Bäckerstrasse 40. Auch im magischen Triangel Helvetiaplatz-Stauffacher-Schmiede Wiedikon. Da drin kann sich ein ganzes Leben abspielen. Bei Franz Schubert und neuerdings auch seinem Compagnon Christoph Weiss aus Deutschland von «Bretzeli.ch» verbringt der Müller im Büro gerne Zeit. Das gibt ihm eine feste Tagesstruktur. Braucht er. Wenn er sonst nirgends hin kann, in der «Internationalen Clearingzentrale» ist er willkommen. Gegründet vor fünfzehn Jahren, höchst erfolgreich. Franz Schubert, der eine kaufmännische Grösse ist neben seiner Körpergrösse von 193 Zentimetern. Und Franz Schubert sitzt hinter Papierbergen und cleart noch stundenweise nostalgisch Auftrag um Auftrag am Computerbildschirm, obzwar mindestens achtundfünfzig Stunden pro Woche er sonst international vernetzte Clearingkonzepte und –strategien mit Partnern auf mehreren Kontinenten und in allen Branchen, die man sich nur vorstellen kann, erarbeitet – auch dank der Marktpertinenz des

«ShooToo» (das «Schubert-Tool»). Und CEO Schubert hat Müller angelernt, sind Freunde seit dem Pleistozän und mögen sich wortlos, das heisst grosse Ruhe, fast himmlische Stille, wenn auch der Müller in der «Internationalen Clearingzentrale» am Clearen ist. Er macht das nicht so schnell und sicher wie der andere und seine vierzig Mitarbeiterinnen und Mitarbeiter. Aber Fragen kostet nichts, und Franz (wenn wir ihn so nennen wollen, wie Müller ihn nennt, aber Franz nennt Müller Müller, obwohl Müller ja Benedikt heisst, aber die Verwendung des Familiennamens deutet auf Bekanntschaftsschliessung zur Schulzeit, und so ist es auch wirklich) antwortet immer auf seine Fragen.

Und der Müller prozediert gerade hobbymässig einen kniffligen Clearingprozess. Achtung, ich erkläre es: Singapur, besonders komplex, diese ostasiatischen Clearing-Daten. Haben ein ganz anderes System. Ein Algorithmus zum Abwinken radikal. Ist noch dieses System von diesem australisch-amerikanischen Doppelbürger, ich weiss den Namen gerade nicht. Aber wenn man das weiss und das «ShooToo» zu Hilfe nimmt, genau gesagt: die ganze Sache, all diese verflixt vertrackten Daten durchs «ShooToo» jagt, klappt das problemlos, und du bekommst ein sauberes, korrektes Produkt. Das übermittelst du dem Transmitter, der die Konfiguration abschliesst. Der *finale Filter* (im Jargon: «FiFi»), auch eine Entwicklung von Franz Schubert, macht das dann fertig.

Singapur, sagte ich, bedeutet also besonders komplexe Datenkonstellationen und umfangreichste Zahlenreihen. Und Clearing bedeutet überhaupt: Harmonisierung. Das kommt zuallererst. Aber du musst wissen, wie. Und wenn du das weisst, werden die Kürzel von unverständlichen Zahlen- und Buchstabenreihen inklusive Leerschläge und Gedankenstriche und andere stöchiometrische Zeichen fast wie Kalligrafie. Nur sind sie nicht nur schön, sondern auch ökonomisch wichtig. Das macht Umsatz, du siehst die Rauchzeichen rund um den Globus. So ist das eben beim Clearen. Aber ist trotz des Riesenbusinesses immer bescheiden geblieben und unauffällig. Das ist eben Zürich. Hier bist du wer, du protzt nicht. Und wenn ich vorher sagte «Singapur», merkst du schon die Verflechtungen von Franz Schuberts «Internationaler Clearingzentrale» von der Bäckerstrasse 40 bis nach Asien. Also: ganze Welt.

Aber die ganze Welt ist leider auch ein Ort des Verbrechens.

Das weiss der Müller, das weiss Franz Schubert, die «Internationale Clearingzentrale» und auch «Bretzeli.ch». Und die ganze Polizei überall macht sich auch keine Illusionen. Das wissen Sie und ich.

Und nicht erst *einmal* blieb im Filter von Franz Schuberts «Internationaler Clearingzentrale» ein suspektes Datenpaket hängen, das dann nicht business as usual prozediert wurde, sondern Franz dem Müller, dem Polizisten Müller, weitergibt. Und der Müller den Dandys vom Betrugsdezernat. Und dann: Dienstweg und höchste diplomatische Verwicklungen. Nur ein Wort: Nordkorea. Und andere Wörter. Aber darf ich nicht sagen, weil Internationaler Gerichtshof. Der arbeitet weniger schnell als dem Franz sein Unternehmen, wo er alleiniger Mehrheitsaktionär ist und sich sogar expandierend an anderen Unternehmen beteiligt in verschiedenen Branchen, zum Beispiel bei «Bretzeli.ch», wo Christoph Weiss als CEO amtiert.

Und da friert dem Müller beim Clearen plötzlich der Bildschirm ein. Risiko: die ganze vermaledeite Eingabe von mehreren Minuten ist vielleicht verloren. Obwohl manchmal hat der automatische Zwischenspeicher noch rechtzeitig seine Arme aufgespannt und das Wichtigste gerettet.

Und da geht das Telefon in der Jackentasche vom Müller.

Es ist Bucher Manfred (99 Kilogramm) und sagt: «Noch immer keine Spur von Mark Huber, mutmasslichem Täter.»

Das reisst unseren Müller Beni nun wirklich aus der Clearing-Meditation. Er denkt eh nur an den Fall mit der Toten in der Limmat und den Fall mit den sechs Toten in der Schlucht. So viele Tote treiben ihn hinüber in die Chefetage, wo Franz Schubert über vierzig Angestellten thront, die fast stündlich mehr werden und unter anderem im Schichtbetrieb zuverlässig clearen, während Franz Schubert nur noch zu selbsttherapeutisch-moralisch-emotionalem Zweck (Bescheidenheit, Nostalgie) eigenhändig cleart, sondern – jetzt genauer: – meistens Partnerschaften und Strategien und Konzepte entwirft und Prozesse und Monitoringvorgänge supervisioniert. Ich sagte es. Der Müller sagt zum Franz: «Muss mir mal die Beine vertreten.» Franz Schubert ist natürlich nicht beschränkt im Kopf: Hat das Klingeln gehört und die Worte vom Müller und weiss: Da sind wieder Ereignisse im Anmarsch. Aber was soll er tun? Kommt in «Internationaler Clearingzentrale» schon zurecht ohne den Müller. Ist ja Freundschaftsdienst, quasi Hobby vom Müller. Sagt darum: «Gut», weil langjährige Freundschaft und inniges Verhältnis und fast wortlose Verständigung ohne Missverständnisse. Schon ziemlich toll.

Betonung: Die «Internationale Clearingzentrale» ist in der Geschichte «Müller und die Tote in der Limmat» nicht wirklich fallrelevant.

Und der Müller verlässt jetzt dem Franz Schubert seine Tag und Nacht brummende Firma, und wir verlassen jetzt den Müller, der sich etwas sammelt und den Abend und die Nacht ohne uns verbringt, mit sich selbst im engsten Kreis und seinen Büchern. Er will denken, dafür braucht er Ruhe, aber uns nicht. Wir fliegen, wie es das Privileg des Erzählers und seiner Leserinnen und Leser ist, an einen anderen Ort zu einer anderen Zeit zu anderen Personen, und wir sehen und hören zu, was sich dort ereignet.

Die Zeit ist auch die heisse Zeit, in der die Kleider durchscheinend sind, da haben wir wie eben angedeutet bloss eine Verschiebung von wenigen Stunden zu verkraften. Der Ort ist auch die Stadt Zürich, in der die Polizei am Donnerstag aus aller Welt angerollt ist, aber die Birmensdorferstrasse, im Abschnitt zwischen der Weststrasse (historisch: Verkehrs-Inferno; heute: im Begriffe der Gentrifizierung, wird so sauteuer wie der Rest, Tempo dreissig, pflanzen Bäume, retten die Welt) und der Zentralstrasse. Zwei Spuren stadtauswärts, daneben eine Tramspur. Die Häuser wackeln, wenn die 14 oder die 9 vorbeiquietschen. Die Sonne heizt die Strasse und die Fassaden auf wie eine Mikrowelle. Da wächst kein Gras, und die Kaugummis schmelzen auf dem Asphalt. Die Zeit ist schon der nächste Tag.

Freitag

Genau genommen sind wir jetzt am Freitagmorgen, neun Uhr, mitten beim Geschehen dabei. Es ist Indizienverdichtung bei der Polizei, das glaubst du kaum, wie sich die Indizien jetzt verdichten, so was von verdichten.

Die Personen sind vorerst der Plattenfirmenmann Holderegger von «HeHo-Records», dessen Vorname (Severin) uns bisher nicht interessiert hat und das Alter (40) auch nicht, sowie als zweite Person ein anderer am anderen Ende des Telefondrahts. Logisch ist es ein anderer. Severin Holderegger wird bestimmt nicht mit sich selbst telefonieren. So weit ist er noch nicht. Bisher nicht pathologisch aufgefallen.

Nennen wir den anderen, denn wir kennen ihn (noch) nicht, einfach U, ist Abkürzung für «Unbekannt».

Wir sehen Holderegger am Schreibtisch, der mit Material verschiedenster Art übersät ist: Als da wären eine Adresskartei, ein Faxgerät, ein Telefon, ein Angebissener-Apfel-Kugelcomputer in Türkis und mit sichtbaren Innereien, der heute sicher im Designmuseum steht, ein Drucker, ein Gefäss mit Schreibstiften, ein Buch «Musik & Recht, Schweizer Handbuch für Musikschaffende» als Blickfang für Verunsicherte und auch Drohinstrument für Freche, eine schwarze Agenda, einige CDs, unter anderem von Sandra solo und *Spitfire*, Papiere und Dokumente, Briefumschläge, du meinst, du bist fast in einer Papeterie für Gebrauchtwaren. Und da liegt auch ein Paket einer bekannten Zigarettenmarke, orangefarben mit rotem Querstreifen und Aufschrift bösartigen Inhalts:

«Rauchen ist tödlich, Fumer tue, Il fumo uccide.»

Aber Severin Holderegger ist das egal, Manns genug, stark wie ein Ochse und psychisch sowieso, vierzig und voll im Saft, ausgeglichen et cetera, kümmert sich nicht um Aufschriften. Er raucht eine Zigarette wie ein Besenbinder und zieht daran wie ein Staubsauger und spricht in den Telefonhörer.

Inhalt und ungefährer Wortlaut dieses Telefongesprächs liessen sich später während der Ermittlungen rekonstruieren. Hören Sie selbst.

H (= Holderegger): «Hallo, ich bin's.»

U (= Unbekannter): «…» (hört man ja nicht, ausser wenn der Lautsprecher eingeschaltet, aber ist er nicht, daher Annahme (deduktiver Schluss): Holderegger ist allein in Büroraum oder (zweite Hypothese) Inhalt des Telefongesprächs vertraulich und nicht für weitere Anwesende bestimmt.

H: «Ist's gut jetzt?»

U: «…»

H: «Wie sieht's aus?»

U: «…»

H: «?»

U: «… … … … … … … … … … … … … … … … … … … …
… …
… …
… …
… …
… … … … … … … … … … … … … … … …» (Ist eine ziemlich lange Antwort)

H: «Wir sind jetzt ziemlich in der Scheisse. Erst Sandra, und jetzt sterben mir all die *Spitfire*-Jungs auch noch weg, dieser Unfall …»

U: «…»

H: «Ach, das weisst du noch gar nicht? Die ‹Online-Boulevard-Zeitung› meldet's seit heute früh … Ja, der ganze Tourneebus ist in eine Schlucht gestürzt, im Jura, zwischen Biel und Delémont. Jetzt habe ich bald gar keine Bands mehr, die touren können. Die Berner haben sich aufgelöst, Sandra tot und jetzt dieser Unfall –»

U: «… … … …»

H: «Jaa, ich bin auch total geschockt … es ist alles ein bisschen viel zurzeit. Und die Polizei ist –»

U: «…»

H: «Ja, die Polizei. Ich wurde befragt, ob ich etwas weiss wegen Sandra. Aber ich weiss doch nichts. Jedenfalls nichts, was einen Mord rechtfertigen würde.»

U: «…»

H: «Keine Ahnung. Ich weiss nur, dass ich offene Rechnungen bis zum Hals habe, und wenn alle tot sind und niemand Konzerte spielt, kommen die CDs nicht unter die Leute. Also kommt nichts herein. Geld, Mann!»

U: «… …»

H: «Ja, vielleicht bin ich ein unsensibler Trottel, aber ich muss auch einmal an mich denken …»

U: «…»

H: «Ja, dann bis siebzehn Uhr. Bei dir.»

U: «…»

Ende Telefongespräch.

(Kurze Pause)

Ja, da bleibt dir doch die Spucke weg, nicht?

Aber wie so oft, denn die Pfade sind unerforschlich, offenbart sich urplötzlich wie von Gottes Hand gesandt, vorausgesetzt Glaube vorhanden, das wahre Gesicht eines Menschen. Die Maske ist ihm entrissen und steht nackt vor dem Schöpfer, metaphorisch gesprochen, obwohl Severin Holdereggers Wohnzimmer-Büro-Wohnung natürlich siedend heiss wegen backofengleicher Zürcher Sommerhitze und schon frühmorgens die Sonne auf die Fassade brennt, aber Holderegger ist nicht nackt, weil Nachbarn auf der anderen Strassenseite ihn sehen könnten, will man sich doch nicht allen von seiner besten Seite zeigen. Und Holderegger bildet nun wirklich keinen, sagen wir, «Body-Typen», eher Knochengerüst mit normalen Muskeln überall, schon im Rahmen Gauss'sche Normalverteilungsglocke, Arme etwas hypotroph, Fremdwort für «mager», weil immer nur Telefon und höchstens einmal CD-Schachteln und nicht Lautsprecher und Mischpult schleppen wie zum Beispiel Rock 'n' Roll-Manager Johnny-Hansueli Maurer von der Ankerstrasse, der deshalb viel sehniger und zäher ist.

Holderegger ist mehr so typischer Bürotyp und fast ein wenig bleich, weil «Il fumo uccide» und viele Kaffeekapseln im Müll, aber das ist Holderegger egal, er raucht Zigaretten wie Besenbinder und zieht daran wie ein Staubsauger und nippt am Schäumchen wie Clooney. Und wir denken an das eben gehörte Telefongespräch zurück und denken: «Schon komisch» und «voll verdächtig».

Weil da etwas im Busch ist, nämlich «die Kisten» mit CDs um siebzehn Uhr «bei dir» abzuholen.

Da fügt es sich gut, dass zur selben Zeit Bucher Manfred (99 Kilogramm) Müller Beni anruft und ihn bittet, diskret, weil krankgeschrieben, Johnny Maurer zu observieren. Heisst im Jargon «beschatten», und Schatten könnte der Müller an der Ankerstrasse sicher gut brauchen. Aber, so Bucher, «haben alle verfügbaren Kräfte auf die Fahndung nach Mark Huber geworfen, deshalb brauchen wir deine Hilfe.»

Beschatten ist die Alltagsarbeit des Ermittlers, quälend anstrengend und langweilig, weil du dabei fast einschläfst und meist gar nichts passiert, manchmal aber eben doch, und dann musst du bereit sein und das Kommando «Zugriff!» auslösen können oder dir trotz stunden- und tagelanger sinnestötender Ödnis jede Einzelheit merken können, wer, was, wann, wo und ja nichts vergessen. Der Müller wird gebraucht, und er sagt sofort zu.

«Aber diskret», sagt Manfred nochmals, «der Chef darf nicht wissen, dass ich dich auf Maurer angesetzt habe. Er nimmt es genau mit dem Arbeitsgesetz, und du bist krankgeschrieben.»

Der Müller akzeptiert. Muss ja. Und will dabei sein bei diesem Fall, weil ihm ja buchstäblich persönlich die tote Sandra Molinari in der Limmat entgegengeschwommen kam. Und denkt ja seit Tagen fast an nichts anderes mehr als an diese Sachen. Denkt zum Beispiel an die ganze musikalische Verwertungskette hinter Sandra und *Spitfire*, das heisst an Rockmanager Johnny Maurer von der Ankerstrasse mit den vielen Tätowierungen und an die Kleinplattenfirmenmänner Heeb und Holderegger. Zwei Bands sind denen weggestorben. Zwei Umsatzbringer. Da kann sich der Müller Benedikt schon einfühlen und sich zusammenreimen, was im Kopf von Johnny Maurer und Heeb und Holderegger für Gefühle sich abspielen: Angst ums Geschäft, weil die Künstler davonsterben.

Ergo Frage: Warum sterben die Künstler davon?

Folgerung: Jemand tötet sie. Verdacht begründet im Falle Sandra Molinari; Verdacht erst reine Spekulation, aber schon verdichteter Verdacht und bald bewiesen im Fall *Spitfire*-Unfall-Auto-in-Schlucht.

Frage daher: Wer tötet sie?

Zweite Frage: Wer ist mein Feind? Fragen sich wohl Maurer und Holderegger/Heeb.

Dritte Frage: Bin ich auch in Gefahr? Fragen sich wohl Maurer und Holderegger/Heeb.

Beruhigend für die beiden: Polizei mischt im Spiel schon mit, und der Müller ist sogar ganz nah am Geschehen. Und umgekehrt andererseits ist das auch nicht so beruhigend für Holderegger und Johnny Maurer, weil vielleicht Dreck am Stecken? Mutmasslich vor eigener Haustür nicht sauber gekehrt? Könnte sein, doch durchaus noch keine Beweise erhärtet. Das braucht eben seine Zeit, und das dauert.

Viel Denkarbeit für den Müller. Aber was will man: So ist das Leben, und das Verbrechen ruht nicht. Da darf man sich keine Illusionen machen. Deshalb denkt Müller weiter: Heeb/Holderegger und Maurer, denkt er. Und denkt Gedanken weiter: Heeb/Holderegger und Johnny Maurer sind vermutlich wohl auch sehr finanziell interessierte Menschen. Betroffenheit über Sandra-Tod und Sebastian-Tod, Stefan-Tod, Goran-Tod, Hausi-Tod, René-Tod und James-Tod, Gretschgitarren-Tod mutmasslich wahrscheinlich mehr pekuniärer Natur als wirkliches Mitgefühl.

Gescheites Wort, pekuniär, heisst etwas «mit Geld». Das weiss man aus der Literatur und aus dem Leben, dass es Menschen gibt, wo wegen Geld über Leichen gehen. Gefühlskälte und Verbrechen sind Geschwister. Deshalb wäre es dann vollkommen gut möglich: Bumm Bumm ohne Gewissensbisse, ist doch klar, quasi psychopathisch. Aber was sollte das Dahinsterben dem Holderegger und Maurer bringen? Sind ihre Stars tot, bringt das die Platten höchstens kurzzeitig in die Hitparade. Morgen bist du vergessen, wenn du keinen Hit nachschieben kannst. Und wer tot ist, komponiert in der Regel nicht mehr.

Also Holderegger auf jeden Fall auch eng im Auge behalten, denke ich, Sie auch, nicht wahr?

Also Holderegger sicher im Auge behalten, denkt auch der Müller Beni.

Aber es wäre zu einfach, wenn wir jetzt schon wüssten, dass es Severin Holderegger war oder sein Compagnon Roger Heeb. Ich meine: Wenn sie es gewesen wären, würde es uns Müller sagen, wenn er es wüsste. Entweder weiss er es selbst noch nicht, oder er wartet, weiss nicht warum, den weiteren Verlauf der Ereignisse ab, und wenn jetzt schon alles klar, dann Geschichte fertig und schade. Wir haben doch gerade so viel Spass zusammen.

Und jetzt Action. Los geht's.

***

Doch vorher noch einen Einschub. Das bedeutet: Es kommt etwas in die Geschichte herein: Andere Personen, andere Sachen, andere Taten, vielleicht andere Zeit, früher oder später. Machen die Autoren so, damit die Leserschaft vor Spannung fast zerspringt. Voll brutal!

Kann man sagen: Ist Erzählbetrug. Das passiert doch nicht so, dass Müller im Kopf etwas analysiert, was noch gar nicht passiert ist. Was für ein Durcheinander. Das passiert doch nicht so. Und womöglich inzwischen noch freundliches Telefongespräch Bucher Manfred (Polizei Zürich) mit Dr. Brenda Marquardt (zurzeit in Hamburg). Und womöglich auch noch Erzählung von Trauer von Angehörigen von Mordopfern. Also alles so hin und her, dass es einem schwindlig wird. Kann doch nicht sein.

Doch. Kann sein.

Aber, so der skeptische Einwender, ich bin doch jetzt hier und zum Beispiel in fünf Minuten bei der Wohnungstür und in sieben Minuten beim Tram und dann den ganzen Tag an der Arbeit. Alles schön eins nach dem andern. Da geht es nicht hin und her die ganze Zeit.

Schon wahr.

Aber, so der skeptische Einwender, warum bleibst du denn

nicht die ganze Zeit beim Müller, damit ich verstehe, was er tut und wann und warum?

Also, sage ich da, dann wäre es doch gar nicht so interessant. Du wolltest doch auch den durch Verabreichung von K.-o.-Tropfen begünstigten Mord am frühen Sonntagmorgen circa ein Uhr mitansehen. Du wolltest doch auch den Kleinbus mit der ganzen Band *Spitfire* in die Gorges du Pichoux krachen und explodieren und brennen sehen und alle tot und dramatische Beschreibung in Panavision und Breitleinwand und Replay und Stereo. Und viel Horrorbeschreibung von kriminellen Sachen: Wie Mark Huber Johnny Maurer erpresst, weil Schwarzpressungen und Piratenplatten und Abrechnungsbetrug. Und die romantische Anbahnung Manfred und Brenda.

Ja?

Also.

Dann muss ich eben so ein bisschen hin und her und da und dort und jetzt und vorher. Damit es interessant ist. Das kommt in vielen Büchern vor.

***

Und nun springen wir zurück in die Geschichte «Müller und die Tote in der Limmat» hinein. Der Müller Benedikt beherzigt nach dem Frühstück den unverhofften inoffiziellen Auftrag von Bucher Manfred: Macht sich zum Schatten von Johnny Maurer an der Ankerstrasse soundso. Hat er quasi im Blut. Manfred hat ihm schon mal im Voraus einen unauffälligen Zivilwagen vors Haus gestellt. Gutes Gefühl für den Müller, halb wieder richtig im Dienst zu sein. Etwas zu tun zu haben, das braucht der Mensch. Sein Leben gleicht wieder einem Vektor, der von A nach B zeigt. Hat eine Richtung. Das Observieren und «Beschatten» (Jargon) ist ein seltsamer Vektor, denn oberstes Gebot dabei ist: unsichtbar bleiben. Der Mensch ist das per se nicht. Darum hat die Polizei Techniken: wechselnde Beschatter, Sitzen im Auto, auf Parkbank hinter der Zeitung, mit Fernglas in der Wohnung gegenüber, im Strassencafé hinter der Sonnenbrille, als Spaziergänger mit Hund, mit Einkaufstaschen getarnt ... Ich zähle nicht alles auf, weil die Polizei, sie hat noch viel unauffälligere Techniken, die wir nicht verraten wollen. Stichwort: Effizienz. Nur so viel: Der Müller, er steht zuerst beim dreieckigen Gebäude namens «Dreieck», hinter dem die Ankerstrasse und die Zweierstrasse sich vereinigen, und schaut in Richtung Helvetiaplatz. So hat er Johnny Maurers Hauseingang im Blick. Schattenseite, das ist im Sommer in Zürich wichtig. So kann er's schon eine Weile aushalten. Er wird im Laufe des Tages auch die Vespas und Piaggio-Mofas im Schaufenster gegenüber studieren. Das Schaufenster des Bücher- und Wein-Ladens auswendig lernen. Im Café im Dreieck einen Kaffee trinken, weil Rauchertischchen auf dem ankerstrassenseitigen Trottoir. Gut für den Überblick. Er wird das Müllauto vorbeifahren sehen, Velos und Autos, Fussgänger kommen und gehen, und in Johnny Maurers Küchenfenster wird kurz Johnny Maurer auftauchen, der das Fenster öffnet und (wohl) nach dem Wetter sieht. Der Müller wird den Second-Hand-Laden und das Vintage-Möbel-Geschäft begutachten, die parkierten Autos, den Hundedreck am Boden. Er wird sich ins Auto setzen, das Armaturenbrett polieren, die Strassenkarte studieren, immer ein Auge auf der Ankerstrasse soundso, wo sich nichts rührt – einen Hinterausgang gibt es nicht. Er wird jedes Gesicht sehen und sich einprägen, aber er kennt noch niemanden. Er trinkt zu viel Kaffee und isst zu viele Sandwiches. Rumoren in den Gedärmen. Druck auf der Blase. Traut sich kaum, zwischendurch im Café die Toilette aufzusuchen. Gut an diesem Standort auch. Er schaut dann und wann in die Elisabethenstrasse, wo «Huber, Krstic, Molinari» auf einer Klingel steht. Zwei sind tot, den Dritten sucht die Polizei Zürich mit grossem Aufgebot.

Apropos: Der Müller Beni ruft Freund Bucher Manfred (99 Kilogramm) an. Ergebnis: Fahndung nach Mark Huber bisher erfolglos, wird immer noch gesucht, Halali läuft weiter.

Weiterer Anruf: Musikjournalist Michael Hauser von der Bertastrasse. Auch er weiss nichts Neues, fragt aber den Müller nach Details zu *Spitfire* und Gorges du Pichoux, doch der Müller sagt: «Laufende Ermittlung» und «Amtsgeheimnis» und andere amtliche Wörter, aber auch «du wirst es erfahren, versprochen».

Und Anruf an Boulevardzeitungsmusikchef Tobias F. Hubacher. Der lädt Müller zu einer Party am Abend ein. Er weiss noch nicht, ob er hingehen soll.

Und dem Müller kriecht mittlerweile sein Polizei-Instinkt wieder so richtig das Rückenmark hoch und in die Lymphdrüsen hinein. Wie eine Schlange, die sich ihres Winterfells entledigt, häutet er sich und wird vom (vermeintlich und vordergründig) entspannten Sommerfrischler wieder zum Spürhund mit einer Elefantengeduld und einem Hyänengedächtnis. Du denkst, wie er da im Quartier steht, geht und sitzt, dass er sich gar nicht bewegt. Er scheint in die Hauswände und Autos hineinzusinken, sodass man ihn gar nicht sieht. Er passt sich wie ein Schmetterling seinem Hintergrund an, du siehst ihn nicht. Aber er hat seine Augen und Ohren überall. Er besteht quasi nur noch aus Augen und Ohren und saugt wie ein Schwamm alles auf, was an der Ankerstrasse soundso und rundherum geschieht.

«Auch Heeb befragen, Compagnon von Holderegger», wollen wir dem Müller zurufen, denn Heeb ist bisher völlig untergegangen, nur metaphorisch und nicht nautisch, und just jetzt denkt Müller: Auch Heeb fragen, Compagnon von Holderegger, weil bisher untergegangen.

Und zwischendurch Fisimatenten mit den Kolleginnen und Kollegen vom Verkehrsdienst. Weil der Müller hat sein Auto nicht ganz vorschriftsmässig geparkt. Muss es griffbereit haben, aber waren keine Parkplätze frei. Und die Verkehrsdienstler zücken schon ihre Bussenblöcke, und der Müller läuft herbei und winkt ab und raunt: «Kriminalpolizei, Observation.» Deutet mit dem Daumen vage in Richtung Helvetiaplatz und macht ein verschwörerisches Gesicht, und die Kolleginnen und Kollegen machen sich fast auffällig diskret davon. Aber heikel für den Müller: Das ist eine inoffizielle Mission. Er darf nicht auffliegen. Weil offiziell ist der Müller natürlich meilenweit vom «Dienst» weg, weil Schusswaffengebrauch und Untersuchung und Trauma. Deshalb freiwillig quasi out of order. Weil da musst du erst einmal damit fertigwerden. Wenn dann die Presse oder die gesundheitsfanatische Gewerkschaft oder gewisse politische Kreise davon Wind bekommen, dass du trotzdem halb oder mehr in Funktion bist … Aua! Dann bist du sowieso angeschmiert und gelackmeiert, kann ich dir sagen. Im Quadrat.

Also eine dringende Bitte an Sie, liebe Leserin, lieber Leser: Behalten Sie für sich geheim, was Sie hier lesen. Damit Müller Benedikt und die Polizeien von Zürich keine Schwierigkeit bekommen mit der Boulevardpresse und der Politik. Weil sie haben das wirklich nicht verdient. Machen ihre Arbeit. Machen etwas mehr als das. Machen es gut.

So geht das den ganzen Tag mit dem Beobachten und Warten und Schauen. Und dem Rumoren im Gekröse und den Toilettengängen.

Johnny Maurer ist ausser einmal ganz kurz den ganzen Tag unsichtbar geblieben. Also vermutlich in der Wohnung eingeigelt. Gegen die Hitze? Gegen das schlechte Gewissen? Aus Angst? Es wurde ja schon auf sein Fenster geschossen, und zwei seiner wichtigsten Acts sind tot.

Und nun zeigt sich, dass dem Müller seine inoffizielle Mission nicht fruchtlos ist. Genau um sechzehn Uhr siebenundfünfzig fährt ein hellgrauer koreanischer Mittelklassekombi langsam vom Helvetiaplatz her die Ankerstrasse hoch. Darin sitzt Severin Holderegger von «HeHo-Records». Und wie er vor der Ankerstrasse soundso vor Johnny Maurers Haus hält und das Auto halb auf dem Trottoir parkiert, öffnet sich die Tür. Johnny Maurer steht da, winkt ihn herein. Der Müller jetzt auf dem Quivive. Setzt sich startbereit in seinen geliehenen Zivilwagen. Dann tauchen in der Tür Holderegger und Johnny Maurer auf. Jeder trägt eine Kiste. Hecktür von Holdereggers Wagen auf, Kisten hinein, Decke drauf. Hecktür zu. Wieder ins Haus, einige Minuten später Rückkunft. Wieder mit Kisten. Gleiches Spiel: Hecktür auf, Kisten rein, Decke drauf, Tür zu. Und noch einmal und noch einmal, bis sie schweissnass schwer schnaufen. Bleiben stehen, wechseln Wörter, «tschüss», schütteln sich die Hand.

Holderegger fährt los. Der Müller hinterher. Meisterhaft. Da fährst du ganz schön im Zeug herum, bis du da hinkommst, wo du hinwillst. Du siehst die Strassen von Zürich und kurvst da lang und dort lang und schon wieder eine Einbahnstrasse, das glaubst du nicht. Mal geht's dort rüber, obwohl du dahin möchtest, aber die Beschilderung zeigt dir, nein, hier musst du durch, konkret: Zuerst von der Ankerstrasse soundso über die Brücke über den Bahneinschnitt, die Zweierstrasse hoch, aber du kannst dann in der Weststrasse nach links abbiegen, fährst dort einen Block geradeaus, wärst fast bei Holderegger zu Hause, aber da darfst du nicht links abbiegen, weil wieder verbotene Fahrtrichtung, also noch einen Block weiter, und irgendwann geht's dann doch links. Du glaubst es nicht, wie du da im Quartier herumkurven musst, bis du endlich zu Hause bist. Also bis Severin Holderegger zu Hause bei seinem Wohnzimmerbüro ist an der Birmensdorferstrasse. Sogar im Hinterhof. Zwei Ratten huschen davon. Bei der Hintertür. Der Müller jetzt zu Fuss auf Observation. Sieht: Holderegger trägt eine Kiste um die andere durch die Hintertür, kommt in Abständen von vier Minuten wieder heraus, um die nächste zu holen. Als er gerade weg ist, springt der Müller heran. Was ist in den Kisten unter der Decke? Der Müller schaut hinein und sieht: CDs. Sieht Schriftzug *Sandra Molinari*, sieht Bandname *Spitfire*. Sind noch mehr Kisten da, aber der Müller wieder in Deckung, weil die vier Minuten fast um sind.

Schon seltsam, denkt der Müller, dass der Plattenfirmenmann beim Manager der Band CDs abholt. Hat nicht normalerweise der Plattenfirmenmann die CDs und logistiziert sie in die Läden und die Promotionsexemplare für Veranstalter und Ähnliches zum Manager? Ist auch das eine verbotene Fahrtrichtung?

Da kombiniert der Müller: Holderegger wird die CDs wohl auf verschlungenen Wegen absetzen. *Sandra Molinari*, *Spitfire*, *Altstetten Basterds* und so weiter, und das internationale Piratengut: *Rupert Love Cartwright* und die leicht bekleideten untergewichtigen Sternchen. Das geht direkt in die CD-Läden und Mail-Order-Betriebe und sickert dann in den Markt. Severin Holderegger hat das Netz. Ist Win-Win-Win: Die CD-Läden sparen Geld. Hilft der armen Branche, weil Dauerkrise seit 2000. Hilft den Privatkunden, weil günstig gute Ware. Hilft auch Holderegger. Weil nicht alle seiner Projekte erfolgreich sind. Und Holderegger hat auch Kosten. Hilft auch Johnny Maurer, weil auch er hat Kosten. Und hilft mittelbar demnach Angelica, Jason-Lars und Kylie-Shawn, Johnnys Ex und den gemeinsamen Kindern. Hilft also allen? Nicht Musikern, nicht Rechte-Inhabern. Ist gegen das Gesetz. Ist also auch Win-Win-Win-Lose. Wird die Polizei bald alles herausfinden, weil der Müller ist ja Zeuge von der Übergabe. Der Müller hat die Kamera. Bilder sind drin. Viele Pixel. Und die Hausdurchsuchung wird es beweisen. Kannst du Gift darauf nehmen.

Und der Müller ruft jetzt, etwas von Holdereggers Hinterhof zurückgezogen, Manfred an. Sagt ihm, was er gesehen hat. Sagt, dass Johnny Maurer den ganzen Tag über in der Wohnung und wohl auch jetzt noch dort. Sagt, dass völlig ausgedörrt und Innereien rumoren vom Tag Beobachtung im prallen Sommer. Sagt, er macht jetzt Freizeit. Wieder einmal so richtig Feierabendgefühl, streichelt die Seele.

***

Du magst es nicht für möglich halten, aber auch die Polizei hat ihre musischen Talente. Hier eine Poesie-Kostprobe von einem unbekannten Polizeidichter:

«Das Verbrechen / macht mich erbrechen. / Böse Menschen / sind wie Sensen. / Bei Schnitter Tod / da seh ich rot. / Ich will ihn fassen / nicht vom Haken lassen. / Und vor Gericht / hat nur die Wahrheit Gewicht.»

Das holpert zwar und kann man sich trotzdem mit einer schönen Melodie vorstellen, mit Schlagzeug und verzerrten Gitarren. Und es geht noch weiter:

«Die Sonne durchbricht die Wolkenschicht / Licht überflutet die Welt / und das Böse muss sich vom Acker schleichen.»

Aber mit der Sonne, das Bild stimmt nicht, weil es sowieso zurzeit ohne Pause sonnig und hell und heiss und Sommer ist in der Stadt Zürich. Das Gedicht kennen aber alle von der Polizei, weil es hängt im Umkleideraum in der Polizeikaserne, gleich unter der grossen Uhr, die unbestechlich die Einsätze ankündigt und bemisst. Und sie summen dieses Gedicht, jetzt, wo sie alle dem Sänger Mark Huber hinterherfahnden. Sie haben ihn nämlich noch nicht.

***

Unterdessen, eigentlich ein paar Stunden später, also nachts, rauscht bei Tobias F. Hubacher, dem Boulevardmusikzeitungschef, eine Party in vollem Gang. Duplex-Loft zuoberst auf dem Steinfelsareal. Äusserer Kreis 5. Ehemalige Seifenfabrik Friedrich Steinfels. Sehr angesagt, sehr trendy.

Und du glaubst es nicht: Alle meinen, Tobias F. Hubacher, kurz «Toby» für seine vielen Freunde, hat diese sexy Wohnung, weil er als Boulevardzeitungsmusikchef massenhaft Lohn abzapft. Aber in Tat und Wirklichkeit hat er, du wirst es nicht glauben, im Lotto mit sechs Richtigen eine Summe im tieferen siebenstelligen Bereich gewonnen und sich damit (abzüglich fünfunddreissig Prozent Verrechnungs- und Einkommenssteuer) diese Wohnung gekauft. Als Geldanlage und falls er sich wirklich eines Tages für immer ins Kaltwasser-Häuschen im Tessin zurückzieht. Das weiss niemand, das wäre auch geschäftsschädigend.

Toby macht noch voll auf geschmeidig und Partytiger und Verbindungen und Geschäft und wichtig. Das gehört halt zum Metier. Da schnupfst du schon einmal ein bisschen Pulver in deine Nase durch eine zusammengerollte, fabrikneue Tausendernote. Das macht man einfach so, ist Status, und das erwarten die Leutchen.

«Leutchen», sagt Tobias F. Hubacher gerne zu seinen Gästen. «Leutchen, habt Spass.» Und Toby ist ein guter Gastgeber. Dafür hat er einen Topf Spesen bereit, weil er immer wieder in Kooperationen mit Firmen der Musikwirtschaft zusammenarbeitet. Er ist schon quasi ein Mogul durch seine Auflage und sein Beziehungsnetz, und alle fressen ihm aus der Hand … Pascal, Silvio, Rudolf, Mike … Sie wissen schon, kennen wir alle mindestens vom Hörensagen. Und immer guter Cateringservice und auch zu trinken, Toby knausert nicht.

Und auch auf der Dachterrasse im ehemaligen Seifenturm ist's heiss, und Tobys Blick schweift über sonnengebräunte Schultern und Rücken und Arme und Beine von Sternchen und Sternschnüppchen und männlichen Pendants mit mehr Kleidern und mehr Barthaar. Alle Lebenden, die man hier kennen muss im Kreativwirtschaftszyklus der schönen Stadt Zürich, Kulturhauptstadt, downtown Switzerland, world class, zwölf Stadtkreise, finden sich ein, die goldene Kreditkarte und eine Packung Präservative in der Tasche. Hell perlt der Champagner im Glase, «Cüpli» heisst das hier etwas blöd, glockenhell klingt das Lachen der Girls und Lustknaben, luftig schäumen der Prosecco, aber auch Hopfen, Gerste, Hefe und Malz. Im Nebenraum schnauft man weisses Pulver in Nasenhöhlen. Vom Wohnzimmer (gross, hell, funktional, bequem, ist das dort hinten ein original Warhol?) und der Terrasse (gross, möbliert, glamourös) geniesst man die malerische Sicht aufs Industriequartier, das die Sprache der Public Relations und des Marketings seit einigen Jahren «Zürich West» nennt, weil das sauberer und schwungvoller klingt und niemanden mehr an die Altlasten im Boden erinnert und an Schweiss und blaue Arbeitskleider und in Zeitungspapier eingeschlagene Eingeklemmte (heute: «Sandwich»), die so schrecklich unhip Arme-Leute-Gestank verbreiten. Nein, heute ist Dynamik anbefohlen. Die Stadtviertel müssen heissen wie Immobilienprojekte, sie haben die Pflicht, Investoren und Steuerzahler anzulocken und Webdesigner und Freiberufler, Konzept- und Content-Spezialisten und Consultants und hyperurbane Juristen, damit sie sich hier niederlassen und die schäbigen, unhippen alten Menschen vertreiben, die dann und wann noch hier im Viertel zu finden sind und leben und leben und nicht sterben wollen und ihren Platz nicht räumen wollen für smarte junge Menschen mit elektronischen Geräten und von Kopf bis Fuss in Markenartikel gehüllt und goldener Kreditkarte und Präservativen in der Tasche.

Richtig fragwürdig, dass die alten Knacker sich nicht auswechseln lassen und sich nicht endlich ins Altersheim verziehen, wo man sie nicht mehr sehen müsste. Nehmen nur Platz weg und brechen Stimmung bei ewiger Party von gegenwärtigem Lifestyle. Die Leute an Tobias F. Hubachers Party hingegen, pah, die kümmern sich nicht ums Altersheim.

Ha! Ewige Party von gegenwärtigem Lifestyle.

Die Menschen lieben dich. Weil sie sind forever young und tanzen und lachen und brüllen und scherzen und machen Faxen, rollen die Augen und flirten und wetzen die Gesichtsausdrücke und fletschen das Lächeln und berühren versehentlich extra und flüchtig und beiläufig mit Absicht und reiben sich aneinander und werfen Blicke und blinzeln und machen Augen und anspielungsschwer und fahren sich durch die Haare und schnippen die Strähne und wippen mit störrischem Haar und registrieren sofort, wer da ist und wer mit wem … spricht und nicht spricht und wie lange spricht und wie intensiv und mit welcher Miene und tanzt oder nicht eines Blickes würdigt und verschwindet und kurz darauf wiederkommt und verschwindet und erst ein bisschen später wiederkommt und verschwindet und gar nicht mehr wiederkommt oder erhitzt und ermattet, was ist denn in den gefahren, der ist ja völllllig … und der Hausherr Toby hat klug, erfahren und wohlweislich sein persönliches Schlafzimmer abgeschlossen, damit niemand sich da ausbreitet, weil hinterher, das ist unappetitlich, er will ja selbst da drin schlafen.

Ha! Ewige Party von gegenwärtigem Lifestyle.

We love you.

Aber jetzt im riesigen Wohnzimmer und auf der Terrasse circa zweihundertdreissig Quadratmeter Party. So genau sieht man das jetzt nicht, weil überall Leute, Leute, Leute, Leutchen, auch Severin Holderegger von «HeHo-Records», hallo! Und Johnny Maurer von der Ankerstrasse, Musikjournalist Michael Hauser und sogar Roger Heeb, die andere Hälfte von «HeHo», sieht aus wie ein Nerd, nicht sehr soziabel, fühlt sich nicht wohl, sitzt einfach da auf Sofa, will nicht beachtet werden, fragt sich: Was tu ich hier? Und sieht aus, als würde er lieber lesen gehen. Oder ist das nur die besonders raffinierte Masche? Geht so dem Honig das Mäuslein auf den Leim? Das Ich-hab's-nicht-nötig-Ding? So geht das einige Stunden, so richtig hohes Leben. Auch das ist richtig Zürich. Nicht nur so, wie es immer in der Zeitung steht: mit Puritanismus und Fleiss und Reformation und Zwingli und Banken und Wirtschaftsanwälten. Klischee ist das.

Ortswechsel: Und der Müller ist nicht hier, fällt uns sogar auf überbevölkerter Panorama-Terrasse auf, obwohl telefonisch Einladung erhalten, persönlich von Toby. Aber erstens vielleicht nur freundlicher Small Talk und zweitens der Müller, wie wir ihn kennen, nicht so der Partylöwe voller Swing ist. Obwohl, wenn er wüsste, wer da ist, wäre das schon interessant gewesen für die polizeiliche Seite dieser Geschichte. Aber verlangst du vom Müller, dass er sein ganzes Leben der Ermittlung weiht? Totales Commitment? Du vergisst: Er ist krankgeschrieben, verfügt daher nicht über das volle Arsenal polizeilicher Möglichkeiten und individueller Fähigkeiten. Klartext: Hat Angst im Dunkeln unter Fremden, weil die Bilder im Kopf, sie kommen ständig wieder. Und will, weil erholungsbedürftig, sich auch erholen.

Sitzt also, willst du es wissen? Sitzt also wiederum an der smaragdgrünen Limmat, knapp unterhalb des Flussbads Oberer Letten. Du weisst: toter Körper von Sandra Molinari erst Montag da herausgezogen. Sitzt da beim ausrangierten Berliner S-Bahn-Wagen. Und in der Hand ein kühles Blondes from Altstetten, yes, Sir. Und eine Zigarette. Das entspannt ihn. Denkstoff hat er genug: Warum übergibt Rockmanager Johnny Maurer Severin Holderegger CDs? Muss kombinieren und nachdenken. Musse nötig. Und auf dem Sofa vor dem ausrangierten Berliner S-Bahn-Wagen verdunsten die Gedanken weniger schnell. Der Müller in seinem leichten blauen Hemd und der feinen beigen Baumwollhose und den belüfteten Schuhen. Lehnt sich zurück, sieht die Sternlein prangen, sucht den Mond, sucht den richtigen Faden, um den Knoten zu entwirren. Wartet aufs Quaken des Mobiltelefons. Hat er so eingestellt. Das würde ihm durch die Stimme von Manfred sagen: Mark Huber ist festgenommen. Aber es kommt nichts. Keine Mitteilung, rein gar nichts. Bucher Manfred meldet sich nicht. Christoph Weiss businesswise unterwegs am Brezeln. Franz Schubert wohl an der Arbeit. Jetzt auch kein Anruf von ihm. Wer könnte sich noch melden? Das private Privatleben. Das private Privatleben vom Müller Beni ist zurzeit nicht so geschäftig. Eher recht leer.

Aber zurück zu where we started → Party in der Wohnung von Boulevardzeitungsmusikchef Toby F. Hubacher. Wie gesagt: Party rauscht. Stimmung gut. Hormone in Wallung. Zürich suuperr. Leutchen in Form. Zürich! Auch wenn viele Tote der Branche die Stimmung eigentlich trüben müssten. Schon seltsam, diese Ausgelassenheit jetzt, nicht? Aber man vergisst: Zürich ist gross. Zürich ist Stadt. Urban. Zürich ist hart. Man vergisst schnell oder lässt sich nichts anmerken: Der Kulturbetrieb ist unbarmherzig. Kulturbetrieb bedeutet Konkurrenz. Kampf. Ich meine: Leichen sind keine Freude, für niemanden. Doch das Leben dreht sich weiter. Auch in dieser Geschichte.

Und Tobias F. Hubacher macht heute nicht – wie manche meinen – «auf retro», sondern auf ehrlich. Also «Anarchy in the U.K.» und «Pretty Vacant» und *T. Rex*: «Telegram Sam» und «Children of the Revolution», solche Sachen, und *The Kinks*: «Waterloo Sunset» und «Death of a Clown» und «Johnny Thunder», noch mehr solche Sachen, obskure *Beatles*- und *Rolling Stones*-B-Seiten. Und dazwischen «Enter Sandman» und «Nothing Else Matters», ja *Metallica*. Ist ein persönliches Signal von Toby an die Kulturwelt: Ich weiss, die Sechziger und Siebziger sind vorbei.

Und plötzlich Aufregung.

Nun spät in der Nacht, Mitternacht längst verstrichen, im Kopf die Geister schon da, also eigentlich schon Samstag. An der Seifenturmprivatschnupfmedienparty im luxuriösen Steinfels kommt es plötzlich zu einem heftigen Faustkampf zwischen Sänger Mark Huber und Johnny Maurer.

Wortlos losgegangen. Wie?

Und zwar saust Marks Faust, den wir vorhin nicht gesehen haben, vielleicht erst gerade gekommen ist, gemein seitlich in den Bizeps von Johnny herein, mitten auf den tätowierten Monsterkopf, der da bösartig grinst. Warum? Weil Mark Huber Johnny schlagen will. Aaaach, schon, ja … aber ich meine doch: Warum will Mark Huber auf einmal Johnny schlagen?

Zum Beispiel wegen dieser Möglichkeiten:

1. Mark Huber ist betrunken. Plausibilität? Das ist gut möglich. Macht allerhand mit dem Menschen, der Alkohol.
2. Mark Huber macht Johnny für Sandras Tod verantwortlich. Plausibilität? Das könnte sein. Frage: Ist Amor im Spiel zwischen der Toten und dem Schläger?
3. Mark Huber macht Johnny für den Tod seiner Band verantwortlich. Der Broterwerb ist weg? Freunde waren sie ja nicht (mehr). Plausibilität? Vielleicht.
4. Mark Huber und Johnny können sich einfach nicht leiden. Quasi chemisch. Plausibilität? Das gibt es.

Diese vier Gründe, kumuliert und unterschiedlich gewichtet, ergeben diese handfeste Rauferei mit Verletzungsfolge und Potenzial für Wochengespräch in der Kreativwirtschaft. Zumal die Medien vor Ort sind: Hausherr Tobias F. Hubacher und auch Musikjournalist Michael Hauser und sicher auch ein Videojournalist vom privaten Bildfernsehen, die natürlich die Hintergründe pikantest zu grossen Geschichten auswalzen könnten. Frage immer: Cui bono? (Lateinisch): «Wem nützt's?»

Schlichtend greifen drei unerschrockene Personen aus folgenden Gründen in den brachialen Raufhandel ein:

- Gastgeber und Wohnungsinhaber Toby F. Hubacher: Warum? Er will nicht, dass seine Wohnungseinrichtung zertrümmert wird. Gefährdet zum Beispiel eine schöne Ledersofa-Landschaft, breite Panoramafenster, seltene Vinyl-Erstauflagen. Fährt dazwischen mit dem Satz: «Ihr seid nicht die *Rolling Stones* in den sechziger Jahren.» Sicher triftiges Argument und wahrste Aussage von der Welt.
- Severin Holderegger von «HeHo-Records». Warum? Er will nicht, dass das Gehäuse von Geschäftspartner Johnny Maurer beschädigt wird. Braucht ihn noch, weil er weiterhin CDs braucht. Hat was.
- Der Journalist Michael Hauser. Warum? Ihm wird das alles auch langsam zu blöd. Hat ausserdem die Verabredung mit

seiner Flamme Martina um einen Tag verschoben, um an der Party bei Tobias F. Hubacher an der Fröhlichkeit mitaufrüsten zu können. Wegen Kontakterei. Nun sein Ärger: dass ihm diese Idioten den Abend versauen, wo er doch mit Martina irgendwas Schönes unternehmen könnte. Sehr begreiflich.

Das war wie gesagt alles am Freitag, der schon in den Samstag überging. Du wirst sagen: Was für ein Tag. Ja, schon, kann man gerechterweise sagen. Und die tätliche Auseinandersetzungsrauferei an der Party, so richtig mit Faust und so, wird dem Müller, der ja eigentlich auch eingeladen gewesen wäre, aber nicht gekommen ist, schon noch ruchbar hinterbracht werden. Und die Polizei hat sowieso ihr Netz.

Und der Müller hätte die blutig tropfenden Nasen und den wund geprellten Monsterkopf am Bizeps von Johnny Maurer betrachtet, den schweren Atem der angesäuselten Faustkämpfer gehört und gedacht: Es gibt zwei Sorten Leute, nämlich solche und andere. Das ist klar. Und zu welcher Sorte sich jeder zählt, auch. Ist einer der beiden der Täter? Sind beide Täter? Doch Müller ist nicht vor Ort.

Also lassen wir den Freitag bei sich bewenden und die Ereignisse sacken, denn das Blatt wendet sich allmählich, wie jetzt schon viele Seiten es taten: Zuversicht, grundlose zwar, aber voller Vertrauen auf kommende Zukunft, erfüllt uns, die wir diese Geschichte lesen. Denn Müller, wie wir ihn bisher kennengelernt haben, scheint unbeirrt seinen Weg zu gehen, der ihm nicht Ziel ist, ist ja kein Zen-Meister, sondern einfach nur Weg, der für die Krakenarme des Verbrechens in der Stadt Zürich zur Sackgasse werden wird.

Denn das Böse siegt nicht, weil es nicht siegen darf.

Das sagt auch die Politik.

Dem Bösen wehren auch Bucher Manfred (97 Kilogramm) und seine Kollegen in Uniform und in Zivil. Alle Hierarchiestufen und Funktionen von der Spurensicherung bis zur Quartierwache, von Dr. Brenda Marquardt (noch immer am Pathologenkongress in Hamburg) bis zum (für die Öffentlichkeit) namenlosen Polizeiaspiranten ohne Winkel auf der Schulter.

Dem Bösen wehren wir und einige der Personen dieser Geschichte, zum Beispiel Tobias F. Hubacher, der Boulevardzeitungsmusikchef, das kann ich verraten, denn ich kenne den Schluss der Geschichte jetzt schon. Sonst könnte ich ja nicht darauf hinzielen beim Erzählen. Das ist nicht ganz wie in der realen Wirklichkeit, weil die Geschichte irgendwann zu Ende ist, aber das Leben geht weiter für alle, die in der Geschichte nicht tot geworden sind.

Samstag

Und dann gibt es Tage, man glaubt es kaum, aber man weiss, dass es stimmt, da passiert fast gar nichts.

Gut, eigentlich passiert schon einiges, aber nichts, was uns voranbringt in Richtung Gerichtsurteil. (Meinen wir vorerst.) Folgendes passiert: Polizeimann Bucher Manfred weckt den Müller morgens telefonisch. Zusammengefasst: Mark Huber wird noch immer gesucht, wird befragt, sobald festgenommen, Fahndung läuft. Also da ist nichts Neues.

Die unwiderstehlich mächtige Polizeimaschine ist angeworfen, trotz vieler Polizeibeamter jetzt auf Mallorca, Ibiza, Teneriffa und nicht hier in der Heimat, die ihrer bedürfte. Aber Arbeitsgesetz ist Arbeitsgesetz. Obligationenrecht ist Obligationenrecht. Ferientage stehen dem Arbeitnehmer zu. Ausser während eines Grossanlasses, aber das weiss man meist vorher. Mordermittlungen jedoch nicht.

Sobald festgenommen lässt man den Verdächtigen vor Verhör noch ein bisschen in der Zelle schmoren, und zwar auf der Sonnenseite Hauptwache. Ist ja Sommer und Hitze, und alle sagen laut und deutlich: «Ich habe heiss.» Schon ein bisschen gemein vom Bucher Manfred, das Hitzeaufenthaltsprojekt für den Mutmasslichen. Aber was willst du: Auch die Büros der Kriminalpolizei befinden sich mehrheitlich auf der heissen Sonnenseite der Hauptwache. Warum soll's dem Verdächtigen besser gehen als uns, zumal ein bisschen Schmoren hinterlässt keine Narben und fünfundvierzig Grad abgestandene Hitzeluft ist nicht beschwerdefähig. Das wissen die in Strassburg auch.

«Danke für die Meldung», sagt der Müller zu Bucher, und aus Neugier: «Schickst du mir ein Foto von Huber, kenne nur vielleicht ein altes?»

«Ja», sagt Bucher Manfred.

Und schon flutscht das Foto elektronisch durch die Luft zu Müllers Mobiltelefon: ein grosser Blonder mit gewinnendem Lachen. Vorsicht vor gewinnendem Lachen, mahnt Müllers Polizistenunterbewusstsein: Sympathie ist Stolperdraht. Ich weiss, das wurde hier schon ausformuliert, aber wenn man immer nur das Wesentliche und Neue sagen täte, könnte man täglich mindestens dreiundzwanzig Stunden und achtundfünfzig Minuten schweigen.

Und der Müller Beni zieht sich schnell an und schlendert immer auf der Schattenseite der Strasse durch den Kreis 3, durch den Kreis 4, dem Kreis 5 zu. Sein Begehr: das smaragdgrüne Kühlwasser des Oberen Lettens. Unterwegs die Survivalübung: Er schwitzt unter der brutalen Supersonne im superschönen Zürich. Das Hemd klebt an seinen dynamischen Schulterblättern, die noch nichts an Spannkraft eingebüsst haben. 45 ist kein Alter.

Federnden Schrittes schaut er der blossen Haut zu.

Ach, ist das schön, diese vielen Menschen mit viel Nichts am Körper, Beine und Bäuche, wobei «Bäuche» irreführend, weil «Bauch» nicht gleich «Bauch» ist, weil wenn wenig Fett auch von «Bauch» die Rede ist, aber natürlich schöner als wenn Viel-Fett-Bauch. Zu wenig ist aber auch nicht gut, weil Unterernährung schädlich, wegen niedrigem BMI. Und Müller Beni sieht viele elastische Schritte mit Schlenkern und Kurven, du meinst, es ist Monte Carlo, aber es ist natürlich Zürich, Zürich an einem Sommersamstag … weniger geschäftig, weniger Business, und plötzlich ist da Raum für die Körper … ja, das ist Zürich, was denn sonst. Ja, das gefällt dem Müller, und wie. Denke nicht, er sei müssiggängerisch und mache es sich bequem, aber es gibt im Leben eines Polizisten, eines Mannes oder überhaupt eines Menschen Momente von unbestimmter Dauer, in denen der Polizist, der Mann oder überhaupt der Mensch erstens nachdenken muss und zweitens äusserlich von aussen betrachtet vollkommen im Schilf draussen steht.

Aber so kann man sich täuschen, und wer nur ein bisschen Lebenserfahrung mit sich führt, wird den Müller nicht verurteilen, weil er jetzt gerade *scheinbar* faul in der Badehose auf dem Holzsonnendeck im Oberen Letten liegt, nur dreissig Zentimeter über der Stelle im Smaragdwasser, wo am Montag die Tote in der Limmat, Sandra Molinari mit Namen und Sängerin von Beruf, herumstrudelte. Schon brutal, wenn man einmal näher darüber nachdenkt. Da kann man noch so nachdenken und sagen und hin und her und vorwärts und rückwärts. Das ist vorbei und gelaufen und aus, auch wenn sehr schade und traurig. Wäre nicht nötig gewesen. Abgesehen natürlich vom Rechtlich-Kriminalistischen, aber dafür ist der Müller da. Nämlich: Er liegt nicht faul und müssig und trallala, sondern aufmerksam wie ein Zerberus und nimmt mit Argusaugen Witterung auf vom Tatort, nein, genauer: vom Fundort, weil – polizeiliche Binsenwahrheit – Fundort ist nicht unbedingt der Tatort, weil jeder Körper, physikalisch gesehen «Körper», durch Kraft (F = m x a) von A nach B transportiert werden kann (W = F x ?, o Gott, schon lange her, dabei wusste ich das doch).

Und was sieht der Müller, während sich, sagen wir es ungeniert jetzt, es ist ja Sommer und die Lebensart ist leichter, seine Lenden spannen, weil er wirklich eine Bombenaussicht auf all die Schönheiten der Humanbiologie Europas und anderer Kontinente geniesst? Ich meine genauer: Was sieht er ausser all den wunderschönen Frauen (auf die Männer achtet er weniger, nicht weil irgendwie Diskriminierung oder so, verstehen Sie mich nicht falsch, das darfst du mir nicht krummnehmen, sondern der Müller interessiert sich für Männer nur so kollegenmässig, kumpelartig, Fussball und Kunsthaus und Kino und Nachtessen und so und Polizeiberuf natürlich)?

Was also?

Vor seinem geistigen Auge entrollt sich plötzlich, du glaubst es kaum, ein innerer Film, zwar nicht sehr gut gefilmt und vom Material her nicht preiswürdig, du meinst, es sei Dogma-Ware, grobkörnig, schlecht ausgeleuchtet, wie das bei als Dokumentarfilmen konzipierten Spielfilmen halt oft wegen der Authentizität, nicht wahr, aber eben dieser innere Film bildet nämlich eine weitere Spur.

Nämlich, als ob er es metaphysisch geahnt hätte, klingelt des Müllers Mobiltelefon, und Boulevardzeitungsmusikchef Toby F. Hubacher meldet sich mit der Stimme und erzählt dem Müller vom Faustkampf heute Nacht zwischen Mark Huber und Johnny Maurer. «Du kannst's ausführlich nachlesen, ist jetzt online», sagt Toby. Und weil der Müller «Tobias» sagt, macht er jetzt nochmals auf informell:

«Nenn mich Toby, alle Leutchen nennen mich Toby.»

«Und mich nennen alle Müller, mit ü und zwei l, schon seit dem Kindergarten, aber danke, danke.»

Der Müller aber plötzlich völlig dienstlich und zurück zum brutalen Sie, Höflichkeitsform als Hammer: «Wo ist er?»

Er meint Mark Huber.

Bei diesem Ton gefriert dir das Blut.

«Weg», sagt Toby, «gegangen.»

«Warum informieren Sie mich erst jetzt?», der Müller sehr amtlich.

«Quellenschutz», so Tobias F. Hubacher. Kennt sein Journalismus-Handbuch.

«Nach diesem Mann wird gefahndet», so der Müller. Und denkt gleich: Schnauze halten, Müller!

«Danke für die Information», so Tobias F. Hubacher.

Ist Toby doch ein Ekel?

Aber wenn man meint, der Müller ist jetzt völlig in der Patsche, weil er als Krankgeschriebener Polizeigeheimnisse an die Presse ausplaudert, kann ich Sie doch beruhigen. Atmen Sie durch und zählen Sie leise bis zehn. Weil – Vorausblende – der Inhalt des Online-Artikels bereits darauf hinweist, dass die Polizei ernsthaft im Spiel ist. Als der Müller das rote Telefönchen drückt, denkt er: Schon seltsam, dass plötzlich Mark Huber und Johnny sich öffentlich prügeln, wo doch beide im Musikgeschäft sind und Johnny doch der Manager von Mark und *Spitfire* ist. Und warum informiert Toby erst jetzt den Müller? Natürlich: Eigennutz. Online-Auflage. Klicks, Klicks, Klicks. Aber warum funktioniert die Zusammenarbeit zwischen Mark Huber und Johnny Maurer jahrelang und endet dann so brachial und kurz nach dem Schicksalsdoppelschlag Sandra und Gorges du Pichoux? Alles nur vorgetäuscht, um die Öffentlichkeit zu hintergehen? Täuschen muss man, wenn man etwas zu verbergen hat. Was verbergen? Finstere Machenschaften. Der Müller runzelt die Stirn und zieht Hemd und Hose über die Badehose und rollt das Tuch zusammen. Muss die Online-Ausgabe aufschlagen.

Wieder einen Einwand eingeworfen: Warum Hose und Hemd über Badehose und Tuch zusammenrollen, zum Online-Ausgabe-Aufschlagen? Hat er keine Apps? Kennt er Apps nicht? Ich muss gestehen: Dem Müller sein Mobiltelefon ist nicht so richtig internetfähig, selbst kann er nur selten Bilder schicken, sonst bricht es zusammen. Warum denn technisch so völlig 20. Jahrhundert? Ja, wollen Sie denn noch mehr Steuern bezahlen, damit die ganze Polizei auch ein Supertelefon von angebissenem Apfel bei sich trägt? Budget begrenzt. Muss der Müller und die Polizei damit leben, geht nicht anders. Aber geht auch so. Weil es gibt auch in Zürich freundliche Menschen, und einer davon sitzt im Café Gloria an der Josefstrasse, möbliert mit Retro-Design im dänischen Stil, und der hat WLAN auf seinem Schossrechner, der vor ihm steht. Das sieht der Müller beim Vorbeigehen. Und dann geht's ganz einfach.

Er fragt: «Darf ich mal etwas im Netz nachschauen?»

Skeptischer Blick zur Antwort, aber der Müller ist auch mit diesem Wasser gewaschen. Sagt: «Meiner ist abgestürzt. Ich krieg ihn erst morgen wieder.»

Da hellt sich der Blick des WLAN-Kaffeetrinkers auf, und weil der Müller weder aussieht wie ein Strauchdieb noch wie Gaddafi, nickt ihm der Fremde aufmunternd zu. «Nur ran», sagt er. Und der Müller setzt sich, gibt ein paar Buchstaben ein. Schon sieht er, was online in der Boulevardzeitung steht:

ZÜRCHER ROCKER PRÜGELN AN PARTY

«Von Musikchef Tobias F. Hubacher. Gestern Abend an einer Party mit hundertzwanzig VIPs aus Zürichs Musik- und Fashion-Szene. In einem glamourösen Penthouse in Zürichs Kreis 5: Ein Schrei! Unvermittelt stürzt sich Spitfire-*Sänger Mark Huber (28) auf seinen Manager Hansueli ‹Johnny› Maurer (34). Sie prügeln sich, bis Augenzeugen tatkräftig einschreiten. Model Belinda F. (22): ‹Ich dachte, sie schlagen sich tot!› Product Manager Rolf S. (29): ‹Der Blonde (gemeint ist Mark Huber) hat einen ganz harten Schlag!› Wie kam es zu dieser Auseinandersetzung? Weiter* Roter Button.*»*

Interessant, denkt der Müller. Aber weiss natürlich, dass es die Wahrheit im Plural gibt. Obwohl es vor dem Richter schliesslich nur eine gibt. Und die Presse hat wieder eine andere.

Und Klick auf den *Roten Button.*

«Die Hintergründe: Mark Hubers Band Spitfire, *der Fahrer und der Tontechniker – unsere Online-Ausgabe vom Donnerstag – sind in den ersten Stunden des Donnerstags im Jura in die Gorges du Pichoux gestürzt, eine tiefe Schlucht an der Grenze der Kantone Bern und Jura. Mark Huber sass nicht im Unfallfahrzeug, Manager Hansueli ‹Johnny› Maurer auch nicht. Hält Angreifer Mark Huber seinen Manager für schuldig am Tod seiner Band? Hat er aus Trauer über die verlorenen Freunde auf ihn eingeprügelt? Aus Verzweiflung über den Verlust seines Jobs? Tatsache ist, dass die Plattenläden und Online-Shops einen deutlichen Anstieg von Verkäufen von* Spitfires *rattenscharfem aktuellem Album ‹Car Crash Spells› feststellen.»*

Interessant, denkt der Müller nochmals. Er dankt jetzt dem WLAN-Kaffeetrinker im Café Gloria an der Josefstrasse, sagt auch etwas Freundliches zusätzlich, wie zum Beispiel: «Sehr, sehr nett, danke. Du hast mir sehr geholfen.» Und er steuert zu Fuss in Richtung Kreis 4, mit Fernziel Wiedikon, weil sich in ein Auto, einen Bus oder ein Tram einzuzwängen, wäre wie im Mikrowellengrill. Josefstrasse raus, links in die Langstrasse. Nicht einmal hier ist noch viel Verkehr. Die Langstrassenunterführung verspricht Dunkelheit und die Illusion von Kühle. Aber der Geruch. Und all das Zeug, das auf den Boden und an die schräge Seitenwand geschmiert ist ... und der Müller übersteht diese Gefahren, erreicht das «Dreieck», die Anker- und die Elisabethenstrasse, wandert in der Hitze nach Wiedikon in den Coop an der Birmensdorferstrasse. Unterirdisches Einkaufszentrum. Kühl, weil auch Tiefkühlprodukte. Und da ereignet sich unverhofft ein weiterer Hinweis, vermutlich sogar Spur: Kann man sicher behaupten, ist Zufall. Aber der Müller glaubt nicht an Zufall, weil Leben und alles ist viel komplexer und komplizierter. Nicht Zufall, sondern Schicksal, glaubt der Müller, ohne Esoterik natürlich, und Glück, weil ohne Glück selbst der Tüchtige den Flüchtigen nicht festnimmt. Und Müller ist nicht so Law-and-Order, wie manche jetzt vielleicht vermuten. Er wählt nicht Rechts, aber Recht-und-Gesetz schon, denn wo kämen wir sonst hin. Eben, weil das ist kein Spass, bitte, sondern Ernst, und damit ist manchmal nicht so zu scherzen.

Sie werden es nicht glauben, aber es war wirklich so, und genau so, wie ich es jetzt beschreiben werde. Obwohl die Tragweite sich erst am Sonntag dann richtig enthüllt. Nun der Reihe nach. Um sich nach den Schrecken der sieben Todesfälle und der Hitzewanderung quer durch die Stadt und Tobias F. Hubachers Artikel ein wenig zu stärken, geht der Müller heute Samstag in seinen Coop, um einzukaufen, und will plötzlich kaufen, was er sonst nie kauft: blaue Trauben. Die besten kommen aus dem katholischen Dorf, wo die Wiege vom Müller im Schatten vom Blauburgunderstock im Aargau schaukelte. Aber die sind längst noch nicht reif und liegen eh nie im Coop aus. Er kauft sich also zwei Kilo blaue Trauben.

Wer weiss, warum? Denkt sich rein gar nichts dabei, aber hat schon einen Sinn, denn alles fügt sich im Unendlichen zu – nur für den Laien verblüffender – Sinnhaftigkeit zusammen. «Der Kosmos ist eins» (Diodoros). Oder, um es zu sagen wie die Chinesen: «Auch der Schwan hat nur einen Hals» (Laotse).

Und in diesem Moment kommt ebenfalls Johnny Maurer in die Filiale Wiedikon an der Birmensdorferstrasse im Untergeschoss und hat ein blaues Auge und will ein kühles Schnitzel kaufen zum Abschwellen. Das ist nicht normal, wurde aber durch dem Müller sein U-Bewusstes (Wunsch nach blauen Trauben) angekündigt: Die blauen Trauben symbolisierten Johnnys blaues Auge. Dass es Trauben waren – lateinisch und italienisch «uva» – und nicht Pflaumen oder sonst ein Gemüse, weist überdies auf UV-Licht hin. Was bedeutet? UV-Licht setzen Hausverwaltungen ein, damit niemand im Hauseingang oder auf der Restaurant-Toilette auf die Idee kommt zu fixen. Folglich: Die Traube symbolisiert die Verbindung dieses Falles mit der Drogenszene.

Das Bauchgefühl ermittelt also mit.

Weiter: Die Traube ist auch ein ausgesprochen saftiges Lebensmittel. Der Saft steht hier für das Leben («Lebenssaft») beziehungsweise hier leider fürs ausgelöschte Leben von sieben Menschen. Also ist die blaue Traube fast der Schlüssel zur Lösung dieses Falls. Das wird Müller natürlich erst hinterher klar, weil hinterher ist man immer klüger, also meistens. Wenn er es vorher schon gewusst hätte, hätten wir uns hier einiges sparen können, viele Seiten, viel Druckerschwärze, viel Arbeit, viele Emotionen. Aber wir leben doch für die Emotionen. Wir lieben die Emotionen. Sonst läuft ja nichts.

Und jetzt Achtung: Die Trauben noch in der Einkaufstüte, kehrt sich der Müller um die eigene Achse und sieht Johnny Maurer mit seinem blauen Auge, und blaue Trauben sind *reif*, und das bedeutet im U-Bewusstsein präfiguriert: Rockmanager Johnny Maurer ist *reif* für die weitere Befragung. Zumal der Artikel von Tobias F. Hubacher die Möglichkeit behauptet: Sänger Mark Huber und Johnny Maurer haben ein Problem miteinander. Da waren ja auch die Schüsse, angeblich von Mark auf Johnnys Küchenfenster. Das kann der Müller nicht einfach so sein lassen. Doch glauben Sie nun nicht, die Polizei Zürich lässt sich von der Boulevardpresse leiten, auch nicht, wenn sie online ist. Aber die Polizei Zürich kann die brain force der Boulevardpresse auch nicht einfach ignorieren. Weil Skandalpotenzial, wenn der Müller einen öffentlich namentlich bezeichneten mutmasslich Verwickelten unbehelligt ein Schnitzel kaufen liesse. Deshalb Trauben geschwind wieder in die Kiste gelegt.

Hinterhergeschlichen. Zurück in den Kreis 4, in die Ankerstrasse soundsoviel.

Treppen hoch und Tür nur angelehnt und der Müller in Combat-Stellung reingehechtet, etwas lächerlich, ich weiss, weil Müller ja krankgeschrieben und unbewaffnet ist.

Johnny steht mit traubenblauem Auge am Küchentisch, brüht gerade Kaffee auf, sieht müdemüdemüde aus, und der Müller springt wie ein Teufelchen um die Ecke und sagt:

«Hallo, jetzt sprechen wir ernsthaft miteinander.»

Und Johnny sagt: «Bist du ein Polizeimann oder nicht?»

Und der Müller, sprachökonomisch: «Ja.»

Und Johnny: «Was jetzt? Bist du einer?»

Und der Müller: «Ja. Wir können beim Du bleiben, das verkürzt die Unterhaltung.»

Johnny bleibt seltsam ruhig. Er schweigt und reicht Müller Benedikt eine saubere Tasse und giesst ihm ungefragt Koffein ein. Johnnys Wangen sind eingefallen. Sein nichtblaues Auge liegt tief in der Höhle. Er sieht richtig fertig aus. Eigentlich schade, denn auch ihn haben einmal eine Mama und ein Papa geliebt und vielleicht auch Geschwister. Sind drei, wie der Müller später aus der Akte erfährt, in Wallisellen aufgewachsen, ist nicht unbedingt die Sonnenseite, aber das ist noch lange kein Grund, finde ich, findet das Gesetz und finden Sie bestimmt auch, liebe Leserin, lieber Leser. Aber jetzt:

Der Müller: «Du hast mir etwas zu erzählen, Johnny.»

Und Johnny seufzt.

Und die Sekunden verstreichen ein wenig. Und noch einige mehr. Der Müller wartet, weil manchmal musst du warten. Manchmal bringt das mehr als die harte Tour, das weiss der Müller.

Und noch weitere Sekunden verfliessen. Die Erde dreht sich etwas weiter. Im Hirn von Johnny Maurer arbeiten die elektrischen Ströme.

Und sagt jetzt, zögerlich und etwas in sich niedergestreckt: «Wo soll ich anfangen?»

Der Müller, sachlich und neutral: «Vielleicht gestern Abend bei Tobys Fest.»

Und Johnny: «Das blaue Auge hat mir Mark verpasst.»

«Mark wie noch?», fragt der Müller. Weiss er zwar und wir auch, aber unzweifelhaft klare Aussage hilft unzweifelhaft klarer Akte. Weil später wird Johnny Maurer seine Aussage in der Polizeihauptwache wiederholen müssen, vor Tonband und Zeugen und dann unterschreiben.

Johnny ist kooperativ. Sagt's: «Huber.»

«Und warum?», will der Müller wissen. Denn selten geschieht etwas grundlos.

Und Johnny, müde: «Das ist kompliziert.»

Und Pause.

Pause.

Jetzt vom Müller sehr forschender Blick, als könnte er damit Stahlbeton durchlasern. Kann er in Wahrheit nicht, aber Johnny spürt trotzdem Gefahr: den Polizeimann, der ihn mit Blicken in einzelne Nervenfasern zerlegt, die blank liegen.

Und der Müller lässt Johnny schmoren.

Schmoren.

Die Zeit zieht lange Fäden. Der Sekundenzeiger in Johnnys Kopf knarrt und bewegt sich an Ort, das heisst, scheint sich nicht vorwärtszubewegen, tut er ja auch nicht wirklich, sondern läuft bloss rundherum, rundherum, wie die Fahrer beim Sechstagerennen in Zürich-Oerlikon. Sehr sehenswert. Und es ist f-ü-n-f-z-e-h-n-u-h-r-d-r-e-i-u-n-d-z-w-a-n-z-i-g-u-n-d-z-w-ö-l-f-s-e-k-u-n-d-e-n-u-n-d-f-ü-n-f-z-e-h-n-u-h-r-d-r-e-i-u-n-d-z-w-a-n-z-i-g-u-n-d-d-r-e-i-z-e-h-n-s-e-k-u-n-d-e-n-u-n-d-f-ü-n-f – so dehnt sich für Johnny die Zeit unendlich in die Länge.

Aber Johnny und der Müller schweigen sich noch immer an, wobei zu bemerken ist: Johnny *müsste* jetzt sprechen. Er hat jetzt Gelegenheit und ist Gegenstand der Untersuchungen. Der Müller kann warten bis anno Tubak, irgendwann geht er in Rente. Um den Müller geht es nicht. Obwohl der Müller Beni jetzt, das hat mit Hitze und Anspannung zu tun, nehme ich an, jetzt ein FLASHBACK hat. Er sieht die Szene mit Holster und Pistole ziehen, rennende Gestalt, wirre Stimmen und Schritte auf dem Asphalt, jemand ruft etwas und Blaulicht und Sirene und zwei und drei und rennende Gestalten und Müller Waffe in der Hand, hebt den Arm und ruft und zielt und ruft und «Halt! Stehenbleiben! Polizei!» und zielt und Druckpunkt und Knall und Schuss und FILMRISS. Nicht nur Johnny sieht schlecht aus. Auch dem Müller Benedikt geht es auf einmal miserabel. «Ich will nicht mehr auf Menschen schiessen, nein, ich will nicht mehr», dreht es in Müllers Kopf.

Das spürt Johnny, dass in des Müllers Kopf ein seltsamer Film läuft, weil Müllers Blick nun starr und Schweissperlen auf der Stirn und zitternde Hände. Müller klammert sich an der Tischplatte fest und bleibt still, still, und das ist beunruhigend. Wie das Monster vor dem Ausbruch.

Und jetzt zerbricht Johnny sein Schweigen: «Ich brauche Geld wegen Angelica und Jason-Lars und Kylie-Shawn.»

Müller: «Erzähl mir's, aber alles.»

Und Johnny ringt weiter mit sich, sieht den Müller, starrt den Müller an und ficht einen wahren Ringkampf aus, wo soll er anfangen, und öffnet schliesslich den Mund und …

… gesteht ein Geständnis:

«Ich war's.»

Und da wären viele Amateure ziemlich perplex, wenn einer einfach so sagt: «Ich war's.» Aber der Müller ist Profipolizeimann, obwohl just eben noch vollkonfus mit irrem Blick, fängt sich, zuckt nicht mit der Miene, stiert Johnny aus leidenschaftslosen Augen an.

Und Johnny biegt sich wie Butter unter dem gnadenlosen Blick von dem Müller und sagt noch einmal: «Ich war's.»

Und der Müller wirft ihm nun einen fragenden, aber drängenden und schmerzenden Blick zu, damit Johnny auspackt. Und Johnny tut just das, kann ich dir sagen:

«Ich habe Sandra am Unteren Letten ertränkt, weil sie den Vertrag auflösen wollte. Und ich habe Sebastian Drogen ins Bier gemischt, damit er und die Band während der Tournee verunglücken. Es sollte eine Warnung sein, ich wollte nicht, dass sie alle sterben.»

Jetzt ist es raus, denkst du, liebe Leserin, lieber Leser. Ja, oberflächlich betrachtet schon. Doch merke: «Unter dem weissen birgt der Schwan ein graues Federkleid» (Sun Tzu). Damit meine ich: Was dahintersteckt, das ist das wahrhaft Interessante. Manchmal hat es der Polizist oder der Mensch generell mit Täuschungsabsicht zu tun. Der Mensch ist nicht immer gut. Der Müller, ein Polizeimann randvoll mit Routine, fällt natürlich nicht auf jede Story herein. Er weiss, dass Sandra wohl kaum in totem Zustand vom Unteren in den Oberen Letten geschwommen sein kann, wo der Müller Beni höchstselbst bei der Findung der toten Sandra zugegen war. Denn Tote schwimmen nicht gegen den Strom.

Und Johnny hat für die Sandra-Tatzeit ein Alibi. Sagte Bucher Manfred.

Also dieses Geständnis ist zumindest sehr fragwürdig.

Und der zweite Teil der Mär, die Johnny Maurer auftischt, harrt ebenfalls einer seriösen Quellenkritik. Der Rapport der Kollegen aus dem Berner und jurassischen Jura sagte überhaupt nichts von Drogen im Blut eines der Opfer.

Also dieser Teil des Geständnisses ist auch zumindest fragwürdig.

Denn es fehlt der Beweis. Zweitens würde es auch bedingen, dass Johnny an jenem Abend in Biel war. Gut, eineinhalb Stunden pro Weg mit dem Zug, mit dem Auto wohl ähnliche Zeit. Also überprüfen: Hat Johnny Maurer für die Nacht vom Mittwoch auf den Donnerstag auch ein Alibi? Das müssen wir wissen, und dann wird sicher einiges klar. Das ist das Ziel.

Und wenn Johnny sich absichtlich falsch belastet: Warum das?

Wen schützt Johnny?

Ist er noch ganz gesund?

Da sitzt der Müller wirklich vor einer Knacknuss. Doch er jammert nicht, denn das ist sein Beruf – eigentlich und im tiefsten Herzen seines Wesens. Und im Grunde ist der Müller für die Freiheit und für Mut und dafür, dass alle glücklich sind, wie sie wollen.

Denn der Huf des Glücks ist mannigfaltig (frei nach Geoffroy de Bonmot).

Und er weiss auch: «Das höchste Hindernis bist du dir immer selbst» (Laotse). Das zu wissen ist schon viel für einen Menschen.

Müller ist sich bewusst, dass dieser Fall für ihn ein besonderer ist. Entweder kann er an ihm gesund werden, oder er schafft es nie. Die Situation ist ohnehin unrealistisch: Wenn er normal Dienst täte, hätte er nie so viel Zeit für einen einzelnen Fall. Normal ermittelst du ständig vieles parallel: Schlägereien, Messerstechereien, Vergewaltigungen, unbekleideter Flitzer, Drogenrazzia, Gewalt im Haus, Einbruch, Tötungsdelikt. Kaum bist du an diesem Tatort eingefuchst, geht schon wieder das Telefon, und du musst weiter, darfst aber das andere nicht aus dem Auge verlieren.

Doch zurück zu Rockmanager Johnny Maurer mit den traubenblauen und sogar violetten Ringen unter dem Auge und Tätowierungen, da meinst du, du blätterst durch eine Ikonografie der abendländischen Monster: Sitzt geknickt am Küchentisch, giesst sogar dem Müller noch etwas Kaffee nach, kann also kein so schlechter Mensch sein, aber es stimmt etwas nicht mit ihm. Der Müller spürt das, männliche Intuition, Spürhund, Polizei-Instinkt. Die beiden Geständnisse sind zu glatt von Johnnys Lippen geträufelt. Normalerweise kommt das nicht so lakonisch.

«Ist es dir ernst?», fragt der Müller deshalb.

Nachdenken seitens Johnny, Schlagbohreraugen seitens Müller.

Und Johnny wiederholt wortwörtlich: «Ich habe Sandra am Unteren Letten ertränkt, weil sie den Vertrag auflösen wollte. Und ich habe Sebastian Drogen ins Bier gemischt, damit er und die Band während der Tournee verunglücken. Es sollte eine Warnung sein, ich wollte nicht, dass sie alle sterben.»

Das ist wie in dem Film vom Murmeltier, wo der Mann aufwacht und es ist schon wieder derselbe Tag, und alles wiederholt sich und wiederholt sich, und irgendwie geht es dann doch wieder weiter, aber ich weiss nicht mehr, wie.

Und der Müller, obwohl nicht überzeugt: «Gut, dann gehen wir.»

Steht auf. Und Johnny auch, sieht, dass die Stunde geschlagen hat und dass jetzt Bewegung in die Sache kommt, weil das Gewissen, das nagt sehr an einem, und da müsste einer ein Gewaltspsychopath sein, um das längerfristig zu verkraften. Und Johnny sieht zwar verwegen aus, Rock 'n' Roll und Backenbärte und Tätowierungen und raue Stimme vom Rauchen und Trinken, aber das sind nur Äusserlichkeiten. Die inneren Werte sind wichtiger, das sagt dir trotzdem jede Miss. Ganz innen ist Johnny Maurer ein Mensch.

Und Johnny schaut den Müller Beni fragend an, weil er erwartet, dass ihm die eisernen Polizeihände das stählerne Abführmittel um die Handgelenke schnallen, aber Müller hat keine dabei, weil ja bekanntermassen (aber nicht für Johnny) nicht im Dienst, also juristisch hochproblematisch, falls der Müller die stählerne Acht zuschnappen liesse. Doch an so blödsinnigen Formfehlern soll natürlich nichts scheitern, denkt der Müller. Deshalb bittet er Johnny höflich zur Tür und sagt ihm, er solle keine Dummheiten machen (aus dem Fenster springen, vors Tram sich legen, ein Samurai-Schwert in den Bauch stossen und nach oben ziehen; und auch nicht fliehen).

Und der Müller wäre fast versucht, Johnny zu sagen, dass man ihm helfen wird, psychischer Beistand und so, weil da wirklich etwas schiefgegangen ist, aber er hält den Mund, weil sonst, man weiss ja nie, je nach psychischem Profil, es zu einem Aussetzer kommt (Kurzschlusshandlung oder Gewaltakt oder irgendwas sonst Unbotsames). Also besser psst. Und beide gehen aus der Wohnungstür, nachdem beide sich vergewissert haben, dass der Gasherd aus ist, die Treppe hinunter, Erdgeschoss, Wohnungstüre.

Hier ein Problem.

Und was für eines.

Fotograf blitzt Johnny und den Müller.

Dreimal, fünfmal, vierzehnmal! Kameramotor läuft heftig, du glaubst, du erscheinst in der «Gala» oder im «Hollywood Reporter». Aber es ist natürlich ein Fotograf, den Tobias F. Hubacher, der Boulevardzeitungsmusikchef, hergeschickt hat. Erstaunlich, wie die immer die Leute aufspüren. Die finden dir manchmal den Skandal, bevor er passiert ist. Davon können andere Redaktionen nur träumen. Geschweige denn die Polizei. Und der Müller kann gerade noch die Hand in Richtung Objektiv ausstrecken, will ja auch später in der Laufbahn noch eher inkognito fahnden können, ohne dass Boulevardzeitung irgendwie Starschnitt von ihm veröffentlicht hat. Aber Rockmanager Johnny Maurer begreift nicht, was Sache ist. Wird geblitzt, geblitzt, mehrmals. Und der Fotograf ab durch die Büsche, aber Eile wäre eigentlich nicht nötig, denn im öffentlichen Raum ist Fotografieren erlaubt und rechtlich problematisch erst, wenn eine Person erkennbar ist. Anderseits, und das wäre hier wohl der Fall, ist das Ablichten einer Person vertretbar, wenn öffentliches Interesse besteht. Ein Kriminalfall wäre da Grund genug. Und der Müller ist sich sicher: Morgen ist er in der Boulevardzeitung und heute schon im Netz. Ha, da kommt Bewegung in die Sache, aber wirklich.

***

Kurzes Intermezzo über das Böse. Jetzt also, wir haben in der schönen Stadt Zürich mit dem Müller Benedikt die Welt ein bisschen kennengelernt und auch das Böse auf der Welt, weil, es hat keinen Sinn, einander Sand in die Augen zu streuen: Die Welt ist nicht nur gut. Ich meine, manchmal schon, aber oft gar nicht. Es reicht, wenn du einmal die Nachrichten hörst. Da fliegt dir das Grausen um die Ohren, dass du meinst, die Ohren fallen dir ab vor lauter Diktaturen und Blut und Wirtschaftskrisen und Verbrechen. Man könnte fast voll deprimiert werden, aber das hat auch keinen Sinn. Umgekehrt, finde ich wenigstens, aber ich weiss, ich bin kein so grosser Philosoph wie Diodoros und deshalb ist mein Urteil vermutlich nicht so wichtig, aber ich sage es trotzdem: Umgekehrt hat es auch keinen Sinn, einfach all das Böse auf dieser Welt aus dieser Erzählung wegzulassen, weil es existiert tatsächlich. Man muss auch bedenken: Die Welt ist gross, und es gibt zwar viel Böses auf dieser Welt, aber nicht überall zu jeder Zeit gleich viel. Es kann also gut sein, dass man auf der Welt lebt – zum Beispiel in der schönen Stadt Zürich – und fast gar nie in Kontakt kommt mit dem Bösen.

Man kann sich das Böse auf der Welt vorstellen wie ein unsorgfältig bestrichenes Nutellabrot. An einigen Stellen ist das Nutella dick, an anderen ist es dünn. Und vielleicht bist du, liebe Leserin, lieber Leser, gerade und glücklicherweise an einer Stelle, wo das Nutella dünn ist oder gar nicht da. Dann siehst du den Himmel und die Venus und die Sonne, und die Welt funkelt und leuchtet und ist nur schön.

Aber Obacht: Vielleicht stösst plötzlich von oben ein Messer voller Nutella herunter und verschmiert dir die Aussicht, und du sitzt völlig im Dunklen. Das ist ein Sinnbild: das Böse, vor dem man nie sicher ist. Deshalb brauchen wir Menschen voller Tatkraft wie den Müller und Bucher Manfred (97 Kilogramm) und die anderen Redlichen, die hier vorkommen, deren Namen ich aber noch nicht sagen darf, sonst ist die Auflösung jetzt schon da, und du liest nicht weiter, reisst die letzten paar Seiten aus dem Buch und gehst in den Buchladen und willst pro rata paginarum dein Geld zurück, und das wäre nicht nett, weil der Buchhändler und die Buchhändlerin haben es auch nicht einfach, vor allem heute nicht mit all den elektronischen Büchern und Online-Shopping.

Aber, und das muss ich doch noch sagen, man muss auch nicht vor dem Bösen in Dauerangst leben. Denn überall ist es, wie uns das Nutellabrot gezeigt hat, nicht.

***

Zurück zum Samstag. Wie der Müller und Johnny auf die Polizeihauptwache kommen, ins Verhörzimmer 419, bricht die ganz harte Tour an. Mit Bucher Manfred. Und Detektiv Rocco Catanzaro (29) ist auch in der Partie. Kurz zwei Wörter über Rocco: 172 Zentimeter, 69 Kilogramm, schwarzhaarig, Dreitagebart, keine Brille, harter Hund, ich sage dir nur: Altstetten-Grünau. Aber clever. Und sympathisch. Zu Freunden nett und trotz Kükenalter keine Prise naiv. Interessiert sich für Champions-League-Fussball, Strandferien, TV-Serien und Familie (verheiratet, zwei Kinder). So, jetzt weisst du alles.

Also alle da ins Verhörzimmer 419 rein. Abgenutzter Resopal-Tisch. Drei Stühle. Bruchsicher. Stahlrohr. Am Boden festgenagelt. Kleines Oberlicht. Geschlossen. Sauerstoffgehalt: wenig. Temperatur: hoch, sehr hoch. Geruch: nach Angst.

Und Bucher Manfred holt Kaffee. Und Müller Benedikt legt Zigaretten auf den Tisch. Johnny greift zu. Rocco gibt Feuer.

«Fangen wir an», sagt der Müller und schaltet Aufnahmegerät ein.

Der Müller sagt dienstlich: «Polizeihauptwache Zürich, Verhörzimmer 419, Datum, Samstag, zwölf Uhr dreissig, Vernehmung Hansueli Maurer, genannt Johnny, Ankerstrasse soundso. Es nehmen teil: Bucher Manfred, Catanzaro Rocco, Müller Benedikt.»

Wenn du das abhörst, weisst du, wer da ist und wer fragt und antwortet und vielleicht schreit.

Und nach allen Regeln der Kunst zerlegen Bucher Manfred, Catanzaro Rocco und Müller Benedikt das Geständnis von Johnny auf seinen Wahrheitsgehalt. Feststellung: Alles Falschaussage.

Frage deshalb: Warum gesteht er ein falsches Geständnis? Es ist offensichtlich: Johnny ist völlig fertig. Will Ruhe. Will in Zelle schlafen, obwohl die Vermutung stimmt, dass es dort nicht komfortabel ist.

Aber dort lauern kein Mark Huber und keine anderen Geldabzapfer. Johnny will den brutalen Blick vom Müller, Bucher und Catanzaro – keine Angst, ist nur beruflich – nicht mehr sehen. Es stellt sich schnell heraus, dass er sein Alibi verheimlicht, weil er jemanden schützen will: Jasmina. Jasmina Gajic (29). Ha! Johnny & Angelica ist passé, tempi passati, aber darum ist Johnnys Leben so teuer. Denn Angelica hat ihre Bedürfnisse und stellt ihre Ansprüche, und ihr Bruder ist Rechtsanwalt. Wussten wir nicht, dass Johnny aktuell eine Liebe laufen hat. Er war mit Jasmina am Mittwochabend zusammen, als die Pichoux-Schlucht *Spitfire* zum Verhängnis ward. Er war auch mit ihr zuvor in der Nacht von Samstag auf Sonntag, wo Sandra in der Limmat ihr Leben liess. Da waren Johnny und Jasmina am Konzert in der Roten Fabrik, wo die US-amerikanische Kult-Noise-Post-Rock-Lounge-Band spielte. Und es gibt dafür rund siebenhundert Zeugen im Saal. Bestätigte Bucher Manfred.

Für den Rest der Nacht gibt es keine Zeugen. Aber da war, das weiss die Polizei seit der Obduktion, der Todeszeitpunkt von Sandra schon vergangen.

«Vernehmungsende fünfzehn Uhr», sagt da der Müller dem Tonband und dem Johnny gibt er noch eine Zigarette.

«Du bleibst jetzt eine Weile bei uns, Johnny», sagt der Müller.

«Ich weiss», sagt Johnny Maurer.

Müller lässt ihm die Zeit, um die Zigarette fertig zu rauchen. Dann lässt er einen Uniformpolizisten kommen, der Johnny abführt.

Dann Händeschütteln mit Manfred und Rocco und Johnny. Dann kurzes Debriefing.

Wollen Sie ganz genau wissen, wie die Polizei und der Müller im Verhörzimmer 419 die Wahrheit geknackt haben? Sicher, ist interessant für Einblick in modernste Methoden, geht so:

Im Polizeihaus dringt die Wahrheit einfach so heraus. Gut, ein bisschen nachhelfen müssen die Polizei und der Müller schon. Nicht mit Fäusten oder Drohungen, sondern mit Psychologie und Fragetechnik, und zwar, wie man sich das vorstellt. Im Verhörzimmer 419 im Polizeihaus: Der Gute und der Böse, Müller Benedikt als Guter, Catanzaro Rocco als Böser, Bucher Manfred als Sphinx im Hintergrund. Das macht dich nämlich fertig, wenn da einer nur steht und schwitzt und glotzt aus seinem zerknitterten und mittlerweile zu grossen Anzug, sprich: Bucher.

Und zwischendurch schaut auch noch Weiermann Gustav (57) herein. Ist für diese Geschichte nicht so wichtig. Darum nur kurz über ihn: Weiermann Gustav sieht einfach böse aus, weil er hat diesen Buckel mitten auf der Stirn, da meinst du, ihm wächst ein Horn heraus, so leibhaftig, und immer so rote Augen, du meinst, er hat die Tollwut, dabei leidet er im Sommer unter Heuschnupfen und im Winter unter einer Schneeallergie, sieht also so richtig ein bisschen fertig aus, wenn Sie verstehen, eher Borderliner, also nicht kommod. Aber eigentlich, doch das sieht man nicht auf den ersten Blick, ist er ganz umgänglich, spielt leidenschaftlich gerne Schach und sammelt Eulen, hat so viele Eulen (aus Stein, Papier, Makramee, Leder, Ton, farbige, grüne u. v. m.), dass er in seiner Wohnung extra ein Eulenzimmer eingerichtet hat. Kann man sagen: Logisch, dass der Junggeselle ist. Schon wahr, aber ein schlechter Keil ist er nicht. Nicht gerade ein Freund von Manfred und dem Müller, ob von Rocco weiss ich nicht, aber doch Arbeitskollege, korrekt und funktionsfähig.

Johnny bestätigt also zwölf Uhr dreissig seine Personalien, müssen wir nicht wiederholen, kennen wir, aber sagt dann wie oben:

«Ich habe Sandra am Unteren Letten ertränkt, weil sie den Vertrag auflösen wollte. Und ich habe Sebastian Drogen ins Bier gemischt, damit er und die Band während der Tournee verunglücken. Es sollte eine Warnung sein, ich wollte nicht, dass sie alle sterben.»

Aber da sagt der gute Fast-schon-wieder-im-Dienst-Polizist Müller: «Sie können Sebastian Fuhrer nichts ins Bier gemischt haben. Denn erstens waren Sie zu der Zeit mit Jasmina Gajic im Bio-Restaurant ‹Sumatra› im Kreis 5, wo Sie von mehreren uns namentlich bekannten Personen identifiziert wurden. Und zweitens hatte Sebastian Fuhrer kein Bier im Magen, sondern Rotwein. Und Drogen rein gar nichts.»

Da ist Johnny verblüfft. Wie die das rausgekriegt haben.

«Aber Sandra, das war ich», sagt Johnny, fast trotzig.

«Erzählen Sie uns, wie das war», sagt der Müller Benedikt, und hinter ihm schnauft Catanzaro Rocco bedrohlich. Kann das gut: klingt wie ein Walross, ehrlich.

Und du glaubst es kaum, da erzählt Johnny eine Geschichte, die man nicht besser erfinden könnte, aber das Wahre ist oft besser als alles Erfundene, denn es gibt Dinge, die kannst du nicht erfinden, die sind in Wirklichkeit wahrer als realistisch, und dann denkt jeder: Das ist doch erfunden.

Also.

Johnny Maurer sagt: «Sandra Molinari wollte den Vertrag auflösen, nach all den Jahren, die wir zusammengearbeitet haben. Sie wollte sich Sebastian Fuhrer anschliessen. Der hat eine neue Agentur gegründet. ‹Diamond Music›. Stellen Sie sich vor, so ein bescheuerter Name. Und das konnte ich nicht zulassen. Also habe ich Sandra nachts zum Unteren Letten gelockt, ihr eins über den Schädel gezogen und sie ins Wasser geworfen.»

Der Müller und die Polizei lassen hier grausame Zeitmomente verstreichen, um dem Geständnisfreudigen die Ernsthaftigkeit der Lage in den Kopf sickern zu lassen. In diesem Moment kommt kurz Weiermann Gustav mit seinem Horn auf der Stirn ins Verhörzimmer, brummt irgendetwas mit seinen roten Augen, das keiner versteht, und geht wieder. Hat natürlich Methode: Du denkst, du bist im Irrenhaus. Macht dich mürbe, so was.

Und Sphinx Bucher Manfred, der wirklich schon ziemlich zu dünn ist für seinen Anzug, bricht sein Schweigen: «Die Leiche wurde am Oberen Letten gefunden, kann aber nicht selber vom

Unteren Letten hochgeschwommen sein. Der Schädel der Verstorbenen wies keinerlei Verletzungen oder Spuren eines oder mehrerer Schläge auf.»

Hier kleine Pause, weil Manfred daran denkt, wer die Autopsie durchgeführt hat: Dr. Brenda Marquardt (noch immer in Hamburg, kommt aber am Montag wieder).

Und Bucher Manfred: «Herr Maurer, Sie haben für die ganze Nacht von Samstag auf Sonntag ein Alibi. Ist mehrfach bestätigt. Schriftlich.»

Und der Müller folgerichtig: «Sie haben Sandra Molinari nicht getötet. Warum erzählen Sie uns solchen Unsinn?»

Und hinter ihm schnauft Catanzaro Rocco, du denkst, er ist ein Beuteltier mit Logorrhö.

Im Verhörzimmer 419 ist es heiss wie die Hölle, und das Hemd klebt an Bucher Manfreds etwas weniger stattlicher Gestalt, und das T-Shirt klebt an Johnny, und er fragt, ob er rauchen darf. «Raucherlaubnis erteilt», sagt der Müller, und Rocco keucht und hustet präventiv, aber auch das gehört zur Schau, ist nicht unraffiniert, aber Johnny schweigt noch immer.

«Warum erzählen Sie uns solchen Unsinn?», fragt Müller Beni again und again. «Sie sind kein Mörder. Sie decken jemanden. Warum? Hat Sie jemand in der Hand? Was haben Sie wirklich auf dem Kerbholz?»

Und das ist schon hart, wenn man jemandem so zusetzen muss. Das ist nicht jedermanns Sache. Aber halt Buchers und Weiermanns und Catanzaros Beruf. Und eigentlich ja auch vom Müller, richtig wieder (vielleicht), falls er die posttraumatischen Turbulenzen vollständig verdaut.

Und jetzt sagt Johnny: «Ich will den Müller allein sprechen.»

Und Bucher und Catanzaro verlassen das Verhörzimmer.

Nachdem Manfred und Rocco die Stahltür hinter sich verschlossen haben, weiten sich Johnnys Augen vor Entspannung.

Das Aufnahmegerät ist natürlich weiterhin im Raum und zeichnet jedes Knistern eines Schweisskorns auf. Und die anderen schauen hinter undurchsichtiger Scheibe zu, ist ja klar.

Allen ist bewusst, dass das Zwischenmenschliche natürlich auch bei polizeilichen Ermittlungen eine gewisse Rolle spielt.

Das weiss man heutzutage auch bei der Polizei. Zwischen dem Müller und Johnny hat sich so ein dünner Hauch von Vertrauensverhältnis gebildet, auch weil der Müller in der Küche an der Ankerstrasse soundso war, als die Schüsse von der Strasse den Putz zum Bröseln brachten. Und der Müller den Johnny sofort runtergerissen aus der Schusslaufbahn. Eigentlich ist er sein Lebensretter. Und Johnny, obwohl geflunkert und gelogen und falsche Geständnisse (das ist jetzt polizeilich erwiesen), hat gegenüber dem Müller gestanden, den Müller solo und in Privataudienz verlangt und bekommen, und jetzt kann er auspacken, als wäre es Weihnachten, mit Schleifchen drum. Jetzt bitte sehr die ganze Wahrheit erzählen und nur die und nichts als die, ich schwöre es. Darum streckt der Müller Beni dem Johnny erneut das Zigarettenpaket hin: «Bitte.» Und Johnny nimmt, und der Müller gibt Feuer – ist fast wie ein Symbol, hey! – und Johnny lehnt sich zurück, dass ihn der Stuhl in den Ischias zwickt.

Bequem ist es nicht im Verhörzimmer 419. Hier wird nicht auf Kosten des Steuerzahlers Geld auf Mobiliar und Arbeitszeit und Luxus für Kriminelle verwendet. Nein, nein, prosaisch karger Raum, eben Verhörzimmer, alte Metallstühle, am Boden festgenagelt, damit keiner in Versuchung kommt.

Müller versucht es nochmals: Warum erzählt Johnny dem Müller solchen Quatsch? Warum macht er sich zum Siebenfachmörder in zwei Tatkomplexen?

Johnny raucht bedächtig seine letzte Zigarette vor dem Beginn der Eskalationsstufe des Verhörs, der Müller sitzt ihm gegenüber.

Und endlich beendet Johnny sein Schweigen: Rauchausstoss, sein Kopf ist nass (Hitze oder nagendes Gewissen?), Lippen öffnen sich und sagen – sinngemäss zusammengefasst, weil Inhalt, sobald erhärtet, wesentlich und nicht genauer Wortlaut: dass er sich fälschlich beschuldigt hat, weil ihn Mark Huber in die Zange genommen hat, seit Jahren. Mark Huber erpresst ihn schon lange. Hat viel aus ihm herausgepresst. Schätzungsweise achtzigtausend in vier Jahren. Ist viel, gemessen an dem, was hereinkommt.

Aber wie hat er ihn in die Zange geklemmt?

Und nun gesteht Johnny die falschen Abrechnungen, wie er betrügerisch Geld der Bands abgezweigt hat, die Schwarzpressungen, wie er höhere Auflagen gepresst als deklariert hat, wie er Urheberrechtsgelder eingespart hat und wie das alles in seine Tasche floss.

«Ich wollte nicht mehr», sagt er, «ich halte diesen Druck nicht mehr aus. Angelica, Jason-Lars und Kylie-Shawn kosten. Ich weiss nicht, wie Mark von meinen … Geschäften erfahren hat. Er wollte mich zwingen, so weiterzumachen. Ich wollte aussteigen und mich nicht mehr erpressen lassen. Deshalb hat Mark auf mein Küchenfenster geschossen. Deshalb hat er mich an Tobys Hausparty angegriffen.»

Müller sagt: «Wir werden eine Hausdurchsuchung durchführen. Zur Erhärtung brauchen wir Dokumente. Beweise.»

Johnny seufzt. Und denkt an seine Chaosbuchhaltung.

Obige Selbstbezichtigung: ist wahr. (Später erhärtet, jetzt aber protokolliert).

«Wer hat dann Sandra und *Spitfire* umgebracht?» Der Müller will es nun klipp und klar wissen.

«Weiss ich nicht», sagt Johnny.

«Das weisst du nicht», fragt der Müller mit Laserblick und droht wieder irr auszusehen.

«Nein», sagt Johnny nur.

Grausames Zeitverstreichen wieder.

Grausames Zeitverstreichen.

Aber Johnny bleibt dabei.

«Nein, weiss ich nicht.»

Johnny wird also von Mark Huber erpresst und kann nicht zur Polizei, weil sonst Mark Huber bei der Polizei über ihn auspackt.

Denn Johnnys Delikte sind nicht unbeträchtlich: Irreführung der Staatsgewalt, Falschaussage, Betrug, Urheberrechtsverletzung, Steuerhinterziehung, Verletzung von Zollvorschriften.

Aber warum wollte Johnny diese Morde auf seine Kappe nehmen? Johnny hat keine Erklärung parat. Kann es sich selbst nicht erklären. Weiss es nicht. Johnny ist ganz fahl im Gesicht und erschöpft. Es geht ihm nicht so gut. Vielleicht ist Johnny reif für eine Klinik? Für die schöne alte Klinik auf dem Hügel mit altem Baumbestand? Da kann man ihm vielleicht helfen. Das ist auch ein Polizeiauftrag, glauben Sie nichts Falsches: Die Polizei hilft den Menschen, dass es knallt, du glaubst es kaum, wie die den Menschen helfen.

Aber Johnny sagt: «Das ist alles. Ich will nur noch schlafen, jetzt!»

Johnny Maurers Geständnis von Delikten ist keine Bagatelle. Der Müller kann ihn nicht einfach so laufen lassen und ihn zu einem Bergaufenthalt ins Heilsanatorium schicken. Johnny wird erst einmal mit einer Pritsche im Untersuchungsgefängnis vorliebnehmen müssen. Und prompt steht Müllers Chef vor der Tür, Hauptmann Peter Wunderli (53), der sich wundert, dass der Müller überhaupt da ist. Er schaut ihn streng an und sagt vielbedeutend: «Krankgeschrieben?!», da merkst du, wie auch die Polizei subtil auf der Tastatur der Sprache spielen kann.

Und der Chef sagt: «Ein Psychologe wird bald vorbeikommen, und eine warme Mahlzeit bekommt er auch (Gemüse etwas matschig, aber was willst du: ist kein Fünfsternehotel, sondern Polizeihaus beziehungsweise Untersuchungsgefängnis).»

Aber weil der Müller Beni auf die Anspielung «Krankgeschrieben» nicht reagiert, zuckt der Chef die Schultern und sagt: «Nun ja.» Und schleicht davon. Schleicht, weil es wirklich heiss, heiss, heiss ist, besonders auf der Sonnenseite vom grossen Polizeihaus.

Und der Müller: «Auf Wiedersehen, du Johnny.»

«Auf Wiedersehen, du Müller. Du bist ein guter Kerl.»

«Du im Prinzip auch, es kommt schon alles gut», sagt der Müller, obwohl zwei, drei Jahre Regensdorf könnten es schon werden, kommt aufs Vorstrafenregister an (ist aber blank). Aber Beruhigung ist ernst gemeint, weil der Müller, da kann man sagen, was man will, bei richtig Bösen als scharfer Hund berüchtigt ist, aber Johnny ist einfach ein Galeerensklave des Lebens (Sinnbild): rudert, rudert, rudert und kommt einfach nicht an die Küste heran. Das ist auf Dauer deprimierend, zermürbend. Ergo schiefe Ebene auch ein bisschen verständlich.

Fünfzehn Uhr schon Vernehmungsende. Ziemlich gut.
Aber warum die Morde? Und vor allem: Wer hat gemordet?
Wir vermuten es.

Die Fahndung nach Mark Huber läuft weiter. Müller Benedikt kann vorerst nur abwarten, und das sicher keine Sekunde länger auf der Sonnenseite des Polizeihauses. Ab in die Freizeit.

Der Müller, legt er sich jetzt ins Strandbad und beobachtet die schönen Körper mit viel Haut und Haar? Lernt er gar jemanden kennen? Unser Grundsatz bleibt eisig: Schweigen wir von privat. Nur so viel und die Wahrheit: Der Müller sitzt im Schatten auf einer Bank in der Bäckeranlage und schaut den Designkinderwagen und ihren Schieberinnen zu, oberste drei Hemdknöpfe offen, Gesicht, Hals, Brust, Bauch, Rücken, alles schweissüberströmt, weil Sommer in wunderschönem Zürich weiterhin unerbittlich. Er schnauft schwer in der Hitze. Doch das Verschnaufen ist ihm nicht lange vergönnt. Weil quakt das Handy. Tobias F. Hubacher scheint zu spüren, wenn sich der Müller gerade etwas ausruhen will. Also stört er ihn genau dann. Aber was soll's. Er nimmt das Gespräch entgegen.

Hubacher scheinheilig: «Gibt's schon was Neues?»

Müller: «Hm. Und bei dir?»

Auf diese Frage hat Toby offensichtlich nur gewartet: «Geh mal online. Ich habe exklusiv ein Interview mit Mark H. freigeschaltet. Hat sich so ergeben.»

Fuchs, denkt der Müller, aber sagt: «Und jetzt rufst du alle potenziellen Leser persönlich an, um deine Klickzahlen zu erhöhen?»

Toby springt darauf nicht an. Sagt schlau: «Ich bin gespannt, was die Leutchen von der Polizei zu meinem Artikel sagen.»

Und der Müller: «Dazu muss ich ihn erst gelesen haben –»

Hubacher: «Na, dann sprechen wir lieber später –»

Müller bleibt nichts anderes übrig, als die Bäckeranlage den Designkinderwägen und ihren Schieberinnen zu überlassen. Schnell nach Hause zum Computer. Er macht ihn auf, und da sieht er:

Links ein grosses Foto mit Mark Huber. Rechts ein grosses Foto von Johnny Maurer. Und darunter den grossen Titel:

DIE ROCK 'N' ROLL-MÖRDER VON ZÜRICH!

Und darunter noch mehr, nämlich, ich zitiere:

«Von Tobias F. Hubacher, Musikchef. Zürich. Sie morden kaltblütig um des Geldes willen! Amateursänger Mark H. (28, Bild links) und Rock 'n' Roll-Manager Hansueli M. (34, Bild rechts, bei seiner Festnahme), genannt ‹Johnny›, verbreiten Angst und Schrecken in Zürichs Rockszene!»

Und auf dem Foto von Johnny sieht man auch eine Hand, es ist die vom Müller, die das Gesicht verdeckt. Gerade ganz knapp schwere Probleme mit dem Chef, dem Rechtsdienst und den Medien vermieden.

«Sängerin Sandra M. (34, kleines Foto) starb am vergangenen Wochenende, in der Limmat ertränkt! Ihre ehemalige Band Spitfire *(Stefan M. (26), Goran K. (38), Hanspeter S. (32), René G. (32), James O'T. (30)) verunglückte am Mittwochabend auf Tournee im Jura tödlich! In Fahrer Sebastian F.s (33) Magen fanden sich Rückstände von K.-o.-Tropfen! EXKLUSIV: Das Exklusiv-Interview mit Mörder Mark H.: Darum töteten wir Sandra und die Jungs! Weiter* Roter Button.»

Der Müller denkt: fehlt das Wort «mutmasslich», und wer ist dieses «wir»? Dann macht er *Roten Button*, und es geht weiter:

«In der Nacht auf Donnerstag starb die hoffnungsvolle Schweizer Rock-Hoffnung Spitfire *in corpore bei einem tödlichen Unfall zwischen Biel und Delsberg. Das mit sechs Personen besetzte Fahrzeug stürzte in die wild-pittoreske Gorges du Pichoux, eine tiefe dunkle Schlucht. Ein Bandmitglied fehlte im Tourneebus: Sänger Mark H. (28, Name der Redaktion bekannt) aus Z. Warum? Heute Mittag suchte Mark H. unsere Redaktion auf.*

Dabei führte unser Musikchef Tobias F. Hubacher folgendes Gespräch mit ihm:

Tobias F. Hubacher: Mark H., wie sind Ihre Gefühle nach dem Tod Ihrer Band?

Mark H.: Beschissen.

TFH: Wie kam es zu diesem Horrorunfall?

MH: Ich habe die Bremsen des Tourneebusses sabotiert.

TFH: Sie haben ...??

MH: Ja. Ich hasse Sebastian F. (den Fahrer, der neulich eine eigene Konzertagentur gegründet hat; d. Red.).

TFH: Warum?

MH: Er hat sich an Sandra (M., die in der Nacht auf Sonntag ermordete ehemalige Sängerin der in der Nacht auf Donnerstag tödlich verunglückten Band Spitfire*; d. Red.) herangemacht.*

TFH: Was kümmert Sie das?

MH: Sandra und ich kennen ... kannten uns näher.

TFH: ... (will eine neue Frage stellen) ...

MH (impulsiv): Sebastian hat mich immer mit ihr verglichen. Ich singe weniger gut als sie, rieb er mir immer unter die Nase. Ich sei viel schlechter als meine Vorgängerin.

TFH: Kritik gibt es doch immer.

MH: Aber er wollte Spitfire *aus dem Vertrag mit Johnny lösen und mich dabei loswerden. Und die Band war einverstanden. Ich musste es tun.*

TFH: Ich weiss von Spannungen in der Band ...

MH: Hat Ihnen ... Goran davon erzählt?

TFH: ... Sie haben Sandra M. erwähnt, die recht erfolgreiche Solokünstlerin. Was wissen Sie über ihren Tod?

MH: Das war nicht ich. Das war Johnny (Hansueli M., der Manager von Sandra M.; d. Red.).

TFH: Woher wollen Sie das wissen?

MH: Ich weiss es.

TFH: Sie wissen, dass Sie sich strafbar machen, wenn Sie jemanden fälschlicherweise beschuldigen?

MH: Ich beschuldige niemanden fälschlicherweise.

TFH: Ihnen ist bewusst, dass Sie jetzt vor einem Scherbenhaufen stehen?

MH: Ja.
TFH: Ihnen ist bewusst, dass Sie sechs Menschen getötet haben?
MH: Ja.
TFH: Und was wollen Sie jetzt tun?
MH: Ich weiss es nicht.
So endet die Laufbahn eines mittelmässigen Rock-Sängers», schrieb Tobias F. Hubacher weiter, schon hammerhart brutal und zugespitzt, *«mit Mord und Totschlag»*. Und weiter: *«Man muss die Frage stellen: Ist eine Musiker-Generation nachgewachsen, der zum vermeintlichen Erfolg jedes Mittel recht ist?»*

Und der Müller denkt: liest sich gut, saubere Leistung. Nur: Waren Sandra Molinari und Mark Huber wirklich zusammen? Oder war das vielleicht nur Marks Wunsch? Es gibt keine Beweise. Gut, «Huber, Molinari, Krstic» auf Türklingel in der Elisabethenstrasse, wo Sandra Molinari und Goran Krstic wohnhaft waren – und ein Huber. Aber Huber gibt es im deutschsprachigen Westeuropa doch den einen und anderen. Sagte zwar Toby, dass Mark Huber dort. Aber ist bisher unbestätigte Aussage. Angetroffen hat der Müller dort bisher niemanden. Aber die Behauptung, dass Johnny Maurer Sandra getötet hat, ist krude. Wie kommt er dazu?

Müller hat natürlich einen Informationsvorsprung, aber den wird er der Boulevardpresse nicht auf die Nase binden. Johnny hat ein Alibi und ist weissgewaschen in der causa Molinari.

Und in Müller Beni blitzt es im Kopf Ideen, und zu überlegen fliessen die Fragen, die noch nicht beantwortet sind:

a) Wer war der Kleiderschrank, der mich prügeln wollte bei der Post 8036 Zürich-Wiedikon?
b) Wer schoss am Mittwoch gegen den Küchenwandputz von Johnny? War es wirklich Mark, wie Johnny sagte?
c) Was hatte es mit der CD-Übergabe am Mittwoch, siebzehn Uhr, zwischen Holderegger & Johnny auf sich? Hintergründe bitte!
d) Warum war Mark Huber nach dem Konzert in Biel am Mittwoch nicht mit seiner Band im Unfallwagen?

e) In welcher Beziehung standen Mark und Sandra und Sebastian? Ein Liebesdreieck? Sex? Geld? Vertrag? Liebe?
f) Wem nützen die Toten?
g) Wo ist Mark Huber?
h) Wie nur hat Tobias F. Hubacher Mark Huber aufgespürt? Den suchen schliesslich seit Stunden alle verfügbaren Polizeikräfte der schönen Stadt Zürich.

Diese Fragen mussten endlich einmal aufs Papier. Natürlich zirkulierten sie schon lange im Müllerkopf. Das nennt man «rollende Ermittlung», was heisst: immer überall gleichzeitig kratzen und weiterdenken und alles ständig neu considerieren. Bloss jetzt noch einmal Zwischenbilanz. Ist ein Innehalten vor grossem Sprung nach vorn (wie Mao Tse-tung von China). Darum greift der Müller zum Mobiltelefon.

Musikboulevardchefzeitung Toby schuldet ihm eine Antwort.

«Herr Hubacher», sagt der Müller mit brutalem Sie im Unterton. «Hier spricht Müller.»

Das muss er sagen, auch wenn Tobys Telefon ihn schon an der Nummer auf dem Display erkannt haben wird.

«Hallo, wie geht's», sagt Toby, unbedarft.

«Keine Floskeln», schneidet der Müller die Zeit kurz, «Herr Hubacher, wo ist Mark Huber?»

«Morgen auf den Seiten eins und vier», sagt Toby. Denkt unmodern nicht an die Webpräsenz, sondern nur an die Blattseiten, die gleich in Druck müssen.

«Keine Spässe jetzt», sagt der Müller. «Wo?»

«Heute Mittag war er hier in meinem Büro.»

Der Müller: «Und Sie lassen ihn einfach weg? Der Mann ist … könnte ein Mörder sein.» (Die Unschuldsvermutung gilt bis zum rechtskräftigen Urteil.)

Frech, der Toby: «Zweifelst du an unserer Berichterstattung?»

«Ich kriege Sie dran», will der Müller sagen, aber die Paragrafen fallen ihm nicht ein. Sagt's also nicht. Die Temperatur ist schuld. Deshalb drückt er wortlos das rote Telefönchen und Toby aus der Leitung.

Zum Glück ist er schon zu Hause. Er will nur noch Zürich-Wasser trinken, kristallklares, kühles, Früchte essen, in Boxer-Shorts auf dem Sofa liegen. Zum Glück hat er alles am Morgen hermetisch abgedunkelt. Sieht jetzt: Anrufbeantworter vom Festnetz blinkt.

Ist privat. Aber erzählen wir's trotzdem.

Es ist Bucher Manfred (96 Kilogramm), fragt den Müller, ob er schon einmal in Hamburg war und ob er etwas von Pathologie versteht oder ein Fachlexikon kennt und will Vitamin- und Bio-Tipps, weil sein Internet kaputt ist. Und obwohl die lieben Kolleginnen und Kollegen auf der Polizeihauptwache, also Catanzaro Rocco, Weiermann Gustav, aber auch Kathrin, Hugo, Sepp, Markus und Yilmaz, ihre Kenntnisse entblättert haben, ist Manfreds Wissensdurst noch nicht gesättigt. Der Müller ruft also zurück.

Und der Müller versucht im Hirn das eine oder andere Häppchen Wissen zu regenerieren, aber es ist einfach zu heiss, und eigentlich weiss er im Grunde nicht viel von all dem, was Manfred beschäftigt. Und sagt zum Manfred: «Ich habe heiss.»

Und Manfred sagt resigniert: «Meinst du, ich mache mich zum Affen?»

Und der Müller Beni wirklich hitzestutzig: «Hä?»

Und Manfred sagt: «Ich und Hamburg und Pathologie ...»

Beide schweigen, bis dem Müller sein Kehlkopf schliesslich «räusper» macht. Was heisst: Ich bin noch am Draht.

Aber nun fällt der Groschen, der in des Müllers geistigem Automatenschlitz verklemmt war. Und da ist er ziemlich sprachlos. Deshalb schweigt er.

Aber so eine neue Liebe ist ein zartes Pflänzchen. Das muss der Gärtner hegen und pflegen. Da drohen Hagel und Graupel und an den Wurzeln Mäuse und am Spross Schnecken. Das braucht einfach Zeit.

Und so sagt der Müller am liebsten gar nichts, weil da bist du immer angeschmiert, wenn du zum Beispiel dem Rolf zuredest, Marianne sei doch voll toll. Aber drei Jahre später haben sie nur Salat miteinander. Das fällt auf dich zurück. Garantiert. Oder du bestätigst Vanessa, dein lieber Bekannter Herrmann sei ein seriöser, aufrichtiger Kerl mit Sport und Phantasie – und zwei Wochen später stellt sich heraus, er ist ein totaler Schafseckel.

Das fällt auf dich zurück.

Aber etwas muss der Müller sagen, weil Manfred ist ein wahrer Freund seit ewig und zwölf Jahren. Und darum sagt er jetzt völlig unvermittelt: «Das kommt gut, das spüre ich.» Und er meint es aufrichtig.

Und schon ungewöhnlich, dass der Müller sagt «spüre». Weil das ist nicht so sein Ding. Sonst ist er eher nüchtern-sachlich-wissenschaftlich-rationell. Aber das Gefühl ist eine Emotion und gehorcht ganz anderen Gesetzen.

Ja, das ist das «Saturday Night Fever», wie es die Amerikaner verfilmt haben. Auch die Polizei empfindet es im Sommer in Zürich, wo der Garderobenbefehl lautet: «Ausziehen!» Aber anders als im Film tanzt die Polizei natürlich nicht, obwohl Bucher Manfred innerhalb einer halben Woche sein Gewicht von 110 Kilogramm auf ganze 96 Kilogramm heruntergeschrumpft hat. Er schmilzt dahin, und ein Ende ist nicht am Horizont. Das verstehen Sie gut, liebe Leserin, lieber Leser. Auch du willst in deiner versteinerten, ältesten, tiefsten Stammhirnschicht bloss eines: Liebe.

Darüber gibt es viele Lieder.

Hören Sie sich jetzt eines nach Wahl an. Dann fühlen Sie den Zustand von Bucher Manfred. Denn die Polizei ist, wenn sie die Uniform in den Spind gehängt hat, ein Mensch.

Aber die Gleichung «Herz + Müller = ?»

Was ergibt sie?

Man weiss es nicht so recht. Ein erstklassiger Mann wie der Müller Benedikt ohne Partnerherz. Schon schade. Da mag einen ein bisschen das Grausen packen, weil die Welt nicht immer gerecht ist.

Während Müller noch lange nach dem Telefonat mit Bucher melancholisch vor sich hin stiert, quakt auf dem Sofa das Mobiltelefon. Es ist der Bucher von vorhin, aber diesmal ganz anders. Die Stimme von Bucher Manfred hat nichts Weiches mehr, er verkündigt: «Fahndungserfolg! Wir haben den Huber.»

«Und wie?» Der Müller will es wissen.

Bucher Manfred: «Die Seepolizei hat Mark Huber festgenommen, als er sich mit einem Gummiboot seeaufwärts nach Rapperswil absetzen wollte, über die Grenze in den Kanton St. Gallen.»

Das war keine gute Idee.

Die beiden müssen schon etwas lachen jetzt. Erstens rudert keiner mit dem Gummiboot bis Rapperswil, und zweitens ist der Kanton St. Gallen kein rechtsfreier Raum.

«Mit einem Gummiboot nach Rapperswil?» Der Müller glaubt es nicht.

Bucher Manfred: «Na klar sind da Drogen im Spiel.»

Was muss die Seepolizei gelacht haben.

«Ich bin schon unterwegs ins Polizeihaus», sagt der Müller zu seinem Freund. Und so ist es.

Wir sind wieder im bekannten Verhörzimmer 419 auf der Sonnenseite des grossen Polizeihauses an der Zeughausstrasse. Aber das macht jetzt nichts, weil die Sonne längst über der Industriezone des Limmattals oder hinter dem Uetliberg, das weiss ich jetzt nicht so genau, versunken ist. Jedenfalls ist es dunkel. Und auf dem Korridor hängt dieser Putzmittelgeruch, der auf allen alten Linoleumböden und in allen Geschichten vorkommen muss, um zu zeigen: Hier muss mit scharfen Mitteln geputzt werden, hier ist man gründlich, und – lesen Sie es laut – die Polizei ist kein Krösus und badet nicht im Luxus, sondern in einem abgewetzten Ambiente wirkt die Polente, aber mit modernsten Methoden, nicht mit Tritt in die Hoden, klären die Herren von der Polizei Zürich auch dieses Verbrechen auf. Nicht für die Statistik, die interessiert nur den Chef. Sondern für die Gerechtigkeit und aus Gefühl (wieder dieses Wort) für die Opfer und ihre Verwandten.

Im Raum: Hauptmann Wunderli Peter, Chef Kriminalpolizei Zürich, Bucher Manfred, Detektiv, Catanzaro Rocco, Detektiv, Crogorjevic Milan, Detektiv, Derungs Tarcisi, Detektiv, und die Tür geht auf, und der Müller Benedikt kommt auch herein. Wodurch dem Hauptmann Wunderli die Augenbrauen auf

Mitte Stirnhöhe schiessen und Falten so tief wie der Niagarafall erscheinen. Er fasst den Müller streng ins Auge und will schon etwas sagen, vermutlich erneut wieder im Sinne von «aah, krank-geschrieben», wobei «krank» und «geschrieben» in zwei Wörter zergliedert und klingen würden wie knarrende Türe in einem Horrorgespensterhaus …

Und es ist wahr: Der Müller macht uns trotz der tragischen Vorgeschichte in der Müllerstrasse seit geraumer Zeit nicht mehr den Eindruck eines Rekonvaleszenten, sondern wirkt wieder ziemlich fit, weil nonstop im Einsatz infolge Angeburt von Gerechtigkeitsdrang und Abscheu vor den Ruchlosen und ihren Machenschaften.

Diese Eigenschaft zeichnet die ganze Polizei aus, vor allem die Besten von ihr. Das weiss natürlich auch der Chef, und deshalb ist er nachsichtig und verständig, wie er es im Führungsseminar gelernt hat, als der Müller ihn anlächelt und mit den Schultern leicht zuckt.

Und dann zur Sache. Der Chef jetzt mehr Zuschauer, weil seine Aufgaben sind mehr strategisch-administrativ-politischer Natur. Aber das macht er schon recht.

Verhör von Mark Huber.

Mark Huber spielt ein bisschen störrisch, weil er weiss, es ist vorbei. Er macht von seinem Recht der Aussageverweigerung Gebrauch. Das darf er. Nur hilft es wenig. Denn die Polizei ist schlau, sogar schlauer als er. Also lässt sie ihn zuerst schweigen, denn der Haftbefehl vom Untersuchungsrichter ist schon eingetroffen. «Dringender Tatverdacht». Und dann eilt es nicht mehr so. Sie haben ihn, und er sagt nichts. Also darf er wieder in die Zelle zurück, ohne Gürtel und Schnürsenkel, denn das ist eine verzweifelte Situation, da hat schon mancher kapituliert, aber man soll der Polizei nichts vorwerfen können.

Und dann gehen alle ausser Mark Huber nach Hause. Weil es spät ist und so heiss, dass Bucher Manfred sagt: «Ich fühle mich wie ein Heissluftballon.»

Sonntag

Zehn Uhr. Fortsetzung der Vernehmung von Mark Huber. Im Raum: Bucher Manfred, Catanzaro Rocco, Müller Benedikt.

«Herein! Bitte setzen. Also.»

Huber schlurft herein, fegt sich die blonde Strähne aus dem Gesicht, lümmelt sich auf den Stuhl, verdreht die Augen und mault herum.

Ha! Nein, so ist es natürlich nicht, da weisst du gleich: Der ist schuldig. So plump und einfach mag vieles sein, das Leben ist es nicht. Selbst Huber nicht.

Der Einzug von Mark Huber in die Verhörzimmerarena läuft ganz anders ab: Uniformpolizist Ralf Herzog (27) bringt Huber rein. Der sieht den Stuhl, setzt sich. Kein Kaugummi oder Abschätzigkeit.

«Guten Morgen», sagen die Polizisten. Und Mark Huber ist irritiert, dass die Polizei Zürich ihm so unerwartet freundlich begegnet.

Aber merke: Ist natürlich Verhörtechnik. Das haben wir alles intus, das ganze Arsenal von psychologischen Daumenschrauben aus dem berühmten Verhörhandbuch, Sie wissen schon, vom FBI aus Amerika drüben.

«Und nun Ihre Version», sagt Bucher Manfred, der dieses Mal den lieben Polizisten gibt. Den bösen macht jetzt der Müller.

Und Mark Huber: «Wie lange dauert das? Ich muss zur Probe!»

Das ist ein Kapitalfehler.

1. Faktisch: Ist ja tot, die Band von Mark Huber. Wissen wir. Weiss die Polizei. Also warum erzählt er der Polizei solchen Müll? Quatsch! Hält er uns, die Polizei, für doof?
2. Ist die Drogenwirkung noch nicht aus ihm hinausgefahren?
3. Psychologisch: Diese Anmassung des mutmasslichen Täters.

Da ist die Rollenverteilung gleich wieder sonnenklar. In diese Falle dürfen wir in dieser Geschichte nicht tappen. Das läuft in Wirklichkeit ganz anders, muss es so erzählen, wie's wahr war:

Mark Huber: «Warum bin ich hier?»

Bucher Manfred: «Sie haben der Zeitung ein Interview gegeben.»

MH: «Ja.»

BM: «Und der Inhalt dieses Interviews interessiert uns.»

Kleine Pause. Folgendermassen ausgefüllt: Der Müller schaut böse (ist anstrengend), Bucher Manfred massiert sich den Bauch, weil zwischen der Haut und dem Fleisch das Fett sein Volumen verringert hat, was ein ungeheuer bizarres Gefühl hinterlässt.

MH schweigt.

BM: «Uns interessiert, wie und warum Sie zuerst Sandra Molinari und dann die Band getötet haben.»

Zeit verstreicht.

BM: «Wir haben Zeit.»

MH: «Sie haben nichts gegen mich in der Hand.»

BM lächelt und sagt: «Die Spurensicherung schon.»

Zeit verstreicht.

Bleischwer lastet jetzt die Atmosphäre auf Mark Hubers Schultern, und falls er denn ein Gewissen hat, nagt es an ihm, aber das sieht man nicht, sondern nur das Ergebnis des Nagens: Er wird kleiner, unmerklich zwar, aber sein Körper verliert an Spannung. Das merkt der Müller, da hat er Erfahrung, personifizierte Erfahrung. Neunzehn Jahre Polizei, da kann ihm keiner etwas vormachen, kann ich dir sagen, ohne Übertreibung.

Und das unterscheidet ihn, also Mark Huber, vom hartgesottenen Berufsverbrecher: Verhörsituation neu, deshalb krcks, lässt er sich verhältnismässig leicht knacken, in nicht gar so vielen Arbeitsstunden. Aber dennoch kein Kinderspiel, werden der Müller und Bucher Manfred hinterher sagen und auch Rocco Catanzaro, der den unspektakulären, aber wichtigen Part des «Stummen» spielt und Mark Huber mit dem simplen Mittel seiner Anwesenheit und Aura schikaniert.

Aura, das klingt jetzt esoterisch. Die Polizei kennt eben jeden Trick, jedes Gefühl, das sie als Dosenöffner einsetzen kann. Vom

Gefühl her ist dieser Fall gelöst, aber vor Gericht zählen nicht Gefühle, nur Beweise: Spurensicherung, Zeugenaussagen, Geständnisse.

Und das dauert und dauert, weil die Polizei, sie muss jedes Detail wissen, damit der Pflichtverteidiger sie nicht später vorführt wegen irgendwelcher Ermittlungs- und Beweiskettenlücken. Doch das wird nicht passieren, weil die Akte wirklich professionell hiebfest und stichfest genagelt sein wird.

Und es dauert und dauert, bis weit in den Nachmittag, ja in den frühen Abend hinein. 19 Uhr: Fall gelöst. Du weisst zwar, dass du in wenigen Stunden leider, leider schlafen gehen musst, damit du am Montagmorgen wieder dem Chef gefällig sein darfst, aber das ist nicht so schlimm, denn bedenke laut und deutlich: Immerhin durchlebst du die Wehmut des Sonntagnachmittags und –abends in Freiheit, wohingegen sich Mark Huber in gefängnismässiger Obhut befindet. Weil Mark Huber gesteht vollumfänglich, aber wie gesagt erst im Laufe des Nachmittags. Das ist ein harter Brocken Arbeit für die Polizei, die sich doch auf so was versteht. Es ist knifflig, weil Mark Huber schon ein sturer Bock ist, obwohl völlig verhörunerfahren. Da kommen der Müller, Bucher Manfred und Rocco Catanzaro ins Schwitzen. Aber auch weil es so heiss ist.

Sandwichpause, Kaffeepause, Pinkelpause, Rauchpause.

Und nach jeder Unterbrechung wissen sie, dass sie ein Stückchen näher am Ziel sind.

Und endlich ist es so weit: Mark Huber gesteht. Die Essenz von Mark-Huber-Verhör lautet so und wurde auch so vom Beschuldigten datiert und ohne Zwang unterschrieben:

«Am frühen Sonntagmorgen, ungefähr um ein Uhr, warf ich Sandra Molinari, der ich zuvor am Konzert in der Roten Fabrik K.-o.-Tropfen ins Getränk geschüttet hatte, unterhalb des Wehrs beim Jugendkulturhaus ‹Dynamo› in die Limmat. Die Gründe für diese Tat sind folgende: Seit ich vor fünf Jahren als Sänger in der Rockgruppe *Spitfire* ihre Nachfolge antrat, wurde ich von ihr und auch anderen ständig damit konfrontiert, ein schlechterer Sänger zu sein als die von mir Ermordete. Das hielt ich nicht mehr aus. Am Abend des Verbrechens lachte sie mir frech ins Gesicht, als ich davon sprach, eine Soloplatte zu machen. ‹Du?›, feixte sie mit spöttischem Unterton, als wolle sie sagen: ‹Du schaffst das ohnehin nicht, und keiner wird sich dafür interessieren, was du ohne die Band machst.› Dazu kam rasende Eifersucht. Sebastian war hinter Sandra her, dabei hätte ich sie gerne gehabt. Ich glaube, sie hatte sogar etwas mit ihm, aber ich kam nie zum Zug. Ich wohnte bis zu diesem Frühjahr einige Monate mit ihr und dem in der Nacht von Mittwoch auf Donnerstag tödlich verunfallten Schlagzeuger Goran Krstic in einer Wohngemeinschaft an der Elisabethenstrasse. Mag sein, dass mein Name noch immer auf der Klingel steht. Bei meinem Auszug Mitte April habe ich mich nicht um solche Details gekümmert.

Am Mittwoch schoss ich aus meinem Auto auf das Küchenfenster von Hansueli ‹Johnny› Maurer. Das war als Einschüchterung gedacht. Er sollte niemandem davon erzählen, dass ich ihn erpresste. Ich konnte ihn erpressen, weil ich wusste, dass er bei den CD-Verkaufszahlen schummelte, das Geld in die eigene Tasche steckte, bei Abrechnungen die Bands betrog, die er vertritt, und dass er im Ausland Schwarzpressungen kommerziell erfolgreicher Tonträger herstellen liess, von denen die Rechte-Inhaber, die Verwertungsgesellschaft und das Steueramt nichts wussten. Ich habe von ihm in den letzten Jahren insgesamt schätzungsweise achtzigtausend Franken erhalten und wollte ihn zwingen, mir die zwanzig Prozent der Konzertgagen der von ihm vertretenen Bands, die ihm vertraglich zustanden, auch noch zu überlassen. Sonst hätte ich alle Musikerinnen und Musiker, die er vertritt, über seine Betrügereien informiert.

Meine Mitmusiker von *Spitfire* habe ich durch Sabotage an den Autobremsen getötet. Warum? Ich konnte sie nicht mehr ausstehen. Zwischen uns gab es heftige Spannungen. Insbesondere Schlagzeuger Goran Krstic, der seit achtzehn Jahren in dieser Band spielt … spielte, stand mir immer feindlicher gegenüber. Er bemängelte meinen Gesang und mein Timing. Die anderen Bandmitglieder waren klar auf seiner Seite. Sebastian Fuhrer hat kürzlich die Agentur ‹Diamond Music› gegründet. Er wollte die

Band aus dem Vertrag mit Johnny herauslösen und mitnehmen. Die Band war einverstanden, zu ihm zu wechseln, aber ohne mich. Sebastian und die Band wollten mich also ausbooten. Sie haben mich immer spüren lassen, dass ihrer Ansicht nach Sandra besser gesungen habe, als ich es je tun könnte. Ja, das Motiv war Hass. Nach dem Konzert in Biel am Mittwochabend, während die Bandmitglieder noch in der Garderobe sassen und Bier tranken, manipulierte ich etwa um dreiundzwanzig Uhr die Bremsen des Tourneebusses. Das war die Sache von wenigen Minuten. Auf dem Parkplatz war es dunkel. Ich kroch unters Auto. Niemand konnte mich sehen. Dann fuhr ich nach Zürich zurück, das war nicht aussergewöhnlich. Ich hielt mich meist von der Band fern – und die Band sich von mir. Wir hatten nichts mehr miteinander zu schaffen, abgesehen von den neunzig Minuten auf der Bühne.

Den Donnerstag und den grössten Teil des Freitags verbrachte ich in Zürich mit einer Freundin, Ronja G. (voller Name der Polizei bekannt, hier aus juristischen Gründen verändert), in deren Wohnung in Wollishofen. Ich wusste, dass mich nie jemand mit ihr gesehen hatte. Als Investment-Bankerin steht sie meinem üblichen Umfeld, dem Rock 'n' Roll, sehr fern.

Am Freitagabend begab ich mich direkt aus Wollishofen allein an die Party von Tobias F. Hubacher in dessen Wohnung auf dem Steinfelsareal. Ich kam kurz nach Mitternacht dort an, und es kam sogleich zur tätlichen Auseinandersetzung mit Johnny (Hansueli Maurer), dem Manager meiner Band. Er beschuldigte mich vor Zeugen, Sandra Molinari getötet zu haben, was ich nicht auf mir sitzen lassen konnte. Einen Grund für seine Anschuldigung nannte er nicht. Nach dieser Auseinandersetzung begab ich mich wieder in die Wohnung von Ronja G., wo ich DVDs schaute. Den Samstag verbrachte ich mit DVDs und Drogen in dieser Wohnung. Am Abend fasste ich unter Drogeneinfluss den Gedanken, die Kantonsgrenze zu überschreiten, um mich dem Fahndungsbereich der Polizei Zürich zu entziehen. Ich band im Hafen Enge ein Gummiboot los und ruderte in Richtung Rapperswil. Dabei stiess ich auf eine Patrouille der Seepolizei, die mich festnahm.

Den kräftigen Harry (Nachname mir unbekannt) schickte ich hinter Sebastian Fuhrer her, damit er ihm eine Abreibung verpasst. Wie erwähnt, wollte Sebastian meine Band unter Vertrag nehmen, mich aber fallen lassen. Harry hat den Auftrag nicht ganz verstanden und falsch ausgeführt: Er hat versucht, jemand anderes anzugreifen, was ihm nicht gut bekommen ist. Das hat mir Sebastian zugetragen, der Augenzeuge des Vorfalls bei der Post Zürich-Wiedikon war. Beim irrtümlicherweise Attackierten handelt es sich um den Polizeimann Müller Benedikt.

Warum ich im Zeitungsinterview gesagt habe, Johnny (Hansueli Maurer) habe Sandra getötet? Ich wollte nicht, dass er ungeschoren davonkommt. Eine Untersuchung, aus welchem Grund auch immer, würde seinen Betrug bei den Abrechnungen mit den Bands und seine Verwicklung in Schwarzpressungen und CDs ohne Urheberrechtsabgeltung ans Licht bringen. Hansueli Maurer wäre in der Branche für immer und ewig erledigt. Wenn schon, wollte ich nicht allein untergehen.»

Wie gesagt: das voll unterschrieben, Name, Vorname, Datum, Ort, tutti quanti. Alles legal korrekt in Ordnung ohne Zwang freiwillig, für die Wahrheit und das Gewissen.

Ja, da staunst du: Auch das Verbrechen hat manchmal ein Gewissen. Auch ihm ist es manchmal saumässig unwohl. Es will wieder ruhig schlafen können. Da glaubt man fast wieder an das Gute in der Menschlichkeit.

Ob Holderegger auch etwas abbekommt vom Paragrafen? Hat doch von Johnny Maurer kistenweise CDs übernommen und dann ausgeliefert. Hehlerei? Oder weisse Weste? Gutgläubigkeit? Oder skrupellos? Fall ist vor Gericht noch hängig. Zivilrechtliche Klage dito.

Kleine Vorausblende: All das Gesagte wurde natürlich zeugenmässig (so weit möglich) und forensisch abgeklopft. Die ganze Apotheke wie aus dem Polizeilehrbuch wurde aufgefahren. Da scheut der Staat keine Kosten, wenn es um die Wiederherstellung der Wahrheit geht, untersucht, festgestellt und untermauert, damit der Pflichtverteidiger vor Gericht einfach nur seine Pflicht tun, aber nicht die Bohne ausrichten kann. Die Faktenlage ist völlig klar. Vielleicht sind die Drogen von Mark Huber ein Strafminderungsgrund, aber vielleicht auch ein Strafverschärfungsgrund. Da dreht der Wind derzeit in der Strafverfolgung, weil die Meinung Auftrieb hat: Wenn du dich willentlich unzurechnungsfähig machst, kannst du nicht mit Milde rechnen. Sich mit Drogen aus der Patsche ziehen, das geht nicht. Das wäre eine perfide Strategie, um sich dem Zorn des Gesetzes zu entziehen. Aber darüber streiten sich die Rechtsgeister.

Und nun wissen wir es, wie brutal die Welt manchmal ist. Mark Huber ist geliefert.

Und man kann sagen: schon flott, dass Johnny in Sachen Mord keine Aussage gegen Mark Huber gemacht hat. Und auch flott, dass Bucher Manfred und der Müller Johnny keine Sekunde zur Belastung des Rock 'n' Roll-Sängers gedrängt haben, «genötigt» ist ein zu starkes Wort, vom Rechtsdienst immer sehr genau unters Brennglas gelegt. Aber unsere Polizisten sind natürlich keine Waisenknaben. Wenn nötig und dienlich, ist ihnen jedes legale Mittel recht. Glauben Sie nicht, die seien einfach so gratis und grundlos nett. Privat vielleicht schon, sind ja Zürcher und damit auch Menschen. Aber im Beruf ist der unique selling point nur der Erfolg und die Korrektheit und die Hierarchie und der Dienstweg und die Kameradschaft und sonst zéro. Der Rest ist nur PR und Öffentlichkeitsarbeit (nicht abwertendes *nur*, sondern das ausschliessende). Der Fall ist gelöst, die Lösungsmittel haben der Müller und Bucher Manfred (95 Kilogramm) und die übrige Polizei gefunden, Beweismittel auch, und die Geständnisse sind lückenlos. Was will man mehr?

Bald wird es zu den Gerichtsverfahren kommen.

Prognose: Viele Jahre Regensdorf für Mark Huber, weil sieben Tote und Erpressung und Drogen und was noch alles. Psychologische Betreuung und vielleicht bedingte (weil sauberer Leumund) oder nicht gar so knüppelharte Strafe (Betrug, Steuerbetrug, Urheberrechtsabgeltungsbetrug, Falschaussage) für Johnny, hoffentlich geht es ihm bald wieder besser. Weil ist kein so mieser Schleicher. Jason-Lars und Kylie-Shawn sollen ihren Papa wiedersehen können oder mindestens seine Unterhaltsbeiträge.

Und in einigen Wochen, Sie vermuten das wohl kaum, weil es so unwahrscheinlich klingt, wird Johnny aus der Klinik dem Müller eine Ansichtskarte schicken, weil «Du hast mir sehr geholfen». Und das ist auch wirklich die Aufgabe der Polizei: zu helfen. Auch wenn die politische Rechte die Polizei immer als Kampfhund haben will und die Linke die Polizei immer als Polizeistaat sehen will und die Rechtsliberalen und weiter Rechten immer Ordnung, Ordnung und die Linksliberalen und weiter Linken die Polizei immer abschaffen, abschaffen wollen. Aber wenn das Böse wirklich an die Tür klopft, ei ei, dann wählen alle schnell die drei magischen Ziffern «117». Und wehe, sie kommt nicht gleich! Man kann es nie allen recht machen. Aber der Müller interessiert sich nicht für Politik, privat vielleicht schon, Sie wissen, was ich meine, aber als Staatsangestellter ist er im Dienst zu politischer Neutralität verpflichtet. Demokratie und Gesetz und Dienstreglement, das verzeiht nichts. Aber der Müller ist nicht nur Polizist, sondern in erster Linie Mensch. Und deshalb hat er auch nicht so grosse Freude, wenn die Handschellen zuschnappen – nur wenn das Böse es rechtfertigt.

Noch ein Audio-Detail zwecks Erhöhung der Sinnlichkeit am Schluss des Verhörs: Um 19 Uhr schnappt mit einem metallischen Klicken die stählerne Acht zu, und die Uniformpolizei führt Mark Huber ab. Das reicht gerade noch für die Einberufung der Medienkonferenz, damit der Erfolg in «10 vor 10» vermeldet werden kann. In Bild und Ton dort präsent: Hauptmann Peter Wunderli und der Polizeivorstand. Stolz.

Müller Benedikt, Bucher Manfred und Catanzaro Rocco klopfen sich auf die Schulter. Bald hat Bucher wieder Zeit für die Gemüsetheke und Müller für die «Internationale Clearingzentrale» bei Franz Schubert.

Obwohl nun, gehört der Müller wieder zur Polizei der schönen Stadt Zürich dazu? Oder nicht? Er wird es nochmals überdenken und wohl auch mit dem Chef reden müssen.

Montag

Und die Sonne geht auch heute wieder auf über allen zwölf Stadtkreisen der schönen Stadt Zürich, was sich psychisch günstig auswirkt auf die Menschen in der Stadt. Denn sie sind glücklicher, wenn die Sonne scheint und lacht, tagein, tagaus, so laut, dass sich Zartbesaitete die Ohren zuhalten müssen, weil sie dieses Glück nicht ertragen können oder nur schwerlich. Ähnlich ist es, wenn man mit Verliebten zu tun hat.

Sie erinnern sich: Dr. Brenda Marquardt sagte zu Bucher Manfred (92 Kilogramm): «Ich komme am Montag zurück, dann treffen wir uns zur Unterhaltung und Konversation.» Und unser wackerer Polizist: «krächz» und «räusper» und bekam zündrote Ohren. Aber dann schon: «Ja, sehr gerne.» Und jetzt: Montag da! Weder Nebel noch Eisglätte noch Schneefall können die Landung auf dem Flughafen Zürich Airport gefährden. Und darum ist für Bucher Manfred dieser Montag quasi ein Feiertag. Weil schöne Aussichten, ganz klar. Haben ja telefoniert. Er hat ein Gefühl. Und Dr. Brenda Marquardt hat auch eines. Vielleicht gibt es eine Schnittmenge? Werden wir es erfahren? Bleibt es privat? Geht es uns etwas an? Wir zweifeln, aber es interessiert uns sehr.

Wär natürlich schöner gewesen, wenn die Lösung des Kriminalfalls durch den Müller und Bucher Manfred und andere bewährte Polizeikräfte neunzehn Stunden früher eingetreten wäre. Denn es heisst im dicken Buch deutsch und deutlich: «Am siebten Tage sollst du ruhn.»

Ging zwar leicht daneben, weil der siebte Tag alles andere als ruhig war. Aber was willst du: Priorität hat das Verbrechen, es zu ermitteln, es aufzuklären und seinem üblen Treiben den Riegel zu schieben. Und musst schon sehen und anerkennen: Der Müller Benedikt hat erst Montagabend vor Wochenfrist so richtig mit der Ermittlung begonnen, nachdem Montag circa fünfzehn Uhr die Leiche von Sandra Molinari ans Holzsonnendeck im

Flussbad Oberer Letten herangetrieben wurde. Und jetzt schon ein Ergebnis. Das war schnell, musst du zugeben. Und der Müller hat jetzt wieder frei, weil noch immer beurlaubt. Das Müllerproblem ist noch nicht gelöst, weil dieses Müllerproblem ist ein Menschenproblem, und es stellt sich grundsätzlich die philosophische Frage: Wen darf man wann warum wie töten?

Wird er da einen Weg für sich finden? Zum Glück hat er keine Kinder, denen er das erklären müsste.

Der Müller ist müde, wegen der Hitze, wegen der Ermittlung und wegen der vielen Grübelei. Gönnen wir ihm die Ruhe mit einem kühlen Blonden aus Altstetten, seinem Lieblingsbier.

Eine Woche haben wir jetzt den Müller begleitet. Wirklich kennen tun wir ihn noch nicht. Und richtig schlau werden wir aus ihm auch nicht immer.

Auf die Frage eines Journalisten, ob die Lösung des Falls anstrengend war, antwortet Müller etwas später: «Kein Problem.»

Schon ein bisschen übertrieben, sagen wir, weil er ist ja nicht James Bond. Aber überheblich ist er auch nicht. Er macht nur kein grosses Aufheben um sich und seine Arbeit. Und solche Leute braucht die Polizei.

«Und jetzt?», fragt sich der Müller. In den Fluss springen! Fünfundzwanzig Grad Celsius Wassertemperatur. Verdunstet fast. Ziemlich wild, denken Sie nicht auch? Doch vorher schlafen. Und kein Tropfen Regen, die ganze Geschichte lang. Weil es ist Sommer in Zürich und heiss und die Leute halb nackt und die Welt knistert und das ist schön.

Epilog

Und was Sie zum Zeitpunkt des Lesens noch nicht wissen, das schreibe ich jetzt. Aufgepasst: Der Täter Mark Huber (28) wurde vom Bezirksgericht Zürich im Winter nach diesem Jahrhundertsommer für den Mord an Sandra Molinari (34) und für den Mord an den Mitgliedern der Band *Spitfire* – Stefan M. (26), Goran K. (38), Hanspeter S. (32), René G. (32), James O'T. (30) – und deren Fahrer Sebastian F. (33) zu lebenslänglich Zuchthaus mit Psychotherapie verurteilt. Wir gratulieren. Nochmals: Das Verbrechen ist böse. Wir bekämpfen es. Der Müller und alle, die ihm dabei helfen. Polizisten und andere. Denken Sie daran, bevor Sie etwas planen. Wir kommen Ihnen auf die Schliche, ermitteln alles und überstellen Sie dem Richter. Der findet es auch heraus und nimmt die Paragrafen zu Hilfe. Und der Staatsanwalt erst! Da lachst du nicht mehr.

Das Verbrechen zahlt nicht, Gerechtigkeit schwimmt immer oben. Das merken Sie dann auch bei der nächsten Müllergeschichte.